A E
& I

Muerte entre poetas

Autores Españoles e Iberoamericanos

Ángela Vallvey

Muerte entre poetas

Finalista Premio Planeta
2008

Planeta

Diagonal, 662-664, 08034 Barcelona (España)

Primera edición: noviembre de 2008

Depósito Legal: M. 46.973-2008

ISBN 978-84-08-08369-6

Composición: Foinsa-Edifilm, S. L.

Impresión y encuadernación: Rotapapel, S. L.

Printed in Spain - Impreso en España

Fabio, las esperanzas cortesanas
prisiones son do el ambicioso muere.

Epístola moral a Fabio

Hoja en que escribo mi nombre,
tú me sobrevivirás,
qué es, ¡ay!, la vida de un hombre,
cuando un papel dura más.

JUAN EUGENIO HARTZENBUSCH

Para Antonio Javier Naranjo,
con agradecimiento y amistad

EL PASADO

Ensueños inútiles y secos. Dos meses de belleza, de ternura, se perderían para siempre, y no podía hacer nada, nada, *mais rien.*

VLADIMIR NABOKOV, *Lolita*

LAS NEGRAS, ALMERÍA. 10 DE AGOSTO DE 1987

—Tú eres el responsable de la muerte de mi hija. Tú has matado a Nikita... Ha sido culpa tuya, de no haber sido por ti y tus ideas de dejarla que... —La mujer se echó a llorar, desesperada.

Llevaba cuatro días llorando ininterrumpidamente, desde que encontraron el cadáver de la chica en la bañera. La mujer, Sara, tenía los ojos hinchados, del color de canicas ensangrentadas. El pelo revuelto, pajizo y encrespado, a la altura de los hombros, necesitaba un lavado. Se frotaba las manos una contra otra, como si tratara de arrancarse unos guantes invisibles hechos con su propia piel.

El hombre la miró con escepticismo, pero no había compasión en sus iris. Reparó en que no era tan hermosa como creía. No así, al menos, congestionada por el llanto, deformada por la pena. *Dejada.* A él nunca le habían gustado las mujeres que se abandonan, que no cuidan su aspecto físico. A pesar de tener ya dos hijas —y de padres diferentes— cuando la conoció, Sara siempre le había parecido bella. Pero ahora era consciente de que su belleza no era más que una máscara debajo de la cual estaba eso: una mujer abotargada, cuya sola contemplación apagaba en él todas las sensaciones. Su aspecto lo deprimió todavía más. Fabio se daba cuenta de que su presencia no era ningún consuelo para ella. Estaba nervioso y sentía molestias en la tripa. Se rascó el cuero cabelludo y se ofreció a preparar café, pero la mujer negó violentamente con la cabeza, como si acabara de proponerle cometer un acto abominable.

—Tranquilízate, ¿quieres? —Se sentó al lado de Sara en un sofá blanco de obra cubierto con un enorme cojín a juego con pequeñas manchas de comida y bebida distribuidas como pecas en los hombros de una adolescente. Como los hombros de Nikita, pensó el hombre con un escalofrío.

Estaba claro: cuesta mucho mantener un blanco inmaculado. Tanto en los sofás, como en las almas. Afortunadamente, Fabio nunca se había tragado la falacia de la pureza. «Todo acaba ensuciándose», se dijo.

El sofá no era tan cómodo como a él le hubiera gustado. La casa, blanca, al igual que el resto del pueblo, era alquilada. Sencilla y humilde, con un toque hippy muy del gusto de Sara. O lo había sido hasta que la muerte de Nikita le nubló la vista para cualquier cosa que no fuese su duelo. Hasta pocos días antes, a la mujer le gustaba mirar el cerro Negro, al final de la bahía, antes de volver a casa, a esa casa, con los ojos llenos de mar. Ahora, sin embargo, la muerte de la niña lo había trastornado todo, y en los antaño hermosos ojos de Sara sólo crecía una oscuridad que semejaba una lengua de lava seca, a juego con el paisaje que los rodeaba.

Fabio no se engañaba a sí mismo: sabía que su relación con Sara estaba muerta. Tan muerta como Nikita.

Le dio pereza la idea de tener que empezar de nuevo con otra mujer. Las mujeres eran agotadoras. A pesar de todo, tenía que reconocer que los comienzos de un romance siempre eran buenos. La magia del descubrimiento de los cuerpos. La amabilidad y las sonrisas. La disponibilidad sexual. El entusiasmo. La inspiración. Todo ello, antes de que la unión se consolidara y luego degenerase inexorablemente hasta convertirse en tortura mental y en asco.

—De acuerdo —dijo con cierto tono de hastío. Cuatro días de llanto continuado eran más de lo que cualquier hombre podía soportar, por mucho que amara a la plañidera. Observó a hurtadillas los labios secos de Sara, cuarteados por el llanto, y sintió un sorprendente estremecimiento de repulsión. Y pensar que había dedicado tantos versos a esa boca que ahora se le antojaba tan fea y desabrida...—. De acuerdo, el café no es buena idea. ¿Qué me dices de una tila?

—No quiero nada que venga de ti. —Sara escupió las palabras lentamente, la rabia goteaba entre sus dientes como saliva sucia.

La niña, la otra niña, Rocío, que pronto cumpliría ocho años, contemplaba la escena desde lo alto de la escalera que llevaba a la planta superior de la casa. Fabio la había visto por el rabillo del ojo. Era una ratoncita curiosa y metomentodo, siempre espiando. A veces, el hombre pensaba que no había sitio donde esconderse de aquellos ojos inquisitivos y acusadores, que bien podrían haber sido los del fiscal del Juicio Final. La mocosa lo ponía nervioso, y él no era un hombre calmado por naturaleza, precisamente. La cría era como un jilguero. «Ufana, alegre, altiva..., rompiendo el aire el pardo jilguerillo.» Pero su alegría se había esfumado cuatro días antes, aunque seguía siendo ufana y altiva como una aristócrata nórdica. La muy... Ahora que el vínculo emocional con su madre estaba definitivamente roto —Fabio se preguntaba cuánto más iba a tardar en salir el tema—, se alegraba de perderla de vista para siempre. ¡Plas!, él se largaría, y desaparecería, confiaba en que para siempre, de las vidas de Sara y de Rocío. Y sería como si a ese jilguerillo arrogante lo hubiese atravesado una saeta cazadora en un poema de Antonio Mira de Amescua.

«Que os jodan a las dos —pensó Fabio—, ya estoy más que harto de vosotras.»

MADRID. 6 DE JUNIO DE 1987

—¿Adónde vas? ¿Por qué te has pintado tanto? —La niña observó a su hermana mayor con una risita tonta. Mascaba un chicle que le llenaba la boca por completo, por lo que le costó trabajo pronunciar las palabras de manera correcta. Habitualmente se esforzaba por hacerse entender, en cualquier circunstancia y con cualquier interlocutor, ya que tenía la vaga sospecha de que en el mundo era indispensable hacerse comprender todo lo posible. Aun así, albergaba la sensación de que nadie se enteraba nunca de nada.

Nikita observó a su hermana pequeña y Rocío la obsequió con una seductora caída de pestañas. Aquella pequeñaja, pensó la joven, estaba siempre entre sus piernas, enredando.

—Piérdete, enana. Y no deberías comer chicle tan temprano, por cierto. Tus dientes se convertirán en pozos de carbón si sigues así. Déjame, anda. Tengo una cita y llego tarde. —Señaló la puerta de la habitación que ambas compartían, pero la pequeña no hizo caso, sino que miró impasible a su hermana, como diciendo «puedes esperar sentada».

—¡Pero si es por la mañana! —protestó finalmente—. No puedes haber quedado tan temprano. Como te vea mamá, no te dejará salir. Pareces un *marramacho* —añadió con tranquila profesionalidad diagnóstica, y sus infantiles manos dibujaron en el aire lo que ella creyó que sería un monstruo imaginario de aspecto destartalado y taciturno. Nikita, sin embargo, hizo caso omiso, y Rocío sintió una vez más la soledad del artista.

—Se dice *mamarracho.* ¡Y no me distraigas con tus tonterías, por favor! ¿Ves?, por tu culpa se me ha corrido el rímel... Es que... Eres, eres *demasiao,* jobar, enana.

Nikita Conrado dejó a su hermana en el dormitorio cuando logró completar su maquillaje y salió al pasillo sigilosamente. Su madre y Fabio aún dormían. Era sábado, y la calle del centro de Madrid donde vivían estaba inusualmente callada a esas horas. La gente trasnochaba los viernes, y a las ocho de la mañana el tráfico de personas y vehículos perdía su vivacidad. Se respiraba una extraña calma, casi indiferencia, en el aire que se colaba por los balcones del salón. Se echó un último vistazo en el espejo de la entrada. Llevaba las piernas desnudas bajo una minifalda plisada de lino. Las sandalias de tiras de cuero le apretaban entre los dedos de los pies, pero se dijo que podía soportar la incomodidad a cambio del aspecto que ofrecía con ellas puestas. Arrebatador. Silbó para sus adentros. Lástima no tener un poco más de pecho. Siempre había albergado la esperanza de heredar la talla del sostén de su madre, pero cada día que pasaba se hacía menos ilusiones al respecto. Bueno, tampoco estaba tan mal, bien pensado.

Cerró la puerta de la entrada con tanta discreción como pudo, y salió al rellano dando un suspiro de alivio. El ascensor subió renqueando. Era viejo. Como Alejandro, pensó con una risita. En fin, seguramente más, porque los edificios del centro de Madrid eran todos del año catapún.

Bajó hasta la portería y se dijo que era una suerte que los sábados no estuviese en su garita la portera. Era una cotilla, y ella no tenía ningunas ganas de dar explicaciones sobre el lugar al que se dirigía.

En la calle Concepción Jerónima todo era silencio. Una quietud casi amorosa teñía el aire de la mañana. De repente, un taxi rompió el encanto bajando la cuesta a toda velocidad y Nikita arrugó el ceño con disgusto. Le pareció ver que la cabeza del taxista se volvía en su dirección cuando pasó por su lado. «Otro viejo verde...» El pensamiento le hizo gracia. Tenía dieciséis años, y se sentía tan joven como era en realidad. La mayoría de las personas y las cosas se le antojaban ya decrépitas.

Bajó hacia Puerta Cerrada arrastrando a duras penas sus sandalias nuevas. Había más coches circulando por allí. Se acercó a la cruz y esperó. Puerta Cerrada había sido una de las antiguas puertas de la villa; una entrada que, como su nombre indicaba, casi siempre permanecía cerrada para evitar los asaltos de los malhechores. Lo sabía porque Fabio se lo había contado. O quizás lo había visto en la tele, en algún documental.

Pensó que su hermana Rocío y ella tenían suerte con Fabio. Su madre siempre había sido un tanto desgraciada en amores. Tener dos hijas y ningún padre a la vista no era ciertamente un atractivo a la hora de encontrar novio. Los hombres huían en cuanto se enteraban, o en cuanto podían, y Sara terminaba sola después de un par de meses de entusiasmo y sesiones compulsivas de masajes y peluquería. Por supuesto. ¿Qué hombre querría cargar con dos arrapiezos, hijas de otro, o de *otros*, como era su caso? Fabio, sin embargo, no había visto el inconveniente. Llevaba un año viviendo con su madre, en el piso alquilado donde ellas ya vivían cuando él llegó, y no parecía importarle. Nikita creía que era un tanto teatral y afectado en sus muestras de interés por ellas, o sea, un poco falso, pero al menos se esforzaba por no hacerles sentir que eran un estorbo.

Por otro lado, desde que su madre vivía con él, había recuperado la luz en la mirada. Volvía a sentirse joven y atractiva. Tenía treinta y seis años y aún aspiraba a ser amada. Bueno, eso era cosa suya, pensó Nikita; estaba en su derecho, por muy madura que fuera.

Sintió un poco de frío.

Álex se estaba retrasando. Esperaba que no fuese porque había tenido algún problema con su mujer... Lo de su mujer —meditó mirando al suelo, concentrándose en un billete de metro usado y pisoteado que había a su lado— era un problema. Eso sí que era un problema.

Pero si algo había aprendido Nikita en sus clases de matemáticas del instituto —era muy buena en ciencias, aunque en realidad no le interesaban nada— era que casi todos los problemas tienen solución. La mayor parte de las veces lo único que hay que hacer es despejar la incógnita.

Alejandro Martínez Ursola («Álex, llámame Álex, cielo») había cumplido cincuenta y tres años. A sus espaldas —porque tenía la sensación de llevarlos literalmente a la espalda— quedaban veintisiete años de matrimonio resignado; en algunas épocas, incluso melancólico. (Bueno, más bien, para él fueron etapas *melanalcohólicas.*) La suya, decían sus colegas del ministerio, era una relación sólida. «Y tanto —pensaba él—. Sólida como el hormigón. Como las lápidas que cierran las tumbas con su peso.»

Había alcanzado casi todas sus expectativas profesionales. Sólo el ministro estaba por encima de Alejandro Martínez en Cultura. Aunque eso de «por encima» habría que verlo: en realidad, Alejandro mandaba sobre el ministro, porque, entre otras cosas, siempre le había gustado ejercer el poder en la sombra, y él lo tenía, se lo habían dado, y así lo había querido. Nunca quiso dar la cara. «Cuando uno da la cara —solía decir sin vergüenza—, normalmente se la parten.» No le agradaba tener visibilidad, ser famoso políticamente, ni siquiera aunque la contrapartida fuera el poder. Hacía mucho que había descubierto que el mando no necesita de la publicidad, pues ésta tiene más inconvenientes que ventajas en nuestros tiempos.

Álex no tenía problemas con la culpa, esa lacra cristiana con un peso de más de dos mil años sobre las costillas de la sociedad (aún más difícil de llevar que su matrimonio; porque ésa sí que era una relación duradera, la de la culpa y la sociedad, y no sus desgraciados esponsales con la triste y ajada Rosaura, su mujer). Desde que podía recordar, a Álex le gustaban las niñas. Él, un hombre de cultura, de influencia libresca, se había visto ratificado en sus gustos por sus lecturas, por su conocimiento de la historia, y por su propia experiencia de la vida.

Nunca había tenido la sensación de estar haciendo algo malo. Tampoco le gustaban demasiado jóvenes: un mínimo de diez años —se consideraba un hombre decente, no un monstruo—, catorce, quince, dieciséis... El límite eran los dieciséis. A partir de ahí, las niñas se transformaban: en mujeres, con suerte; en arpías, por lo común —a veces, en las dos cosas al mismo tiempo—, y a él no le interesaban ni las mujeres ni las arpías. Nikita estaba en la frontera, pero era tan hermosa, tan perfecta que, en ocasiones, cuando la observaba durante un rato, temía ser incapaz de soportarlo.

Cuando la recogió en su coche, la chica entró y se sentó de un brinco a su lado; se le hizo un nudo en la garganta y apenas pudo saludarla. Nunca en la vida había visto nada tan bonito, y tan cerca de sus manos.

Fabio Arjona le había presentado a su nueva familia hacía poco más de un mes. Gracias a eso conoció a Nikita, con sus grandes ojos lucientes, igual que dos pequeñas estrellas azules, y su tez blanca moteada de pecas rubias.

Álex tenía calado a Fabio: un don nadie que procuraba abrirse camino a empujones en la universidad y en la literatura; un poeta pésimo («lo mejor de sus poemas son los versos de otros, que él rapiña sin escrúpulo alguno», le había oído comentar con malicia nada disimulada a un colega en cierta ocasión). Fabio era un mediocre, y un trepa. Su ambición era inversamente proporcional a su talento y, por supuesto, el resultado que había obtenido partiendo de tan magra base era una vida de constante frustración.

Álex lo había conocido en la universidad, donde Fabio trabajaba como ayudante. Ayudante, a su edad... Un hombre con un trabajo que podría hacer un niño. Alejandro formaba parte por entonces de un tribunal de oposición. Parecía mentira que, a pesar de ser un alto cargo político, aún tuviera que hacer el paripé de acudir a esas farsas institucionalizadas que eran los tribunales de oposición en la universidad. Normalmente, la plaza se convocaba para un candidato del departamento, y aunque todo el mundo sabía que sólo el aspirante oficial podría ganar el puesto, aun así, siempre había tres o cuatro infelices doctores, ajenos incluso a la facultad, dispuestos a presentarse y a pasar por el mal trago de ser rechazados —y, de paso, humillados— en un proceso de selección que solía premiar al postulante de casa aunque fuera el más inepto. Así, se colocaba de por vida a auténticos mendrugos en puestos que habitualmente les venían grandes. Álex no era tonto y sabía que ese proceso de elección era bueno políticamente. Él mismo lo favorecía con entusiasmo, porque la educación es, sobre todo, política, y quien instala a los suyos en la universidad está sembrando una determinada mentalidad política en las futuras clases dirigentes de un país. Sabía que eso tenía un rendimiento muy claro a la hora de contar los votos.

Las cosas funcionaban así por lo menos en el área de las letras. Los de ciencias..., bueno, de ésos nadie sabía cómo actuaban realmente, por qué criterios se movían, si científicos o políticos. Alejandro tenía entendido que le daban mucha importancia a la investigación —o sea, a las publicaciones—, pero también sabía a ciencia cierta, y nunca mejor dicho, que si querían hacer profesor numerario a uno de sus chicos ponían la firma del aspirante en varios artículos producidos por sus compañeros y engordaban su currículum en un santiamén, de manera que, cuando se presentaba a la plaza, podía parecer Einstein a ojos de un profano.

Bah, la universidad... Cuánto se alegraba de haberla dejado atrás. Las clases. Las alumnas talluditas. Las largas y embarazosas horas de tutoría... La obligación de escribir y publicar todo tipo de sandeces... Estaba mucho mejor en su despacho, con una secretaria y un chófer a su disposición, tomando decisiones importantes para las vidas de las personas. Prefería hacer política a las claras, sin tener que ocultarse bajo argumentos falsamente humanistas.

Fabio llevaba años detrás de un puesto de titular en el Departamento de Literatura, pero no era ningún secreto que el catedrático del área lo detestaba, y aunque acumulaba méritos suficientes, en comparación con sus compañeros, para recibir la responsabilidad —y el sueldo y la tranquilidad funcionarial correspondientes—, el viejo Arnés, que gobernaba de manera absolutista su departamento, le había cerrado el paso una y otra vez hasta convertirlo en un eterno ayudante. En un hombre con trabajo de niño.

Fabio estuvo presente en la oposición, como espectador, y cuando concluyó la primera prueba no paró hasta conseguir hablar un rato con Álex. Era un pelota redomado, el tal Fabio Arjona. Alejandro podía sentir sus ojos oscuros y brillantes clavados en los suyos, saetas de un atrevimiento casi obsceno. La insistencia y la avidez de su mirada consiguieron desconcentrarlo en más de una ocasión, en las que perdió el hilo de lo que allí se estaba diciendo. Seguramente Fabio era muy consciente del poder que Álex acumulaba en esos momentos, y del que llevaba administrando desde hacía años. Si Alejandro Martínez Ursola lo hubiese querido así, Fabio no habría tardado ni dos meses en tener su tan deseada plaza de titular universitario.

PRIMER DÍA EN EL CIGARRAL

Porque ese cielo azul que todos vemos
ni es cielo ni es azul.

LUPERCIO LEONARDO DE ARGENSOLA

EL COTO, EL CASAR, GUADALAJARA / CIGARRAL DE LA CAVA, TOLEDO. ABRIL DE 2007

Había tenido una pesadilla, pero apenas podía recordar nada de lo soñado. El cuarto estaba en penumbra, la misma habitación donde dormía desde los trece años, en el viejo chalet de su tía Pau. Su hogar. Oyó a los gorriones aletear detrás de las contraventanas y disfrutó de esa sensación de claridad entenebrecida que se abría paso con desfachatez, aunque de manera intermitente, hacia el interior de la habitación. Y al cabo de un instante, el ruido de los aviones sobrevolando la zona. Desde que inauguraron la terminal 4 del aeropuerto de Barajas, habían convertido la comarca en un molesto pasillo aéreo («más que pasillo, comedor abierto las veinticuatro horas», solía quejarse la tía Pau) que atormentaba a los residentes y perjudicaba su salud con sus trombas de ruido y gases. En los días despejados, llegaba a ser insoportable. Pero por suerte a veces soplaban fuertes vientos del este que impedían desviar el tráfico aéreo por encima de sus tejados, y entonces el lugar volvía a ser apacible, terso e invitador como la tarjeta de visita de una dama antigua. Tal como era hasta no hacía mucho.

Tomó un trago de agua de la botella que tenía al lado de la cama, manteniendo los ojos cerrados con determinación mientras bebía. Se sentía inquieto, con la sensación de tener la boca habitada por parásitos que se encontraban allí de paso porque ni siquiera ellos la consideraban demasiado acogedora.

Nacho Arán abrió poco a poco los párpados y observó, aún amodorrado y confuso, los números del reloj digital que descansaba en la mesilla. Hizo un esfuerzo por sacar a flote su conciencia, que a esas horas le parecía un cajón profundo en cuyo fondo se había quedado atascada su voluntad. Las 7.15 de la mañana. Hora de levantarse. Unos segundos después de que abriera los ojos, el despertador comenzó a sonar; un sonido irritante y angustiado a los pies del crucifijo de hierro y madera que pendía de la pared, suspendido de un clavo invisible, como la fe de su tía Pau. Lo apagó con movimientos torpes y se acurrucó de nuevo bajo las sábanas. Eran suaves, y estaban limpias; incluso prometían vínculos inesperados con la piel de alguna mujer. Aunque él siempre, o casi siempre, dormía solo.

Tenía el pelo castaño claro, demasiado largo para el gusto de su tía, y la mirada soñadora de un poeta adolescente. Estaba soltero, sin compromiso, y a veces se preguntaba si su estado civil era una elección personal o una condición genética probablemente heredada de su tía, como sus ojos verdosos y la propensión a las jaquecas.

Como todas las mañanas, Nacho se puso boca arriba en la cama e intentó distinguir figuras en el techo del dormitorio, donde ya se filtraban algunas rayas de luz turbia e incipiente que arponeaban con timidez el cielo raso.

En ese instante, el teléfono emprendió la tarea de atormentarlo con sus fatales signos de violencia sonora.

—Vamos, holgazán. Es hora de levantarse. —La voz de la tía Pau tenía un eco artificial, misterioso, por la línea interna de la casa.

—Me estoy levantando —mintió Nacho sin atisbo de remordimiento en la voz—. Subiré a desayunar en cuanto me dé una ducha rápida.

—Está lloviendo, con suavidad, pero sin indolencia. A veces sale un poco el sol entre unas nubes gordas y negras que parece que van a aplastar los tejados, pero la tónica general del día son los chubascos dispersos.

—Lo imaginaba, tía. —Nacho Arán se guardó para sí el hecho, bien conocido por la tía Pau, de que él, su sobrino, era meteorólogo.

—Es tremendo. Hacía casi un año que no caía ni una gota, y ha sido llegar abril... Bueno, mejor así. —La mujer soltó un suspiro que podía confundirse con el sonido de un globo desinflándose, un aliento apagado de plástico roto—. ¿Tienes preparada la maleta?

—Hum... Sí, está lista. —Nacho encendió la lamparilla de lectura y miró a su alrededor en busca de la pequeña maleta Samsonite, que finalmente localizó al lado del galán de noche. Por supuesto, vacía aún.

—Te espero en la cocina. —La mujer se disponía a colgar el teléfono cuando, de pronto, pareció pensarlo mejor—: Ah, sí, Nacho, querido...

Él se encogió de hombros y se resignó a escuchar alguna de las charlas inconexas de su parienta, recién comenzado el día. La tía Pau dormía poco, por no decir nada. El sueño se le antojaba un derroche, puede que un exceso frívolo en un mundo atolondrado de abundancias y atropellos, en constante transformación, a medio hacer.

—Dime, tía... —Se sentía cansado. La habitación en sombras aparentaba tener todos los objetos cambiados de sitio. Y la vivaracha charla de su tía amenazaba con provocarle dolor de cabeza.

—Es una cosa muy rara... —Doña Paulina guardó un silencio teatral al otro lado de la línea. En realidad, se encontraba un par de metros por encima de la cabecera de la cama de su sobrino, en la primera planta de la casa, la que estaba a ras de calle. En la planta baja se hallaban los dormitorios, la biblioteca, un despacho, la cochera y el jardín. Nacho casi podía oír sus enérgicos pasos por encima del techo de su dormitorio, como un indio potawatomi que estuviera auscultando minuciosamente el terreno—. Muy rara, sí, señor...

—¿Qué es tan raro, tía? —Empezaba a impacientarse y a ponerse nervioso.

Tenía que ducharse y espabilar si quería llegar a tiempo al comienzo de la que sería la cuarta jornada del congreso de poetas. Los demás le llevaban tres días de ventaja, pero él no había podido ausentarse del trabajo hasta entonces. Y, para poder acudir, había tenido que solicitar un permiso sin sueldo, que los productores de su espacio televisivo le habían dado a regañadientes. Se sentía enormemente honrado por la invitación. Teniendo en cuenta que era un meteorólogo de la tele —que, además, ni siquiera salía en pantalla, dado que realizaba el trabajo sucio para una joven presentadora cuyos escotes hacían palidecer de insignificancia al anticiclón de las Azores—, y que, a sus cuarenta años recién cumplidos, contaba únicamente con tres libros de poemas, publicados por él mismo (claro que eso no lo sabía casi nadie), ser elegido para formar parte de un selecto grupo que pretendía reunir lo más exquisito de la poesía viva del momento era un honor que le cortaba el aliento de puro placer.

Aunque, pensándolo bien, Nacho tampoco es que fuera un don nadie, incluso era un poco conocido; famosillo en ciertas esferas, quizás no demasiado líricas. Por supuesto, no tanto como sus colegas vates habituales de los medios de comunicación, pero tenía su parte de notoriedad en unos tiempos en los que todos la deseaban, incluso algunos asesinos a los que no se les ocurría nada mejor que matar para lograr la fama que su falta de talento o de méritos les había negado por otros procedimientos. Nacho había fundado hacía cuatro años, en compañía de su tía Pau —bibliotecaria jubilada, adicta a las novelas de misterio— una publicación en Internet, *El Club Baskerville. Revista de Detectives y Sabuesos*, cuyo éxito había ido creciendo de forma inesperada y abrumadora. Tanto que los dejaba pasmados, a él y a su tía. El objetivo del sitio era hacer un seguimiento de los crímenes reales que se cometían a diario en el país y, con la ayuda de los internautas, muchos de los cuales se hallaban en las inmediaciones del lugar del crimen, contribuir a resolverlos. Cuando pusieron en marcha el invento lo hicieron para matar el tiempo y divertirse durante unas vacaciones de verano en las que Nacho —un viajero empedernido que todos y cada uno de los meses de agosto de su vida, desde que tenía dieciocho años, había salido pitando con rumbo a algún destino extravagante y exótico del planeta— se encontró con que no disponía ni de un chavo para viajar al extranjero, como era su costumbre, y tuvo que quedarse en casa. Su tía Pau nunca salía del enorme caserón que habitaban (excepto al pueblo, a comprar o hacer gestiones, y eso si no le quedaba más remedio: alegaba que el mundo era cada día más hostil), y no tenía el agradable hábito de proporcionarle a Nacho estipendios regalados que le permitieran equilibrar sus cuentas. No por tacañería, sino porque estaba convencida de que la escasez, la penuria y las privaciones en general suelen suponerle a toda mente abierta un gran impulso para buscarse la vida. En resumen, que era de la opinión de que la necesidad aguza el ingenio, y de que quien no ha pasado necesidad no tiene ingenio, o lo tiene muy menguado. Y ella estaba empeñada en que su sobrino fuese un hombre de ingenio, lúcido y perspicaz, resolutivo. O sea, sin un euro en el bolsillo y desesperado por conseguirlo.

Ese verano se pusieron manos a la obra y organizaron

la página —total, era gratis—, más por distraerse que por otra cosa. (Nacho se sentía como una fiera enjaulada, amargado por no estar, por ejemplo, en Asia, dejándose azotar por la lluvia caliente de los monzones y mascando el barro de las calles en Chandigar, India.) Recogieron todas las fechorías que notificaban los periódicos en las que se decía que aún no se había detenido a los culpables, así como cualquier noticia relacionada que se hallara en la red o en papel impreso; mandaron el enlace de la recién nacida revista a todos sus contactos por correo electrónico, y procuraron animar el espacio entre los dos escribiendo comentarios sobre cada caso y elucubrando un poco al tuntún sobre todos ellos.

La sorpresa vino cuando —tímidamente al principio y de forma imparable y casi torrencial al cabo de sólo quince días de estar abierta— la revista se fue animando con la participación de cientos de internautas, mucho más empeñados en hacer justicia que los aburridos tía y sobrino.

La historia de la página había sido de lo más extraordinaria, y había estado jalonada de indiscutibles éxitos; también de grandes decepciones, pero ésas ya estaban olvidadas. Comenzaron por aclarar el robo de una estación meteorológica (asunto que a Nacho le agradó especialmente) en Barbastro, Huesca, cerca del río Vero, constituida por una caseta de buena madera, una veleta, un anemómetro, un termómetro de máximas y mínimas y un pluviómetro. Lo lograron gracias a Rodrigo, un chaval internauta residente en Zaragoza con cara de no haber roto un plato en su vida y gafas de montura naranja, a juego con su pelo, que se reveló como un hábil *hacker*. El chico, que ahora acababa de cumplir los dieciocho, tenía apenas catorce años por entonces, y no se consideraba un ladrón de la red, un *cracker*, sino un *grey hat*, un «sombrero gris» de esos que sólo traspasan límites moralmente reprobables de vez en cuando, y siempre que un noble fin justifique los malos medios (Nacho le había advertido que ésa no era una filosofía moral demasiado escrupulosa, pero...). Con las noticias, las indicaciones que dieron algunos lectores de la revista y la habilidad de Rodrigo, que no necesitó moverse de su habitación, resolvieron el misterioso robo: la estación la había birlado un jubilado de Huesca que tenía una casa de veraneo en Castillazuelo, y que escribió un e-mail a su hija, residente en Portland, Estados Unidos, contándole lo bien que había quedado en el jardín su nueva estación *casera* para controlar el tiempo.

Ese caso sólo fue el primero de una larga serie de enigmas delictivos resueltos. Entre ellos, un caso de asesinato, el de unos *aluniceros* que asaltaban tiendas en la Milla de Oro de Madrid valiéndose de un coche de alta gama (para lo que fue esencial la colaboración de un taxista, que los sorprendió una madrugada mientras actuaban), y dos atracos a mano armada (el club puso a la policía sobre la pista de los malhechores, a quienes finalmente atraparon).

La revista electrónica se había ganado una justa fama de eficacia y seriedad, y ahora incluso obtenía ganancias por publicidad: contaban con el patrocinio de una agencia internacional de detectives, a la que anunciaban a todo trapo, y de una empresa de cobro de morosos. Hasta la policía los tomaba en serio, y algunos inspectores y agentes habían colaborado con ellos en ocasiones, siempre de manera discreta y extraoficial, apoyándose mutuamente.

Ahora tenían varios casos en marcha, de poca monta, pero entretenidos.

Nacho bostezó, desperezándose. ¿Qué sería eso tan raro que quería contarle su tía? Se irritó un poco. Qué mujer... ¡Cuántas vueltas le daba a todo!

—¿Qué es tan raro, tía? Habla o te atragantarás —le pidió, incómodo porque le picaba la barba y quería darse una ducha pronto.

Dentro de un par de horas, a lo sumo, se codearía con las mejores plumas del país. Hombres y mujeres que tenían la gloria al alcance de sus versos. Incluso dispondría de la increíble oportunidad de saludar al nuevo ministro de Cultura, que, si su agenda no se lo impedía en el último minuto, tenía previsto pasar por el Cigarral de la Cava para saludarlos a todos y compartir un almuerzo informal. Él, Nacho Arán, meteorólogo de redacción televisiva y humilde aprendiz de poeta, había sido llamado a sentarse en pie de igualdad con todos ellos. No se lo podía creer. Sin duda la poesía le estaba dando muchas más satisfacciones que la meteorología. No cabía duda al respecto. Aunque, evidentemente, no le daba de comer. Nacho pensó que la poesía raramente daba de comer a nadie, y a los poetas menos que a nadie.

Se levantó de la cama con el teléfono inalámbrico pegado a la oreja y abrió a duras penas la ventana. Echó un vistazo al jardín bajo la luz mortecina y húmeda de la mañana. Efectivamente, llovía por fin. El agua descollaba de los aleros con una tibieza lúgubre. Tocó el radiador situado bajo la ventana. Por fortuna, estaba empezando a caldearse. Hacía un mes que habían decidido apagar la calefacción, pero su tía, con muy buen juicio, había resuelto encenderla de nuevo.

Se rascó la barba. Tendría que afeitarse bien. Sería estupendo que la tía Pau dejase de entretenerlo con su parloteo mañanero.

—Es extraño, pero acabo de leer en Internet que un poeta bastante conocido fue asesinado ayer, sobre las cinco de la tarde. Una hora muy taurina para morir. Ocurrió en Toledo. Éste puede ser un buen caso para el Club Baskerville. Por cierto, querido niño, ¿no ibas tú precisamente a Toledo, a un congreso de poetas? Recuerdo que me dijiste...

—¿Qué? —Nacho dio un respingo—. ¿Dónde?, ¿de qué estás hablando...?

—Me preguntaba si tú lo conocerías, al hombre. Al poeta... Las noticias aún son un poco confusas, pero...

—Subo ahora mismo a la cocina. —Nacho colgó el teléfono, se calzó las zapatillas de felpa y abrió apresuradamente la puerta del dormitorio. El pasillo, enorme y abarrotado de viejos cuadros originales, lucía una atmósfera dramática y silenciosa. El suelo de madera crujió agradablemente bajo sus zancadas.

Cuando entró en la cocina, la tía Pau agarraba el teléfono con una mano, y con la otra se aferraba al asa de una taza de té hirviendo. Tenía un aspecto osado y testarudo, en cierto modo romántico.

—Ah, todavía estás en pijama. Llegarás tarde, querido. A veces tengo una acuciante sensación: que va siendo hora de que encuentres a una buena mujer y fundes tu propio hogar. Con niños y todo eso —dijo la señora. Luego sonrió, tan satisfecha como un gato que acabara de darse un festín de ratoncitos frente a la chimenea.

Antes de salir de casa en dirección a Toledo, al cigarral donde tenía lugar el encuentro poético, Nacho miró con nostalgia su viejo Opel Vectra blanco aparcado en un lateral de la casa. La lluvia se estaba encargando de limpiarlo un poco, le hacía falta. Sacó el teléfono móvil con la intención de hacer una llamada, pero le temblaba el pulso mientras buscaba el número en la agenda. No era muy aficionado a hablar por teléfono y contempló el aparato como si fuese el centro neurálgico de su desazón. Por fortuna, nadie respondió a sus insistentes timbrazos. No le apetecía mucho hablar con la vieja señora Pons, la anfitriona del encuentro, y menos aún, en las actuales circunstancias. Pensó que lo mejor sería ir a Toledo, tal y como estaba previsto, como si no pasara nada. Desde luego, estaba el aliciente del crimen, si es que era adecuado hablar así, pero...

Se subió el cuello de su chaqueta de Gore-Tex, especial para ir en moto, blandió la pequeña maleta con una mano y salió del porche con la cabeza gacha. Dio unos curiosos saltitos tratando de esquivar los charcos, abrió la portezuela del coche, arrojó la maleta en el asiento trasero y se coló en su interior con un suspiro de alivio.

Mientras daba marcha atrás y activaba el portón de la calle con el mando a distancia, pudo ver a su tía detrás de la ventana enrejada del dormitorio de invitados que daba a la fachada delantera. Soplaba sobre su taza de té, que a esas alturas estaría gélido de todas formas, y le dijo adiós con la mano libre. Su cabeza era un acuoso fardo gris detrás del cristal. Nacho se preguntó si su tía habría conocido alguna vez el amor y el placer. Era una solterona, por lo que tenía serias dudas. Y, bien pensado, él también se estaba convirtiendo en un solterón. Le devolvió el saludo, hilvanó con esfuerzo una enorme sonrisa en su rostro y salió a la calzada. Esperó hasta comprobar que la puerta volvía a cerrarse y enfiló la calle en dirección a la carretera. Pensó malhumorado que, a esas horas, seguro que ya se habría formado un buen atasco en la entrada de Madrid.

Fabio Arjona había muerto a los sesenta y cuatro años de edad. Si su asesino hubiese permitido que la naturaleza siguiera su curso, probablemente habría vivido alguna década más, incluso un par de ellas. Era un hombre de costumbres saludables, por lo general. Tenía muchas posibilidades de haber logrado mantenerse razonablemente ileso durante el resto de su vida, como venía estándolo hasta aquella fatídica tarde. Pero dado que todo es vil materia, podredumbre y cieno, a esas horas de la mañana su cuerpo gastado y exánime —nada que ver con un cadáver exquisito— iba camino del Instituto Anatómico Forense de Madrid, en la Ciudad Universitaria de la capital.

Cuando, por fin, Nacho logró llegar al cigarral de doña Agustina Pons —después de perderse durante más de media hora, tras cruzar el puente de la Cava y desviarse hacia la carretera de Navalpino, en vez de tomar la de Piedrabuena—, el juez ya había procedido al levantamiento del cadáver. Los árboles que poblaban el jardín de la propiedad tenían en las ramas un brillo de ansiosa hipocondría, o eso se le antojó a él. Hacía horas que había dejado de llover en Toledo. La borrasca se desplazaba hacia el noreste con cierta apatía, desgarrándose sobre el paisaje igual que algodón sucio entre cuyos jirones asomaba un sol deslumbrante de cuando en cuando. La luz del aire lo teñía todo de un verde azulado, con débiles tiznajos grises de niebla. Nacho siguió las indicaciones de un hombre bajo y corpulento, que semejaba estar bordado contra el fondo del río Tajo, y aparcó el coche junto a otros tantos cuyos morros enfilaban hacia Toledo, dispuestos a contemplar todo el día la silueta del monasterio de San Juan de los Reyes, al otro lado del río. De los seis coches allí estacionados, el suyo era el más viejo de todos, reconoció con un tímido encogimiento de hombros.

El hombre se llamaba Carlos y era un ecuatoriano de mirada fosca y esquiva que se presentó hablando en dirección al suelo, tan rápido que a Nacho le costó entender lo que decía. Le indicó una entrada a la casa con un breve gesto de la mano y no le preguntó su nombre al recién llegado.

—La señora está en la salita —dijo. Su acento era suave y desangelado.

—Muchas gracias —respondió Nacho; luego titubeó—: ¿Necesita que le deje las llaves del coche, o algo...?

—No ahorita, el señor puede quedárselas propiamente, si gusta. No hay problema.

Nacho asintió y se encaminó a la entrada lateral —un portalón de madera antiguo y cargado de repujes, aunque más modesto que el principal— con paso decidido. El jardín que rodeaba la casa estaba sembrado de almendros en flor, un pequeño olivar arrimado a la parte que asomaba al río y cipreses de un fogoso verdor con gruesos troncos cubiertos de musgo. Los emparrados se ceñían al muro que rodeaba la hacienda, y el tomillo y el romero crecían frescos y saludables en recogidos plantíos que bordeaban el camino principal hasta la puerta. Otras plantas no ofrecían tan buen aspecto, conjeturó entornando los ojos hacia un rincón algo mustio de la parcela, toda ella de trazado antiguo, ordenado y límpido en general. El terrero era irregular, recorrido por caminos que creaban rincones llenos de sutileza y misterio, bordeados de bancales con setos de aligustre, parterres de césped cercados por el verdor del boj y rosas, blancas hortensias y geranios por cualquier lugar que alcanzase la mirada.

Cuando entró en el cigarral, el silencio le pareció tan espeso que le cortó el aliento. Al volver a respirar, oyó el maullido de un gato y el rumor de una voz que se dirigía al minino riñéndole con ese tono que sólo se usa con los animales y los bebés, con seres vivos que no sabrían contestar a tanta reconvención y cordial reproche envuelto en interjecciones de astuto cariño.

—Buenos días, yo... —Nacho pensó que le hubiese gustado tener un sombrero para poder quitárselo ante la dama y mostrar así su respeto en el primer saludo. Aquella estancia era de otra época, y probablemente requería que cualquiera que accediese a ella se descubriera ante la señora.

Doña Agustina Pons estaba sentada en una mecedora alfonsina de finales del siglo XIX, torneada, de madera tan brillante como los ojos de su dueña. Un secreter Biedermeier de líneas sencillas y elegantes estaba abierto a su lado, pegado a la pared junto a una chimenea diminuta de azulejos pintados a mano, enseñando su tesoro de papeles, cartas y periódicos en alegre revoltijo. En el ambiente oscuro y anticuado de la habitación sólo desentonaba un ordenador portátil Macintosh, un MacBook Pro de última generación que lucía morosamente encima de una mesa camilla cubierta con un tapete de croché marfileño, con su salvapantallas de cascadas de agua y fotos del planeta Tierra visto desde algún indiscreto satélite. No le extrañó que la vieja señora estuviera informatizada. Su propia tía Pau era una forofa de las nuevas tecnologías, y le resultaba de una gran utilidad en la gestión de la revista electrónica. Actuaba como una eficiente secretaria, con las virtudes de una mujer del siglo XIX sumadas a las de otra del siglo XXI. Nacho sospechaba que tía Pau mantenía varias relaciones a través de Internet no del todo apropiadas para su edad y condición. Si alguien le hubiese preguntado, habría dicho que su tía no estaba para muchos trotes sentimentales, pero también era perfectamente consciente de las ventajas de mantener líos amorosos en la distancia del ciberespacio. No existían comprometidos intercambios de fluidos corporales —suponiendo que, a la edad de su tía, se pudiera disponer de ellos—, sólo de bits, de gigas, de megas en todo caso. Y tener un buen antivirus era mucho más fácil y barato que arreglar el engorroso asunto de las precauciones higiénicas sexuales.

Nacho contempló pasmado las oscilaciones de la pantalla y luego la cara de doña Agustina.

—Buenos días —dijo ella—. Aunque, en fin, eso de «buenos»... Vamos a dejarlo.

Se rebulló en el asiento y acarició al gato, un abisinio delgado, musculoso y tranquilo, de ojos avellana y una coqueta nariz con orla negra. Tenía el pelaje anaranjado y su cola enlutada parecía un látigo de peluche. Entornó sus bellos ojos y envió un maullido displicente rumbo a Nacho, que lo miró tan sorprendido como si acabara de hablar.

—Siéntate, hijo —doña Agustina señaló otra mecedora, gemela de la que ella ocupaba, al otro lado de la mesa—. Disculpa que no me levante, pero estoy algo mareada. Tú debes de ser Ignacio Arán, ¿verdad? El joven poeta meteorólogo. El único que faltaba en esta desgraciada reunión... —Empujó dulcemente al gato, que saltó desde sus piernas hasta el suelo de baldosines hidráulicos, de colores pastel deslucidos por el paso del tiempo.

—Llámeme Nacho. Así es como me conoce todo el mundo.

—Si me sintiera de mejor humor, te diría que yo no soy todo el mundo, y que te llamaré como me dé la gana. Pero, ya ves... Hoy ni siquiera tengo sentido del humor. Lo he perdido, juntamente con el resto de mis sentidos, después de este desdichado..., hum, accidente.

—¿Accidente? He leído en Internet que al señor Arjona lo han apuñalado.

—Quiero decir que, lo más probable, a pesar de mis bromas al respecto, es que haya sido alguien de fuera, un intruso, un ladrón o alguien así, quien lo ha asesinado. Lo del «accidente» es una manera de hablar, joven.

—Ah, vale.

Nacho le tendió la mano a doña Agustina y se asombró

de sí mismo al descubrirse haciendo una leve inclinación de cabeza.

La mujer vestía completamente de negro. Si se la miraba desde un par de metros de distancia, toda su figura poseía un ligero barniz de alquitrán. Su cabeza era, en realidad, un accesorio de su vestuario, del que podría haber prescindido si no hubiese sido porque Nacho no dejaba de percibir síntomas de que la señora se preocuparía de mantenerla a pleno rendimiento incluso mientras sesteaba. Tenía unos pequeños ojos azules que bizqueaban de vez en cuando, como si se pelearan entre sí, y que gobernaban el mundo a su alrededor a través de la inquisitiva mirada, cargada de burla y apremio. Nacho se dijo que quizás la señora se había excedido con el maquillaje a esa hora tan temprana. El pintalabios de color perla se reunía en minúsculos grumos alrededor de las comisuras de su boca, y el colorete era una salva de polvos caídos a toda prisa sobre las mejillas hundidas. Su sonrisa, contra todo pronóstico, era jovial y todavía hermosa, miraba directamente a la cámara de la vida y le decía sin complejos: «Aún estoy aquí, ¿tienes algo legal y divertido que puedas ofrecerme?» Emanaba tenacidad y ardor, a pesar de sus años. Le calculó algunos más que a su tía Pau. Debía rondar los setenta y cinco, por lo menos. Sin embargo, su genio y su energía no habían empezado a declinar.

Agustina Pons era la viuda de un poeta laureado, Alberto Pons, que cada año se consumía un poco más en el olvido de los lectores y de la oficialidad. Alberto había nacido en Toledo a comienzos del siglo XX, y murió en los años noventa de la pasada centuria, en la misma casa en que nació, el Cigarral de la Cava, la finca de recreo favorita de su madre. Hijo único de padre catalán millonario, un empresario dedicado a la fabricación de maquinaria agrícola, y madre italiana, fue un señorito sin muchas cosas que hacer, de modo que se dedicó a la poesía influenciado por Rubén Darío y —durante un período muy breve de tiempo— al fascismo, impresionado por Mussolini y el ambiente que rodeaba a su familia materna, con la que pasó muchos de sus años juveniles. Se adhirió al ultraísmo, más tarde al postsimbolismo, y finalmente al neopopulismo, aunque no consiguió destacar mucho en ninguna de las corrientes poéticas que practicó con denuedo y sin desmayo. Escribió poemas de extraña tipografía e imágenes barrocas que nadie comprendía, ni siquiera él. Y fue tal su empecinamiento por convertirse en poeta que, al final, sus padres no consiguieron hacer de él otra cosa. Recibió el Premio Nacional de Literatura José Antonio Primo de Rivera en 1941, al que siguió una larga serie de reconocimientos literarios con los que el régimen de Franco lo recompensó cada poco tiempo. Sus malvados críticos dijeron de él que era lógico que obtuviera tantos galardones, al fin y al cabo sus poemas no decían nada en absoluto, lo que, durante el franquismo, no dejaba de ser un gran mérito para un intelectual.

Alberto Pons se casó con Agustina, treinta años más joven que él, a mediados de la década de los sesenta, después de llevar una vida de solterón disipado y sexualmente exigente (eso era lo que se rumoreaba por ahí). No tuvieron hijos, y doña Agustina no los echaba de menos, según había confesado en más de una ocasión. Cuando lo conoció, ella se hacía llamar Tina Huertas, y era la secretaria de Daniel Araujo (y, según se comentaba en voz baja, también su modelo y amante), un pintor con el que Alberto trabajó en algunas de las muchas revistas que fundó y cerró a lo largo se su vida literaria (*Adelante, Grecia, Arbor, Tiempo, Poemas del Ángel...*). Colaboró activamente con Ernesto Giménez

Caballero en *La Gaceta Literaria*, hasta que surgieron algunas desavenencias entre ellos y, sobre todo, Alberto descubrió que Giménez Caballero no necesitaba coadjutores ni socios, porque se bastaba a sí mismo para escribir de cabo a rabo la revista que fuera.

Una vez casado con Agustina, la vida de Alberto Pons dio un giro sutil pero decisivo. Ya era mayor, y había corrido mucho. También había escrito lo suyo. Al lado de Agustina se dedicó a ordenar su obra, a alejarse de todo lo que oliera a franquismo y a frecuentar la amistad de intelectuales disidentes, casi todos ellos procedentes del marxismo que empezaba a gestarse en las principales universidades de letras. Agustina, con su fino olfato para entender el signo de los tiempos, comprendió enseguida que aquellos jóvenes formarían un día la élite dirigente, y podrían redimir el pasado de su marido; su frívolo pasado fascista, y posteriormente franquista. En realidad, Alberto nunca había tenido ninguna idea política seria. Toda su vida se había dejado llevar por las corrientes del momento, sin preocuparse más que de la estética ni aventurarse más allá de un conocimiento superfluo de la historia, que para él se reducía a una serie de vistosos carteles con alguna soflama poética adornándolos. De modo que, manos a la obra, Agustina consiguió a lo largo de tres décadas, y a lomos de los cambiantes vientos políticos del país, transformar poco a poco la imagen literaria de su marido. Eran ricos, y ella no tenía más oficio que la reputación de Alberto. El dinero es un enojoso asunto que logra consensos y filiaciones, no por pasajeras menos convenientes.

Cuando murió su marido casi había logrado transformarlo en un excéntrico anciano, venerable y sabio. Puso en marcha la Fundación Alberto Pons, y consiguió que se hicieran más de una docena de tesis doctorales sobre su obra, que fueron generosamente becadas. Para entonces,

Alberto ofrecía la divertida imagen de un poeta mundano, adelantado a su tiempo, moderno y juguetón con la vida y el lenguaje. Un excéntrico digno y estimable. Agustina había sido el guardabarros de Alberto. Y diecisiete años después de su muerte, sin nada mejor que hacer y más dinero del que podría gastar en lo que le quedaba de vida, estaba dispuesta a seguir siéndolo. Aunque, a esas alturas, procuraba no tener que mancharse demasiado.

La idea del encuentro poético se había gestado también en la fundación. El secretario de Agustina —con el que se *entendió* durante algún tiempo, hacía ya mil años— y ella habían convencido al Ministerio de Cultura para que coligara su nombre al encuentro. Los gastos los pagaba la fundación, por supuesto; lo de menos era tener a una docena escasa de poetas durante una semana en el cigarral, a gastos pagados. Lo más caro era remunerarles por su tiempo. Quince mil euros para cada uno, más de lo que mucha gente ganaba trabajando duramente un largo año de su vida, con el requisito, eso sí, de que todos ellos leyeran una ponencia (a puerta cerrada, y sólo para sus colegas, pues no se permitía la asistencia de público) que versara sobre un aspecto cualquiera de la obra del difunto y egregio Alberto Pons. Una vez finalizado el evento, las conferencias serían publicadas en forma de libro por la fundación, bajo el padrinazgo del Ministerio de Cultura, con una breve introducción de página y media del propio ministro. Agustina no había dudado de las virtudes publicitarias de la idea. Pensaba repetir el encuentro cada dos años, eligiendo siempre a los mejores poetas del panorama nacional (algunos no repetirían, muchos sí). Quería que el nombre de Alberto estuviera asociado a lo más sobresaliente de la poesía del momento, y quería oírles decir a todos aquellos engolados «juntaversos» progres lo maravilloso y genial que había sido su marido. Costaba una fortuna, pero valía la pena: sabía de buena tinta que algunos habrían matado por estar convocados allí ese día.

Bueno... De hecho, alguien había matado de verdad. Y todo anunciaba que quien lo había hecho *sí* había sido invitado, o no, pero en cualquier caso...

Agustina suspiró y cerró ceremoniosamente los ojos, igual que haría su gato.

—Parece mentira que esto me haya pasado a mí... Dentro de pocas horas tendremos encima a la prensa. Esto saldrá en los telediarios de la noche, ya lo verás. La radio ha avanzado la noticia, aunque por fortuna no tenían todos los datos. Se han limitado a anunciar que Fabio Arjona «ha muerto en trágicas circunstancias». Ni se imaginan lo trágicas que han sido... Esta noche habrá una docena de periodistas a las puertas del jardín, apuntando sus teleobjetivos hacia nuestros sospechosos... traseros. En tu revista de Internet ya está la cosa que arde, yo misma lo he comprobado... —Bajó la voz cuando pronunció la última palabra, mascullándola.

—¿Cómo dice? —Nacho se incorporó hacia delante y, con el impulso de su cuerpo, el balancín lo acunó de un modo discreto y agradable.

—Nada, hijo, nada. ¿Te ha enseñado Carlos tu habitación?

—No, aún no. He pasado directamente aquí. Ni siquiera he sacado mi maleta del coche. No sabía si... ¿Dónde está todo el mundo? ¿No hay nadie más en la casa?

«Esto está muy tranquilo —pensó—, demasiado, después de haber pasado lo que sea que haya pasado.» Se mordió los labios. La palabra *asesinato* le resultaba dura de pronunciar. Se le antojaba uno de esos términos por los que hay que pagar honorarios..., lingüísticos y morales.

Durante un rato ninguno de los dos dijo nada. El gato apareció de nuevo en la puerta entreabierta, procedente del jardín. Se echó sobre la alfombra y comenzó a hacer muecas mientras se acicalaba el bigote, húmedo quizás de hozar entre las plantas. Nacho pensó que los gatos son unos verdaderos maniáticos. Y que siempre parecen profundamente satisfechos y contrariados a la vez.

—Hemos pasado toda la noche en vela. Desde que descubrimos el... cadáver hasta ahora mismo. Lo... lo encontré yo, en el jardín, maldita sea. A los pies de mis plantas, encima de mi banco de hierro del siglo XIX. Esto es demasiado, a mi edad. La policía llegó alrededor de las ocho, estaba oscureciendo, y estuvo interrogando uno por uno a todos los habitantes de la casa. —Para apostillar sus palabras, la señora dejó escapar un pequeño bostezo, el precio en metálico de su cansancio—. Pusieron la casa patas arriba, además, registrándola palmo a palmo. Casi todo el mundo tuvo que desplazarse a la comisaría para prestar declaración. Algunos todavía no han regresado; espero que no tarden en hacerlo. Nos han tomado las huellas digitales y muestras de ADN. ¡ADN!, yo ni siquiera sabía que tenía algo así dentro de mi cuerpo, y mucho menos que me pudieran extraer una porción pasándome un bastoncillo de algodón por las encías. Ha sido, sin lugar a dudas, la noche más extraña de mi vida.

Nacho sólo conocía los detalles que había tenido tiempo de leer por Internet antes de salir corriendo de casa. Informaciones confusas y atropelladas que ni siquiera se ponían de acuerdo sobre la hora de la muerte. De camino a Toledo, había podido oír por la radio una referencia al «luctuoso y terrible suceso» (así lo habían denominado) que no arrojaba mucha más luz sobre el asunto.

—Lo único que puedo decir, a estas alturas del día, es que creo que tú no eres el asesino. —Doña Agustina sonrió y en sus ojos claros y acuosos se despertó un fogonazo de oscuridad, como un diminuto quiste en medio de los iris—. Aunque tampoco podría asegurarlo, claro.

—Bueno, yo...

—Todos los demás somos sospechosos, ¿entiendes, Ignacio? La policía nos tiene a todos en el punto de mira. Trece adultos a los que podríamos incluir sin un titubeo entre las personas más respetables y consideradas de este país, sospechosos de haber cometido un crimen atroz. Con arma blanca.

—¿Incluye ese número al jardinero? —quiso saber Nacho.

—¿Te refieres a Carlos? No es exactamente el jardinero, aunque también. Es un «chico para todo». Se encarga del mantenimiento de la propiedad. Cuando yo ando por aquí, también viene su mujer a cocinar y a limpiar.

—O sea, catorce adultos, porque Carlos estaba aquí cuando ocurrieron... los hechos, ¿no? —Hizo un mohín de disgusto consigo mismo.

«Los hechos», cielo santo, ¿de dónde sacaría esa tendencia a la semántica complaciente y trillada?, ¿quizás de sus actividades en la *Revista de Detectives y Sabuesos*? Aunque Nacho se dijo que tal vez era algo que le ocurría en presencia de personas de cierta edad, como su tía Pau y ahora doña Agustina. Sin darse cuenta se volvía formal, relamido y deferente con ellas. Se esforzaba inconsciente y patéticamente por caer en gracia. Afloraba enseguida su complejo de niño bueno que por nada del mundo quiere que le riñan. Sí, tenía un problema con la autoridad. En otros ambientes, sin embargo, sus palabras se vestían de cuero y hacían estriptís, se volvían atrevidas y no tenían en cuenta lo que pensaba la gente.

—Carlos no estaba. Siento decepcionarte. Me temo que, al contrario de lo que puede ocurrir en una novela de Agatha *Mary Clarissa Miller* Christie en la que el asesino sea el mayordomo, éste no es el caso. Quizás Carlos mataría si así pudiera obtener la nacionalidad española, pero no creo que esté muy convencido de que el asesinato sea la vía más rápida para conseguir un DNI. Vive en Guadamur, no en Toledo, y termina de trabajar a las cinco de la tarde; para entonces, se sube en su furgoneta Seat Transit de quinta mano y se va a su casa, solo o con su mujer, Alina, si ella también ha estado trabajando en el cigarral, a una velocidad de por lo menos treinta kilómetros por hora, a su pisito alquilado, de cuarenta metros cuadrados, donde le esperan cinco críos gritones de entre cuatro y diecisiete años. —Doña Agustina se pasó los dedos por la comisura de los labios y arrasó buena parte del carmín marchito que se había acumulado en ellas—. Además, anoche, como estaba planeado que hiciésemos todas las noches mientras dura el encuentro, no teníamos previsto cenar aquí, de modo que Carlos se fue pronto. Íbamos a acercarnos a Toledo, a un restaurante, La Hierbabuena, en la calle del Cristo de la Luz, al lado de la mezquita. Teníamos un reservado. Sirven unas excelentes verduras de temporada, y carnes rojas de primera. Carnes rojas... Sólo de pensarlo ahora se me revuelve el estómago. Deberías haber visto a Fabio, don Fabio... Toda la pechera ensangrentada. —Se pasó un pañuelo bordado por la cara y cerró los ojos con fuerza—. Dios mío... Al parecer, había cogido un cuchillo de la cocina y una manzana. Le encantaban las manzanas; decía que eran la fruta prohibida, pero que ya no había peligro por comerlas. Era la única fruta que probaba. Después de hacerse con una salió al jardín para comérsela sentado en el banco. Cristina Fábregas lo vio, según contó a la policía, cuando entró también en la cocina a por un vaso de agua, pero no cruzaron palabra porque tengo entendido que no se llevaban bien. Cristo bendito. Y el cuchillo sirvió para pelarle el corazón a Fabio como si fuese la manzana de Eva. ¡Un cuchillo de *mi* cocina, por todos los santos...! Cuando se lo llevaron aún lo tenía incrustado en el pecho, en el centro del corazón. Igual que un figurante en una obra de teatro barata.

—De modo que trece personas... —Nacho se puso en pie; iba siendo hora de subir el equipaje a su habitación. La dama estaba desfallecida, era evidente, y él no quería abusar de su hospitalidad—. Con su permiso, me retiraré un momento a deshacer la maleta. La dejo descansar. Le preguntaré a Carlos por mi habitación.

—Sí, trece, mal número. Éramos catorce contando al finado. Quince contigo. Pero tú aún no habías llegado y él ha... fallecido. Trece, sí.

—¿No pudo ser alguien de fuera que entrase en la casa sin ser visto, asesinara al señor Arjona y luego huyera? —preguntó Nacho—. ¿Le han robado?

—No lo sabemos. Su cartera estaba en el dormitorio. Nadie sabe si llevaba algo de valor encima. La policía no descarta ninguna posibilidad. Cuentan con que pudimos ser cualquiera de nosotros. ¡Fíjate, hasta yo me incluyo! —Sonrió tristemente y, a pesar de todo, su cara se iluminó como si acabaran de enfocarla con una linterna.

—Trece, ¿eh?

—Así es.

—Mal número, como usted dice. Pero imagino que no todos tenían un motivo para desear la muerte de Fabio Arjona —concluyó Nacho, dirigiéndose hacia la puerta.

Doña Agustina no contestó. O, al menos, Nacho no oyó su respuesta.

Le gustó la habitación que le adjudicaron en el Cigarral de la Cava. Acostumbrado a las vistas cerradas del jardín en casa de su tía Pau —no es que le desagradara en absoluto la panorámica del limonero con los pies abarrotados de rosas enanas y pensamientos que había enfrente de su ventana, así como de un trozo de la piscina cubierta con una lona para conservar el agua, pero a veces echaba de menos la visión de un espacio abierto, algo que siempre calmaba su espíritu—, se le antojó una bendición poder contemplar desde su balcón la trenza de agua del río Tajo, que había crecido un poco con las últimas lluvias y se escurría gozosamente embarrado bajo el puente de San Martín. La silueta de Toledo se recortaba detrás, y si miraba su plano con atención y lo comparaba con la línea del horizonte, podía distinguir las sinagogas del Tránsito y de Santa María la Blanca, pintadas con las líneas de luz pura que regalaba la mañana entre los tejados de la judería. «Qué lástima no poder disfrutar de todo esto como a mí me gustaría. Después del asesinato, el congreso se ha echado a perder —pensó—. Aunque queda el crimen, que tampoco está mal para pasar el rato. Mucho mejor que un sudoku, desde luego.» Sonrió malévolamente.

Deshizo el equipaje y lo almacenó cuidadosamente en la parte baja del armario de caoba estilo años treinta, que crujió cuando abrió las puertas como si se estuviera quejando por falta de uso. Presidía el lado oeste del dormitorio, que habían pintado no hacía mucho de un color azul intenso. A su izquierda, un biombo chino de madera lacada no desentonaba con el resto del mobiliario. La cama era demasiado blanda: un cabecero alfonsino de madera de pino colgado de la pared y un canapé con los muelles tan flojos como las caderas de un octogenario.

El baño —«lamento comunicárselo al señor, usted me entiende», le había dicho Carlos con tono afligido— era compartido. La casa, grande y antigua, se había ido reformando con el paso del tiempo, pero sólo disponía de cuatro baños, uno de ellos de uso exclusivo de la señora. Cada planta de la casa (a él le había tocado la segunda) tenía uno, que prestaba servicio a cinco dormitorios. De modo que, en el caso de Nacho, sería preciso compartirlo con cuatro invitados al congreso. Los de la primera planta tenían suerte: como Fabio Arjona había sido asesinado, eran uno menos a la hora de hacer cola por las mañanas. Los tres invitados alojados en la planta baja disponían de otro para ellos solos.

El primer día, según supo Nacho por Carlos, se había colgado de la puerta de cada baño una hoja con los horarios y turnos (en las horas punta) destinados a cada usuario, para evitar situaciones incómodas.

Había mirado el suyo. Podía ducharse y afeitarse de 8 a 8.30 todas las mañanas, o de 8.30 a 9.30 de la noche. (¿Y cuando salieran a cenar y volvieran más tarde?, se preguntó con un ataque de pánico. Tomó nota mentalmente para preguntárselo a Carlos en cuanto tuviera ocasión.)

Nacho abrió su ordenador portátil, un MacBook mucho menos potente que el de doña Agustina, y comprobó que había conexión Wi-Fi a Internet. Se tumbó en la cama, descalzándose previamente, y se sintió envuelto de los pies a los labios por la exagerada blandura del colchón. Le costó acomodarse sobre las almohadas, pero al final logró encontrar una postura no demasiado infamante. Su página de inicio era la del club, sobre la que los internautas se habían abalanzado ya con todo tipo de especulaciones sobre la muerte de Fabio Arjona.

Entró en el buscador de Google. Introdujo las palabras «Fabio Arjona» y aparecieron casi trescientas cincuenta mil entradas.

—¡Fiuuu!... —silbó Nacho; eran muchas para un nombre poco común, demasiadas para un catedrático de universidad, y una cantidad exorbitante para un poeta vivo. Bueno, «vivo» hasta hacía pocas horas.

Por supuesto, las últimas noticias relacionadas con su nombre comunicaban el hallazgo de su cadáver apuñalado la noche anterior. Prometía ser un escándalo en toda regla. Se preguntó cómo iba a transcurrir el congreso después de aquello. Probablemente, los invitados tendrían ganas de largarse cuanto antes a sus casas. Pero doña Agustina, por lo que él podía intuir, no era la clase de mecenas que les facilitaría la retirada. Les había extendido un generoso cheque —Nacho había recibido el suyo el día anterior, por mensajería—, y seguramente estaba dispuesta a obtener a cambio unos servicios muy concretos.

A pesar de que conocía de sobra a Fabio Arjona (no personalmente, claro), Nacho pasó un buen rato leyendo noticias sobre él en Internet. Abrió un documento con su nombre en el escritorio de su ordenador y cortó y pegó allí todo lo que encontró por la red que le pareció interesante sobre él. Al final obtuvo un dossier de más de ciento cincuenta páginas que leería con tranquilidad cuando tuviera más tiempo. De momento se lo envió a Rodrigo —que a esas horas debía de estar en brazos de Morfeo si su madre no lo había sacado de la cama a escobazos—, a una dirección electrónica de Gmail, pidiéndole que se pusiera las pilas e investigara todo lo que pudiese sobre el caso.

La Wikipedia, la enciclopedia libre de Internet (en alguna ocasión había sido esclava de la maledicencia y el torticero afán de vilipendiar, o de *wikipendiar*, de algunos *wikificadores*, aunque eso no era lo habitual; siempre había guardianes que rectificaban a sus colegas cuando éstos no eran lo bastante objetivos, pero lo malo era que el proceso de información errónea, hasta que era corregido, quedaba a la vista de cualquiera), era bastante generosa con el difunto; sus enemigos no habían enredado ahí, aún. Ofrecía datos biográficos, fecha y lugar de nacimiento (nacido en Madrid, hacía sesenta y cuatro años), títulos universitarios y ocupación actual. En cualquier otra profesión, a su edad ya estaría jubilado, pero Fabio Arjona, catedrático de universidad, no había estimado necesario hacerlo todavía.

Según la *Wiki*, Fabio Arjona era licenciado en Ciencias Económicas y doctor en Filología Hispánica, como muchos de sus colegas de generación, a quienes la fascinación por Karl Marx había encaminado al estudio del capitalismo para darse cuenta, al poco, de que añoraban las letras. (La gloria, y todo eso, suponía Nacho; o quizás es que estaban convencidos de que la poesía era un arma cargada de futuro, con lo que demostraban cierta predilección por las armas, además de por la poesía.) Era catedrático de Literatura Española en Madrid, y hasta la fecha profesor visitante, de manera asidua, en las universidades norteamericanas de Berkeley y Harvard, y en la parisina Sorbona; bien conocido en los ambientes académicos por el extraordinario descubrimiento de unos versos del poeta árabe del siglo XIII Abul-Beka, que, tras sus investigaciones, dedujo que habían servido de «fuente de inspiración» a Jorge Manrique a la hora de escribir sus *Coplas*. La relación de sus méritos como asesor de fundaciones, sociedades estatales, conmemoraciones culturales y exposiciones diversas ocupaba dos pantallas. Tampoco eran desdeñables sus tareas, pasadas y presentes, como miembro del consejo editorial de una larga lista de revistas, españolas y americanas. Nacho sabía que pertenecer a esos comités no llevaba acarreados grandes esfuerzos, aunque la compensación académica era ciertamente importante, e iba acompañada de algún incentivo económico en ocasiones, lo que nunca venía mal, de modo que no le impresionó demasiado saber que Fabio Arjona era consejero, miembro, coordinador, codirector o fundador de al menos treinta publicaciones de reputación internacional relacionadas con el hispanismo, los estudios literarios o la mera creación poética. Había abandonado hacía años su faceta de editor —vendió su parte de una pequeña editorial a su socio, que terminó vendiéndola a su vez, a muy buen precio, un par de décadas después a un gran grupo editorial—, pero a pesar de ello, editaba de vez en cuando *plaquettes* y libritos de poemas propios o de poetas cercanos a él en una imprenta de su confianza. Sólo tiradas numeradas y para regalar, no eran libros de venta al público, sino de bibliófilo. Algunos ilustrados, o miniaturas francamente bellas.

La cuarta entrada del buscador de Google sobre Fabio Arjona era peculiar, y a todas luces denigrante. Nacho la pinchó con indagatoria curiosidad al leer el encabezado: «Los inmundos chanchullos de Fabio Arjona», rezaba. Se trataba de un blog. Abrir un blog para insultar o injuriar algo, o a alguien, era fácil y barato. No se requería pagar un alquiler en Internet, tal como ocurría con las páginas web. Bastaba con acceder a un sitio de blogs y abrir uno, escribir la descarga de improperios y salir corriendo, dejándolos colgados en la red al alcance de cualquiera; de todo el mundo, en realidad.

Al principio, Nacho leyó con interés:

música fotografía deportes viajes cocina actualidad tecnología cine política humor internet literatura

EL BLOG DEL POBRECITO HABLADOR

Se dice, se comenta y se rumorea, por tierra, mar y aire, e incluso en el espacio exterior (se prepara un nuevo capítulo de la difunta serie de televisión «Expediente X» sobre el tema, que resucitará sólo para dar cuenta del fenómeno), que Fabio Arjona, conocido en círculos universitarios con el alias de *Fabio Preposiciones*, profesor, escritor (dice ser ensayista y poeta, aunque hasta la fecha nadie ha podido comprobarlo), crítico, editor y uno de los mercachifles de la poesía y la cultureta con mayores lucros en su patria y allende los mares, ganador in péctore, pero sobre todo público y notorio, de una exorbitante concentración de premios de poesía, la mayor parte de ellos costeados con dinero público [Premio Ruta de América (6.000 euros, más la edición del libro); Premio Internacional de Poesía Ciudad Real (18.000 euros, más la edición del libro); Premio Cantos de Poesía (36.000 euros, más la edición del libro); Premio de Poesía Generación del 98 (15.000 euros, más la edición del libro); Premio de Poesía Juan Alcaide (16.000 euros, más la edición del libro); Premio Internacional de Poesía de la Fundación Dior (27.000 euros, más la edición del libro); Premio de Poesía Luis Cernuda (12.000 euros, más la edición del libro); Premio Ernestina de Champourcín Morán de Loredo (15.000 euros, más la edición del libro); Premio Los Monegros Patrimonio de la Humanidad (6.000 euros, más la edición del libro); Premio Burger King al mejor libro de poesía (40.000 euros, más la edición del libro); Premio de Poesía en Lengua Castellana Viaje con Iberia (18.000 euros, más la edición del libro, patrocinado por las líneas aéreas correspondientes), etc.], fue al fin sorprendido en flagrante delito de PLAGIO cuando una doctoranda de la Universidad Complutense de Madrid se dedicó a analizar verso por verso la totalidad de las que hasta ahora componían sus sesudas *Sobras completas*, y encontró que la mayor parte de sus cantares no son más que remedos de lo mejor de la historia de la literatura española (aunque también hay restos mortales de obras de los más conspicuos poetas extranjeros en sus traducciones del inglés, francés, italiano, portugués, chino, japonés, búlgaro, ruso, rumano..., y un sinfín de lenguas más, algunas de las cuales ni siquiera cuentan todavía con diccionario). A Fabio Arjona, desde luego, no se le puede negar que sea un hombre leído (y *escribido*, que diría aquél) y con buen gusto para seleccionar, cortar y pegar lo ajeno en *sus* poemas (firmados por él, se entiende, con la misma insolencia con que se rubrica un cheque sin fondos). Fabio Arjona, uno de los pocos poetastros que ha logrado engordar su cuenta corriente en el mundo siempre proceloso de las letras, come, cena y desayuna en el Ritz, donde los camareros le soban la rabadilla esperando los cincuenta euros de propina que deja al terminar su glotona colación, regada con ginebra aguada y mucho hielo. La muerte, la parca, que no hizo ascos a los Capuleto, ronda su enorme tripón, la troglodita barriga de Fabio, tan lejos del canon estético, y esquelético, del caballero del Apocalipsis de Durero, no sólo en cuestión de grosores estomacales, sino también de capacidades genitales, como podrían certificar algunas contratadas temporeras de sus departamentos en varias universidades nacionales y extranjeras. Arjona era hijo de un funcionario franquista con ensoñaciones estalinistas —pero católico a su pesar, pues esos casos en España se dan mucho— que deseó inútilmente que su hijo se convirtiera en líder sindical (del sindicato vertical franquista, se entiende), poniéndole para ello velas a santa Ludovica Albertoni, que debió de hacer caso omiso de los ruegos del progenitor, dado que el vástago se dedicó al comercio de la cultura, que le ha reportado no menos dividendos que le hubiera supuesto el oficio al que quería encaminarlo su padre. Arjona trapicheó con la lírica en los años en los que el franquismo enflaquecía de dolencias estomacales (miren por dónde) que ya apuntaban cuál había de ser el fin del dictador (de Franco, se entiende, no de Arjona, aunque también), y trepó en las escalas siempre resbaladizas de la sociedad y la academia, dicen las malas lenguas que chantajeando a un alto cargo político de la joven democracia española que tenía mucho por lo que callar (todo lo que tenía que callar dicho fulano estaba dispuesto a contarlo Fabio). Se metió a editor cuando los poetas hispanoamericanos se dejaban extirpar el hígado con tal de publicar sus versos en una cochambrosa edición en tierras de la madre patria. Y como Arjona no era cirujano experto ni hombre de ciencias, aunque le guste presumir de tal, les arrancaba la cartera, ya que en esos menesteres sí tenía una vasta experimentación, y luego les mandaba a los autores, al otro lado del charco, un paquete con diez libritos mal cosidos y peor pegados de los que habían desaparecido versos, se habían amputado poemas, títulos, sílabas... A veces Arjona, editor por la gracia de la muerte de Dios, incluso confundía el nombre del autor, y lo que era de Abel se lo atribuía a Caín, o viceversa. Hoy día, Arjona es un figurón de relumbre en el apagado, colapsado, ruin, indecente, frívolo y carente de talento firmamento político-literario del país, que...

Nacho se cansó de leer y lo dejó ahí. Demasiada bilis para un estómago delicado como el suyo, y más teniendo en cuenta que aún no había almorzado. Así y todo, copió el texto y lo adjuntó a la «ficha» de Fabio Arjona, que volvió a enviar a Rodrigo, modificada y ampliada, con copia para su tía Pau. Nunca estaba de más saber qué cosas se decían por ahí. Y alguien que hablaba, aunque fuera anónimamente, de que la muerte rondaba a quien hacía pocas horas se había transformado en cadáver de una manera tan violenta... En fin.

Suspiró y miró con placer la luz que atravesaba en esos momentos su ventana. A Nacho siempre le había fascinado el color del aire. Cuando alcanzó a comprender (dentro de lo que cabe) el concepto de «atmósfera», se dio cuenta de que había encontrado un amor para toda la vida. El agente que lo determinaba todo en cualquier lugar del mundo, a la hora que fuera. Lo suyo eran los trucos de la luz. Y había mucha poesía en algo así. En las nubes negras, en el viento y en la lluvia. En la Luna y su influencia sobre las mareas. En esa enorme bola de gas, de mediana edad, que es el Sol. En el transcurrir de las estaciones. Apreciaba, con la sensibilidad de una criatura salvaje, los equinoccios y los solsticios, las variaciones del calor. Había publicado, con sus ahorros siempre menguantes, tres libros de poesía: *Teoría de la Tierra*, *Almanaques* e *Historia natural*, de versos sencillos y luminosos. Se aficionó a la poesía desde niño, en la biblioteca de su tía Pau, y empezó a componer versos cuando se dio cuenta de que el misterio de la poesía era hermano del de la ciencia. Nunca imaginó que sus libros fuesen a despertar el interés de nadie. Los publicó dejándose llevar por un arrebato de vanidad y exhibicionismo que le procuraba un cierto vértigo, delicioso. Cuando empezaron a aparecer reseñas elogiosas en la prensa, casi sufrió un ataque a causa de la impresión. Sentía el pecho invadido por arenas movedizas que no sabían nada de derechos civiles. Se consideró un bicho medio ciego obligado a salir de su madriguera después de toda una vida hibernando en el subsuelo. Pero la sensación no fue del todo ingrata.

Se rebulló con dificultad en el irritante boato de su cama y miró el reloj. Aún faltaban más de dos horas para el almuerzo, según le había comunicado Carlos. Entonces, todos sus colegas estarían ya sentados a la mesa y podría verlos cara a cara. Nacho había oído algunos ruidos por la casa —puertas que se abrían y se cerraban, toses, pasos apagados o impacientes— que le indicaban que, o mucho se equivocaba, o así sería. Continuó un rato leyendo la relación de méritos que la Wikipedia le atribuía a Fabio Arjona: premios (tenía varios premios nacionales y de la crítica, y había sido propuesto en tres ocasiones para el Reina Sofía, que nunca logró); cursos en universidades españolas, europeas y americanas; conferencias; tomos y más tomos con sus críticas literarias reunidas en formato de libro (había hecho reseñas durante años en el diario *ABC*); antologías de su obra poética; traducciones a otras lenguas...

(era especialmente bien aceptado en los países de Europa del Este, y el búlgaro, el ruso, el rumano e incluso el albanés eran los idiomas a los que se habían traducido sus libros de poemas de forma recurrente; Nacho supuso que eso se debía a sus buenos contactos con el mundo cultural de esos países). La *Wiki* decía que se lo solía encuadrar en la generación poética de los *novísimos*, o venecianos, aunque no fue incluido en la famosa antología de José María Castellet *Nueve novísimos poetas españoles* (Barcelona, 1970), algo que —según había leído Nacho alguna vez, no recordaba dónde— Fabio Arjona no le perdonó jamás al viejo antólogo. Su poesía, según la información facilitada por la página, se caracterizaba por su hermetismo, culturalismo, intertextualismo y referencias metapoéticas. Nacho se preguntó si habría muchas diferencias entre Alberto Pons y Fabio Arjona, después de todo. Claro que él no era un experto; ni siquiera era filólogo. Días antes de ir a Toledo se había tenido que empollar un viejo libro de su tía, *Vocabulario literario*, de Ramón Esquerra (1938), por si acaso no estaba a la altura de las conversaciones que tuvieran lugar en el Cigarral de la Cava durante su estancia en el congreso. Había llevado consigo el volumen. No estaba de más prevenir.

Como aún le quedaba tiempo antes de la comida, decidió abrir un dossier, como había hecho con Fabio Arjona, para cada uno de los invitados de doña Agustina. Incluida la anfitriona, por supuesto.

Eran trece personas, sin incluir a la víctima. Escribió en su libreta de notas una lista con sus nombres:

Agustina Pons (mujer)
Cristina Oller (mujer)
Richard Vico (hombre)
Pascual Coloma (hombre)

Jacinta Picón (mujer)
Mauricio Blanc (hombre)
Cecilia Fábregas (mujer)
Torres Sagarra (mujer)
Miño Castelo (hombre)
Pedro Charrón (hombre)
Rocío Conrado (mujer)
Fernando Sierra (hombre)
Rilke Sánchez (hombre)

Seis mujeres y siete hombres. Lo anotó. «Trece en total», repitió en voz baja, mordiéndose el labio inferior.

Abrió trece documentos de Word en el escritorio de su Mac y luego se puso manos a la obra a navegar por Internet. Se bajó fotos de cada uno, que adjuntó a su correspondiente carpeta, y volvió a mandarlas a las direcciones de correo electrónico de Rodrigo y la tía Pau.

Le satisfacía plenamente la luz del cuarto, y por primera vez en semanas se notaba relajado. Se había sentido muy nervioso antes de llegar allí, pensando que seguramente no estaría a la altura. Ahora, por el contrario, observaba cómo crecía en su interior la confianza en sí mismo. Al menos, él no era un asesino, de eso estaba seguro.

Richard Vico no miraba a nadie a los ojos. Los suyos eran dos bulbos enrojecidos y húmedos, viejas víctimas de algún tiro errado de la vida. El óvalo de su cara estaba consumido, como si alguien lo hubiera descarnado minuciosamente antes de colocarle encima una piel reseca. El efecto del sida, probablemente, dedujo Nacho (su enfermedad era algo por todos conocido). El pelo castaño y lacio le tapaba la frente con un flequillo más propio de una muchacha. Tenía casi cincuenta años, pero aún conservaba ese aire adolescente de los chicos malos, esos que tienden la mano hacia el mundo con una vela ardiendo entre los dedos temblorosos. Había sido una estrella del pop en los años ochenta del pasado siglo. Todavía seguía siéndolo, aunque hacía más de cinco años que no sacaba ningún disco al mercado, y Nacho aún recordaba cómo su voz gastada y quebradiza lo hacía estremecerse de emoción cuando aún era un adolescente, casi una década más joven que el cantante. Tuvo un grupo, que se disolvió a finales de los años noventa, y continuó una carrera en solitario con muchos altibajos y pocas ventas en general. Todo el mundo decía que era un verdadero poeta antes de que publicara un solo verso, y sus canciones eran la prueba incuestionable de ello. Un buen día se decidió a publicar sus versos y algunos dijeron que, como Bob Dylan, quizás también Richard Vico merecería ser propuesto para el Premio Nobel de Literatura.

Cuando bajó a comer al salón, él fue la primera persona con quien Nacho se tropezó.

Richard era hijo de un médico valenciano, un ginecólogo de mucho renombre, jubilado hacía años. Tenía cuatro hermanas; había crecido entre mujeres y había amado a las mujeres. Se inició pronto con las drogas. Quería vivir fuerte y rápido. A los diecisiete años tenía su primer grupo de música y se inyectaba heroína a diario. Sobrevivió cuando sus camaradas de jeringuilla caían como moscas con las venas rebosantes de jaco y la inmunodeficiencia carcomiéndoles la sangre, antes de que se descubriera la enfermedad. Y aún seguía en la brecha. Nacho no sabía si había dejado la heroína, pero era evidente que los cócteles de medicamentos antirretrovirales que debía estar tomando ya suponían adicción suficiente. No apreció síntomas visibles de sarcoma de Kaposi, pero es que Richard vestía de negro de los pies a la cabeza, con un fino jersey de cuello alto. No dejaba casi nada a la vista salvo la cara, que el flequillo no conseguía ocultar, y parte de las manos.

Le tendió una a Nacho, sin tembleques de ningún tipo. Su apretón fue firme y seco, como el de un ejecutivo bien entrenado, lo que sorprendió al meteorólogo. Buscó sus ojos, pero no los encontró.

—Tú debes ser el que faltaba. —Su voz era un susurro cadencioso y envolvente; tan seductora y amable que Nacho se sintió un espíritu vulgar y chillón a su lado—. Te has perdido lo mejor de la fiesta, colega. Me llamo Richard.

Nacho estrechó su mano y se sintió azorado. Admiraba a aquel hombre desde que era un jovenzuelo que escuchaba música encerrado en su habitación y llevaba un «calendario del futuro» donde apuntaba los días en que tendría relaciones sexuales con su mujer soñada y la música que sonaría de fondo en cada ocasión. Las baladas de Richard Vico estaban entre sus favoritas, Nacho sentía que lo llevaban lejos. Había algo profundamente hermoso en las canciones de amor de Richard. Despiezaban el sentimiento amoroso con la precisión de un perito del corazón. Tenían la tristeza de las cosas bellas que mueren gastadas en vano, sin que nadie las mire.

—Es un verdadero placer conocerte —dijo con sinceridad—. Yo soy Nacho. Ignacio Arán, pero todo el mundo me llama Nacho. Los nombres trisílabos, ya sabes..., son complicados de pronunciar, la gente tiende a acortarlos.

«Vaya —pensó mirándose los zapatos—, una de las frases que tenía apuntadas para quedar bien delante de mis colegas poetas, y la suelto nada más llegar. A este paso, me quedaré sin reservas antes de cinco minutos y pensarán, con razón, que soy un iletrado.»

El salón se le antojó magnífico, sin llegar a ostentoso, cargado de antigüedades como el resto del cigarral. Tres grandes cornucopias con espejos, de madera dorada cubierta con corladura de plata, reflejaban la luz de otros tantos balcones que se abrían al jardín y al paisaje en la pared opuesta y multiplicaban la luz de la estancia, pintada de un blanco roto con sombras de perla. Había una gran mesa alargada, dispuesta para comer, con servicio para catorce comensales. Los poetas empezaban a congregarse alrededor «como insectos atraídos por un cubo de basura» (eso dijo Richard, y Nacho no se atrevió a contestar nada). Percibió al cantante nervioso y excitado. Un movimiento espasmódico afloraba de cuando en cuando a sus mejillas descoloridas, aunque Nacho no podía asegurar que ése no fuese su estado habitual, dado que no lo conocía.

—Creo que ha habido una buena aquí. —Nacho cogió una copa de vino tinto que le ofreció Alina, la mujer de Carlos, en una bandeja y miró a su alrededor con timidez.

Sólo había visto con anterioridad a tres de las personas allí reunidas, y de manera tan fugaz que no creía que se acordaran ni de su cara ni de su nombre. La sensación de extrañeza e inferioridad empezó a trepar por su garganta de nuevo y se le aferró a la nuez como una garrapata. Trató de sonreír, pero estaba seguro de que sólo había logrado esbozar un torpe aspaviento, seguramente gazmoño.

—Esto..., ¿quién encontró el cadáver? —preguntó cuando adquirió fuerzas para volver a hablar. Aunque ya lo sabía por doña Agustina, no se le ocurrió nada más sobre lo que charlar. La presencia de Richard lo intimidaba un poco. Dio un sorbo al vino y empuñó la copa como si fuera una espada.

—Oh, fue Tina. Agustina, la dueña de este tinglado. No está mal, el chiringuito que tiene montado aquí, ¿eh? —Richard guiñó un ojo y Nacho tuvo un encuentro visual con sus pupilas que le provocó una embarazosa sensación de intimidad no deseada—. Si yo fuese joven y fornido, como tú, le tiraría los tejos. La vieja es un buen partido.

Se rió de su propia gracia, pero hasta su risa sonó abatida para Nacho.

—No creo que yo sea joven.

—Amigo mío, comparado con ella, hasta el Palacio Arzobispal es una novedad... Mira, aquí viene... —Richard enderezó el cuerpo y sonrió mirando al suelo—. Agustina, buenas tardes.

—Veo que ya conoces al joven Ignacio, detective aficionado, además de ser nuestro poeta meteorólogo —dijo como si la meteorología fuese una especialidad de la lírica. Nacho se vio a sí mismo siendo presentado en público por la doña: «Ignacio Arán, poeta experto en épica y meteorología»... Sacudió la cabeza igual que un cachorro teker de pelo duro recién bañado; la dama lo agarró cuidadosamente de la mano y luego apretó tanto sus dedos que casi los hizo crujir—. Ven, te presentaré al resto de tus compañeros. No estarán de muy buen humor, porque no han dormido ni descansado lo suficiente; además, son artistas y, obviamente, se pasan casi todo el tiempo siendo ofendidos por el mundo, sin darse cuenta de que, a la vez, se creen el centro del mundo. Pero son buena gente... —Se acercó al oído de Nacho poniéndose de puntillas y musitó—: La mayoría de ellos, ya sabes...

Una vez se hubieron sentado todos, doña Agustina les dio la noticia:

—Imagino que la policía habrá hablado con todos vosotros y os lo habrá dicho uno por uno. En cualquier caso, me han pedido que os lo repita, para que quede bien claro. —Dio un sorbo a su copa de vino. El silencio absoluto apenas se quebró con el rozar de un cristal contra un plato—. Me han requerido para que permanezcamos todos aquí durante los próximos días. Y cuando digo «aquí» me refiero, por supuesto, a Toledo. No quieren que nadie de los presentes, excepto Nacho Arán, abandone la ciudad hasta nuevo aviso. Probablemente tendrán que tomarnos declaración una vez más. Lamento las molestias que esto os pueda causar. Por supuesto, ya sabéis que ésta es vuestra casa, y que podéis permanecer en ella todo el tiempo que gustéis. Sé que nuestro encuentro, que acababa de empezar, se ha teñido de luto y de fatalidad después de la..., del asesinato de Fabio Arjona, que Dios tenga en su gloria...

El hombre que estaba sentado al lado izquierdo de Nacho dejó escapar una débil tosecilla burlona. Acercó la cabeza a él y prácticamente escupió:

—¿Dios?, ¿gloria?... ¡Por favor!, ese capullo era ateo, y no sólo eso, sino también un cafre blasfemo. En caso de que Dios haya convertido el Edén, allá arriba, en un restaurante, seguro que tiene reservado el derecho de admisión para gente como el grandísimo hijo de..., hum, hijo de Dios, Arjona...

Nacho asintió educadamente, pero al momento se dio cuenta de que quizás no era eso lo más decoroso que podría haber hecho y se rebulló inquieto en su silla. Miró la figura de doña Agustina, presidiendo la mesa, y se le antojó una estatua a la sombra de un arbusto. Si en ese momento hubiese entrado un pájaro y se le hubiera posado en la cabeza a la señora, no le habría extrañado lo más mínimo.

Doña Agustina se pasó la mano por el pelo y prosiguió después de dar otro trago, esta vez, de agua.

—Creo que... lo mejor que podemos hacer es continuar con el congreso tal y como estaba previsto. De todas formas, debíais permanecer aquí estos próximos días, así que, a mi parecer, es preferible colaborar con la policía en lo que nos sea posible, y...

El tipo de al lado, Fernando Sierra, alargó la mano hasta el centro de la mesa y tiró vigorosamente de un trozo de queso, como si acabara de pescarlo; su chaqueta de lino crujió en las sisas con el mismo sonido que un billete de banco arrugado. Masticó el queso y se quedó mirando a doña Agustina con una sonrisilla. Luego empezó a asentir una y otra vez.

Nacho volvió la cabeza hacia el otro lado, donde se sentaba Richard, pero éste no le devolvió la mirada, sino que se limitó a encogerse de hombros.

—... continuaremos con el programa, tal cual.

—Excepto cuando el programa tenga prevista la intervención de Fabio, ¿verdad? —Mauricio Blanc había hablado, levantando con socarronería un dedo descolorado, por la nicotina probablemente.

Una risita débil, procedente de la mujer que tenía sentada a su lado, Cristina Oller, vagó un segundo por la estancia, como una mariposa enloquecida, entre el silencio petrificado del resto de los comensales. Pero Nacho también creyó distinguir un brillo encarnizado en los ojos de la mujer cuando posó la mirada —rápida, cargada de fingimiento— en la figura de Mauricio, que la ignoró por completo.

Doña Agustina lo contempló con ojos de hielo. Nacho pensó que alguien había abierto una trampilla en aquellos ojos pequeños y claros, como los de un husky siberiano, y la escarcha los había desbordado de repente. Sin embargo, la señora se repuso enseguida y sonrió con dulzura.

—Por supuesto, Mauricio. Tú lo has dicho. —Se acomodó la cintura de su blusa negra y carraspeó antes de añadir—: Si no tenéis más preguntas, creo que lo mejor es que empecemos a comer. Buen provecho a todos.

—¡Buen provecho! —corearon unos cuantos.

A Nacho le sorprendió lo poco luctuoso del ambiente durante la comida, teniendo en cuenta lo que acababa de ocurrir hacía pocas horas, concretamente la tarde anterior. Los presentes bebían sin parar, comían como si acabaran de abandonar una huelga de hambre, y charlaban y reían como si nada anormal hubiera sucedido. Poco a poco, también él se fue dejando llevar por el tono general de apacible bienestar que imperaba alrededor de la mesa. El almuerzo fue provechoso en muchos sentidos. No obtuvo más que un puñado escuálido de frases por parte de Richard —poco más que un «colega, ¿quieres más vino?», dicho mientras el divo de la música contemplaba atentamente los canapés de jamón ibérico que adornaban el centro del tablero sobre el que reposaban los víveres—, pero no podía reprochárselo: estaba acompañado, a su izquierda, de Rocío Conrado, una joven (ella sí que era joven, no como Nacho, que sólo lo parecía) de una belleza delicada pero burbujeante, con un canalillo de vértigo (se acordó de la chica que salía en la tele leyendo las predicciones del tiempo que él había preparado). Toda la atención de Richard se concentraba en Rocío, a la que —Nacho podría haber jurado que no se equivocaba— incluso miraba a los ojos de tanto en tanto. De modo que él, a su vez, se dedicó a hablar con su otro compañero de colación, Fernando Sierra. No había leído toda la ficha con la información recolectada en Internet sobre él, pero sabía que era autor de una extensa obra de poesía homoerótica. Todo indicaba que era gay, aunque no hacía alarde de ello (o sea, que no tenía *pluma*). Se mostró charlatán, divertido y animado durante el tiempo que estuvieron sentados codo con codo. Su conversación era un río lleno de piezas apetitosas.

—En fin —dijo en un momento dado—, ahora el viejo cabrón de Arjona... Disculpa el lenguaje, querido, pero hay condiciones que sólo se definen con un calificativo; con un descalificativo, mejor dicho... Bueno, como iba diciendo, ahora el difunto..., no, mejor: el *pretérito infecto* que es Arjona estará orgulloso. En este momento pertenece a un nuevo club: ¡el de los poetas muertos! No es exactamente como el de los rotarios, pero... —Estalló en una carcajada y sus párpados se entornaron como tratando de ocultar algo o alguien que viviera escondido en sus ojos.

Nacho asintió de nuevo y se sintió como un imbécil por hacerlo. Echaba de menos a la tía Pau. Le escribiría un correo electrónico desde su habitación en cuanto pudiera subir un momento.

Fernando tenía el pelo rubio rojizo, no todo lo escaso que cabría imaginar —Nacho supuso que teñido—, una piel transparente con algunas manchas marrones de color más pronunciado en las mejillas y las manos, y la cabeza constantemente ladeada, como si pensara que el mundo no se encuentra en el ángulo adecuado y tratara de enderezarlo al mirarlo.

—Éramos de la misma quinta, más o menos. Yo un par de años más joven que él. Si quieres que te diga la verdad —añadió mientras encendía un cigarrillo rubio—, me alegro de que haya muerto. Allá adonde haya ido, seguro que ya habrá empezado a joder a diestro y siniestro. No tardarán en darle la patada y largarlo hacia otro lado. Otra dimensión, o lo que sea. ¿Tú crees en Dios?

—A veces —respondió Nacho, y sorbió la sopa fría que les acababan de servir.

—Bah, eres joven, y atractivo. Terminarás por creer en Dios: tienes mucha suerte, y a alguien tendrás que darle las gracias cuando te des cuenta de la suerte que has tenido.

—Es posible.

—Los que se toparon con Fabio a lo largo de su vida no tuvieron tanta. Suerte, digo.

Se inclinó de nuevo hasta casi rozar con su nariz la pechera de Nacho.

—Esto, por ejemplo, esta misma mesa, esta habitación, está llena de gente en deuda con él. Por pagar, o por cobrar.

Nacho lo escudriñó con mirada interrogante. El otro asintió con un brillo conspirativo en las pupilas. Una sonrisa algo ebria apuntó en su boca, pero se evaporó al instante.

—Verbigracia, compañero, tenemos aquí a la última de sus ex —asintió apresuradamente y movió la mano izquierda en el aire, dibujando una espiral invisible—; la última, claro. Supongo que ni él sabía cuántas había dejado por el camino.

—¿Quién es ella?

—*Cris*-ti-*na* O-*ller* —casi masticó las sílabas una por una antes de pronunciarlas—. Pobre chica. La plantó el día en que cumplió cuarenta años. Un compañero suyo de la facultad, de Cristina, me contó que la pobrecilla estuvo a punto de suicidarse. Una historia que me suena demasiado conocida... —Cogió un pincho de tortilla y se lo llevó a la boca, pero lo pensó mejor y lo sostuvo en el aire como si nunca hubiese pensado en comérselo, hasta que finalmente lo dejó en el borde de su plato, sin tocarlo—. Valiente capullo. Cristinita tiene una hija de padre desconocido, de pocos años. Criatura, lo que habrá visto.

—No sabía que el difunto había sido un donjuán. He visto muchas fotos suyas. Quizás de joven tenía su encanto, como lo tiene todo el mundo cuando es joven, pero yo nunca hubiera dicho, viéndolo desde lejos, que fuese un conquistador.

—Pues sí, lo fue, lo fue... En sus tiempos. Y seguía dale que dale, sólo que ahora era otra cosa. La edad te convierte en eso, deja que te lo diga.

—¿En qué? —quiso saber Nacho.

—«¿Quién es aquel que cruza por aquella esquina? ¡Bello muchacho!» —Nacho tardó unos segundos en darse cuenta de que Fernando estaba recitando—. «Pero no; conforme se acerca cuento las arrugas del rostro. ¡Ah!, es un joven de sesenta años. A las ocho de la mañana sale vestido ya y ceñido, prendido y ajustado... O acaba de dejar algunas señoras o va a buscarlas. Les hablará de la ópera, del figurín... Ésta es la existencia del viejo verde; miradle contraerse y revolcarse en su vanidad al lado de una hermosa: ¿es una serpiente que roza contra un árbol? No; el viejo verde al lado de las bellas es una oruga que se desliza por entre las rosas.»

—Me gusta lo de la oruga y las rosas —Nacho asintió con la boca llena—, ¿de quién es?

—Mariano José de Larra, muchacho. *Fígaro.* ¡Deberías conocerlo!

Nacho se sintió avergonzado por un instante, pero Fernando sonrió enseguida haciendo una cabriola de disculpa con los labios.

—Lo que Fabio era no es más que eso: un viejo verde —continuó. Un temblor de rabia le descolocó la mandíbula un instante, y dejó escapar un buche de humo que de pronto envolvió su contorno con un esplendor inerte—. La gente, por lo general, piensa que nosotros, los homosexuales...

Nacho se ruborizó y se llenó la boca de comida tratando de disimular su turbación.

—... somos lúbricos e insaciables, como si el hecho de ser gays nos convirtiera en bestias incapaces de moderar nuestros instintos. Sí, hijo, sí. No me mires con esa cara, lo que digo es tan cierto como que doña Agustina ya no se pone diafragma antes de irse a dormir.

—Yo, bueno, no creo que...

—Las buenas gentes, tan tolerantes ellas... ¿Te has dado cuenta de que éste es el país de la tolerancia, del buen rollito? Sí, ¡por aquí!

—Es posible que... Sí, es posible que haya algo de hipocresía, de...

—Sin embargo, nadie reprende a los heteros. Tú eres hetero, ¿verdad? —Continuó sin esperar una respuesta—: Esos viejos verdes que andan por ahí del bracete de chicas treinta años más jóvenes que ellos... Lo suyo está bien visto, es un síntoma de éxito social, incluso. Y lo peor es que las viejas, las viejas verdes, empiezan a imitarlos, a imitar a esa panda de machos alfa decrépitos que... Ah, sí, querida, dime. —Fernando atendió los requerimientos de Cristina Oller, sentada frente a él, al otro lado de la enorme mesa, y Nacho ya no pudo seguir tirándole de la lengua.

Como pudo comprobar, en el Cigarral de la Cava no reinaba en absoluto un ambiente de pesadumbre. Los allí reunidos actuaban de manera que no parecía que hubiese ocurrido ningún hecho extraordinario. El parterre del jardín donde había sido asesinado Fabio Arjona estaba cerrado al paso, precintado por la policía científica, y excepto por las marcas de tiza blanca acompañadas de algunos papelitos con códigos numéricos que indicaban los lugares donde la policía había recogido muestras y las tiras de plástico amarillo que decoraban la superficie acotada y ordenaban «No pasar» de manera tajante —y un poco ingenuamente también, pues bastaba retirarlas para tener franco el acceso—, la vida no mostraba signos de estar demasiado alterada. Aunque, ciertamente, a doña Agustina aquello no le había agradado lo más mínimo.

—Querido jovenzuelo —le dijo a Nacho—, ¿quién desearía tener el contorno de un cadáver dibujado en su jardín? Es escalofriante. Todo lo contrario del feng shui, si quieres saber mi opinión. Siento como si ese pedacito de tierra y grava emanara su maldad hasta aquí. Y aún doy gracias al cielo porque no ha sucedido en el interior de la casa... No quiero ni pensarlo. No olvides que dentro de aproximadamente una hora, en cuanto tomemos el café, nos reuniremos en la biblioteca para escuchar la ponencia de Rocío Conrado. —Dio un manotazo en el aire, igual que haría un mafioso en una película, y se alejó con pasos rápidos mientras su vestido negro de crepé Georgette se ondulaba entre sus piernas con burlesco desenfado.

Nacho se entretuvo una media hora con sus colegas, saludándolos y manteniendo charlas de lo más insustanciales. Sobre el tiempo..., la mayoría de ellos le preguntaban por el tiempo. También sobre sus actividades detectivescas, porque muchos lo conocían más por eso que por la poesía. El meteorólogo pensó que era debido a que su foto, a toda página, había aparecido en un reportaje sobre el Club Baskerville que publicaron en el semanal del periódico *El País*, que le había proporcionado una efímera popularidad que, sin embargo, logró que el panadero del pueblo lo mirase con recelo durante semanas.

Se dijo que los poetas no eran demasiado originales en sus temas de conversación. Ninguno estaba dispuesto a hablar de elegías, conjugaciones o postmodernismos (algo para lo que él se había preparado a conciencia), sino de chubascos dispersos, pertinaces sequías, y los halos y parhelios que a veces aparecían en sus poemas. Además de crímenes que nada tenían que ver con el que allí se había cometido.

«No me consideran uno de los suyos —pensó entre decepcionado y divertido—. Eso es lo que ocurre, no creen que yo sea como ellos. Se figuran que sólo soy un bicho raro, un científico; un físico que se toma la poesía como una especie de relajante muscular. Por eso no recelan de mí, pero tampoco confían en mí demasiado. Soy un recién llegado para todos ellos.»

Por un momento, mientras apuraban sus cafés, fumaban y murmuraban entre sí —ya se habían retirado de la mesa, y algunos habían ido a sus habitaciones para refrescarse y lavarse los dientes antes de escuchar la ponencia—, Nacho tuvo la sensación de que le hacían el vacío, del mismo modo en que, cuando era niño, notaba la aterradora sensación de no formar parte del mundo sólo porque unos malévolos compañeros de clase conspiraban a sus espaldas y se negaban a hacerle partícipe de sus secretos cuando él se acercaba tímida y ansiosamente al corrillo. Claro que ahora estaba entre adultos. Todos le sonreían aparentemente, carecían de la zafiedad y la rotundidad de la infancia, pero había algo impuesto y furtivo en las comisuras de sus labios, como un helero adormecido en el fondo de los vientos de marzo.

«Bah, serán imaginaciones mías», se dijo al fin, y sacudió la cabeza tratando de alejar así los malos pensamientos, como si éstos fueran una mosca que le revoloteara tras la oreja. Se levantó para servirse un poco más de café. En realidad, a él no le gustaba el café. Mejor dicho, sí le gustaba, pero apenas podía probarlo porque le quitaba el sueño. Pese a ello, llevaba una buena media hora haciendo como si ese brebaje fuese todo lo que estaba dispuesto a tragar en la vida, y ya se había llenado la taza tres veces. La llenaba, la paseaba arriba y abajo, se sentaba, se levantaba, la dejaba en un rincón de la mesa por recoger, abarrotada de vajilla y cuberterías sucias, atrapaba otra taza limpia y volvía a llenarla y a repetir el proceso, hasta que logró sentirse como un auténtico mastuerzo.

—Tomas mucho café, ¿no? —La voz de Rocío lo sorprendió contemplando fijamente la tacita, con cara de estar decidido a leer los posos del fondo en cuanto estuviese vacía.

—Ah, sí. Hola. No daré ni un sorbo más a partir de este momento, si puedo evitarlo.

—No te costará mucho trabajo, creo —la joven sonrió dulcemente—. He leído tus libros. Recuerdo un verso... «Sé que son limpias mis heridas.» Qué hermoso. ¿Cómo era ese poema?

Nacho contempló aturdido los ojos de la chica. Le resultaba increíble pensar que alguien conociera de memoria un verso, un solo verso suyo. No dijo nada, sino que se limitó a titubear como un pazguato.

—Hum, esto...

—Ah, ya recuerdo: «He dejado todo camino atrás, ¿es que hay algún camino?, yo sé que son limpias mis heridas...» Un poema sobre el sol, creo, ¿no es cierto?

—Aaah, sí, el sol es... Esto...

—Me gusta tu manera de usar los eneasílabos, es una encantadora flaqueza tan medieval, o tan neoclásica... Las sílabas que sirvieron para contar la vida de santa María Egipcíaca a ti te sirven para cantar al sol; no me digas que no es precioso.

—Bueno, ya sabes cómo es esto...

Rocío lo escudriñó de arriba abajo.

—Vaya, eres muy tímido. —Dio un sorbo a su chupito de licor de hierbas y se engarzó un rizo entre los dedos, que lió como si estuviera recogiendo un ovillo de seda interminable.

Nacho respiró con apuro. Se la imaginaba delante de una rueca, como una princesa gótica. Pero Rocío no tenía pinta de ser analfabeta. Aquella mujer lo turbaba. En general, las mujeres producían en él ese efecto, unas más que otras, por supuesto.

Rocío Conrado era la invitada más joven del cigarral. Tenía veintiocho años y se había convertido en una autora de éxito con una serie de novelas de fantasía para adolescentes que se habían traducido por medio mundo (iba a la zaga de Harry Potter en popularidad). Llevaba publicando libros desde los veinte años, cuando ganó de manera sorprendente un importante premio de literatura infantil y juvenil convocado por una prestigiosa editorial. Entonces, ya apuntaba maneras, y las expectativas que generó no se vieron defraudadas: un millón de ejemplares vendidos en el país de cada uno de sus títulos (había publicado tres), y cifras de ventas escandalosas en Alemania y Japón (era una celebridad en varios países). Su belleza no le había supuesto ningún obstáculo para triunfar, desde luego. A los veinte años, como auguraba Montaigne, su alma ya había dado muestras de poder y energía, con lo que no se esperaba que dejara de darlas el resto de su vida.

«Las poetas son cada día más guapas», pensó Nacho, y la contempló con tanto interés que temió por un momento que sus ojos la atropellaran.

Nacho se retiró un momento a su habitación y llamó a su tía al darse cuenta de que tenía dos llamadas perdidas suyas. Había olvidado el teléfono móvil encima de la cama cuando había bajado a almorzar. La mujer contestó al tercer timbrazo.

—¿Cómo va todo, mi querido poeta naturalista? ¿Has atrapado al asesino? Creo que es un hombre; siempre suelen ser hombres, no sé si te has fijado. —La voz de la tía Pau sonaba aflautada.

Su sobrino la imaginó tumbada sobre la *chaise-longue* de terciopelo bermejo del salón, debajo de una ventana que tenía vistas a Madrid, en cuyo relieve destacaban brumosas, en los días de lluvia, las torres de la Ciudad Deportiva del Real Madrid. De hecho, era el único rincón de la casa donde había cobertura. Estaría envuelta en gasas y tules, como la decadente manola de un sastre isabelino vestida con grisetas de París, pero aferrándose al móvil igual que un adolescente japonés. Intercambiaron unos cuantos comentarios sobre la situación en el cigarral —no se le ocurría nada original o perspicaz que añadir, además de la información que ya le había enviado por correo electrónico—, y quedaron en llamarse al día siguiente.

Cuando colgó el teléfono, Nacho llamó a Rodrigo. El chico respondió al décimo timbrazo.

—No, no estaba durmiendo, si es lo que estás pensando —dijo nada más descolgar—. Me has pillado en el baño.

Lo imaginó en el cuarto de baño, dedicado a sus adolescentes actividades productivas, como la tos de un mal resfriado, pero enseguida borró la imagen de su cabeza, avergonzado.

—¿Has tenido tiempo de echar un vistazo a la información que te he enviado? —quiso saber Nacho.

—Tío, tío... Estoy en ello. No soy una máquina, ¿sabes?

—Yo creía que sí.

—Sólo de cinco a siete. Y los fines de semana libro.

—Entérate de todo lo que puedas sobre Fabio Arjona, busca en los archivos históricos de la edición digital de los periódicos, mira en la *Wiki* las universidades en las que ha dado clase y rastrea por ahí...

—¿Tienes las IP del ordenador del muerto? Supongo que estaría informatizado, siendo catedrático, aunque fuera de letras.

—¿Y cómo crees que voy a tener algo así? —respondió Nacho, exasperado.

—Si conseguimos su dirección IP estática, podremos localizarlo en la red, siempre que esté conectado, claro.

—Rodrigo, no sé si te has enterado de que el hombre está *muerto*. Frito como un pajarito. *Kaputt*. ¿De qué nos serviría localizar su ordenador?

—Podría leer su disco duro. —El chico se quedó en silencio unos segundos—. No sé si debería haber dicho esto por teléfono. No es seguro hablar por los móviles, todo el mundo los escucha.

—No te pongas paranoico, nadie está escuchando tu teléfono, ni el mío. No somos tan importantes.

Rodrigo se quedó callado. Evidentemente abrigaba ciertas dudas, por lo menos en lo que a sí mismo se refería. A saber dónde habría metido las narices, se dijo Nacho, y qué temería.

—Bueno, de todos modos no tengo sus IP. —Nacho pensó un poco—. Aunque... Espera. ¿Te valdría con un correo electrónico del difunto para averiguarla?

Acababa de recordar que tenía al menos un par de ellos, unos de esos correos colectivos que se envían como respuesta a un mensaje que, en origen, tenía varios destinatarios. Doña Agustina les había mandado diversos e-mails, dirigidos a todos los participantes en el congreso mientras lo estaba preparando, con datos de interés sobre el evento, fechas, señas y una larga serie de recomendaciones bibliográficas para elaborar las ponencias sobre su egregio marido, que ella esperaba ansiosamente. Nacho creyó recordar que varios poetas habían respondido a alguno de esos correos, enviando su contestación no sólo a doña Agustina, sino al resto de los colegas. Estaba seguro de que algunos de ellos correspondían a Fabio Arjona.

En cambio Nacho, por timidez, no había respondido a ninguno.

—Sí, vale si provenía de su ordenador, y no de un cibercafé, por ejemplo.

—Bueno, eso no me consta, pero puedes probar.

—Está bien —se resignó Rodrigo—. Mándamelos cuando puedas. Reenvíalos a mi cuenta de Gmail.

—Muy bien, chaval, así lo haré. Tú mueve el culo y entérate de todo lo que puedas mientras tanto. No creo que los habituales del Club Baskerville nos puedan echar una mano en esta ocasión. Éste sí es un círculo cerrado, chico —comentó Nacho—. Un club para gente exclusiva. Nada de *pringaos* que van por ahí reventando escaparates, o el cráneo de sus pobres mujeres. Estamos hablando de poetas, y del cadáver de un poeta que podría haber sido asesinado por otro poeta, si se descarta que el verdugo sea un sicario, o un bala perdida venido de fuera. ¿Te das cuenta? ¡Muerte entre poetas!

A Nacho se le antojó que eso seguramente no sucedía desde que declararon ilegales los duelos, y entonces los poetas se mataban a tiro limpio y a la vista de todo el mundo, sin esconderse. Evocó la figura del poeta romántico ruso Alexander Pushkin, que fue herido mortalmente en un duelo contra un oficial francés, Georges d'Anthes, del que se rumoreaba que se acostaba con su mujer. A Pushkin lo volvieron loco una serie de cartas anónimas que daban curso a la malediciente especie de que su bellísima mujer, Natalia Pushkina, que le daba un hijo por año, no sólo compartía lecho con su esposo, sino también con el francés, ahijado de un embajador. Manipularon las armas del duelo, y Alexander no pudo defenderse en justicia. Cayó muerto a los treinta y siete años, estúpidamente y sin saber si, en realidad, era o no un cornudo.

—Hummm... —Rodrigo asintió—. El caso pinta que te cagas, tío, pero es que tengo que estudiar. —El chico estaba haciendo el primer curso de Ingeniería de Sistemas.

—¿Desde cuándo estudias tú? —lo presionó Nacho—. Ésa sí que es una novedad, *tío.*

—Bueno, verás, mi madre...

—No digas tonterías y ponte a leer lo que te he mandado.

Se despidieron y Nacho apagó el teléfono, por si a Rodrigo se le ocurría llamarlo poco después para darle cualquier otra excusa. Si no lo encontraba en el móvil, le mandaría un correo electrónico para quejarse, pero siempre podía decirle que no lo había leído a tiempo. «Estos adolescentes —rumió para sí—, qué perezosos son, los condenados.»

Después de refrescarse un poco en el baño y abusar de la colonia que llevaba en el neceser, bajó de nuevo a la planta principal de la casa para escuchar la ponencia de Rocío Conrado y seguir curioseando entre los ilustres huéspedes. Tenía la sensación de ser un intruso allí, y bajó de puntillas la escalera, temiendo ser sorprendido y amonestado en cualquier momento.

Cuando llegó a la biblioteca, casi todo el mundo estaba sentado alrededor de la gran mesa que ocupaba el centro de la estancia.

Rocío no llevaba nada escrito, salvo unas cuantas frases garabateadas en una hoja de notas, de esas que sirven para escribir la lista de la compra, y cuyos trazos se adivinaban a través del papel cada vez que ella lo sujetaba en alto. Nacho se sintió avergonzado al recordar que él había pasado meses preparando una conferencia sobre un tema en el que se reconocía absolutamente ignorante, y cuya redacción había corrido finalmente a cargo de la tía Pau, cuando él estaba a punto de sufrir un colapso nervioso. «No te preocupes, nadie se enterará. Además, les está bien empleado por obligarte a escribir sobre el pesado de Alberto Pons, que las musas tengan en su gloria, ya que si ellas no lo tienen, me temo que nadie más se atreverá... —lo había tranquilizado su tía—, y si lo tienen, será para asegurarse de que no vuelva a dar la lata con sus versos.»

La joven Rocío, en cambio, se había sentado a la cabecera de la mesa, y sin más ayuda que cuatro garabatos descuidados sobre una hojita de papel de hotel, les estaba largando una conferencia —bien informada, erudita y divertida— sobre un hombre y una época que distaba mucho de conocer de primera mano.

Mientras Rocío hablaba, Richard Vico la observaba con atención parapetado tras su flequillo. Fernando Sierra, en cambio, daba unas cabezaditas que a Nacho se le antojaron un prodigio de prestidigitación, teniendo en cuenta que el respaldo de las sillas no facilitaba el descanso del cuello, al carecer de un apoyo suficiente.

Cuando Fernando despertó, Rocío estaba finalizando su intervención. El hombre aplaudió con tanto entusiasmo a la joven que Nacho llegó a creer que de verdad la había estado escuchando. Tenía un libro en el regazo, pero se le había caído al suelo durante el rato que le había durado la modorra. Nacho lo cogió y se lo tendió con una sonrisa. Fernando se sintió obligado a incorporarse, dio las gracias en un susurro y adoptó una postura de extrema dignidad. Lucía un bronceado impecable a esas alturas del año, y Nacho pensó que, más que moreno, su rostro parecía gratinado.

Al otro lado de la mesa, al fondo, Pascual Coloma, eterno candidato al Premio Nobel, les dirigió una mirada de reprobación. Nacho se sintió intimidado por un momento, como si hubiesen tirado del velo invisible que protege el alma de miradas indiscretas y la hubieran dejado desnuda a la vista de todo el mundo. Aquel hombre emanaba autoridad y seriedad a la manera de las fuentes que no dejan de soltar agua, aunque sea siempre la misma, que entra y sale en un circuito sin fin. Su soberbia cabeza, de tamaño más que considerable en relación con su cuerpo, parecía una talla en mármol. Nacho no lo había visto nunca antes en persona, y se sorprendió al descubrir que la magnificencia de su testa no estaba en proporción ni con su tronco ni con sus extremidades. Luego se dio cuenta de que casi todas las fotos de Pascual Coloma publicadas en los medios de comunicación de las que él guardaba memoria eran de su cabeza, y de que, en televisión, le tomaban primeros planos. Su cuerpo no interesaba mucho en general, ni a sí mismo —se veía a las claras que no había intentado cultivarlo en su vida, o que se había convencido pronto de que no había mucho que cultivar—, ni a los fotógrafos de prensa. Era un hombre bajito, tirando a debilucho, de esos que parecen altos sólo por la majestad de sus cabezas. Si Nacho lo hubiera visto una sola vez en su vida sentado como ahora, habría jurado que era un gigante.

Torres Sagarra —*née* Margarita, aunque todos la llamaban por sus apellidos porque la mujer detestaba su nombre de pila— soltó una risita y apoyó los codos encima de la mesa. Dio la sensación de que se disponía a contar algo muy importante, pero finalmente inspiró con afectación y no dijo nada.

Minutos después, una vez finalizado un pequeño turno de preguntas más bien desganado sobre la figura literaria del anfitrión —por viuda interpuesta—, la reunión se disolvió hasta el nuevo encuentro, previsto media hora antes de la salida hacia el restaurante donde se celebraría la cena.

LA HERIDA

De vuelta una vez más en su dormitorio, Nacho entró en su buzón de correo electrónico. No tenía ningún mensaje de su tía, ni de Rodrigo, por fortuna, y en la bandeja de entrada sólo aparecía uno, con un misterioso *asunto*: «No "venir" más demasiado temprano?», de Dominique Kane. Rogó para sus adentros que Dominique fuera una mujer interesante, y no un hombre con algún problema sin interés (seguramente relacionado con su trabajo, o con el club), que el mensaje consistiera en la propuesta de una bella desconocida, una admiradora secreta de esas que leen versos en la cama, con la habitación medio a oscuras, mientras se acarician la mejilla con los dedos y dan rienda suelta a sus *pensées sauvages* debajo de un retrato a plumilla del joven Hölderlin antes de volverse loco, antes de que muriera su amada Susette Gontard, su *Diotima*, cuando aún pensaba en editar revistas para damas y en traducir a Píndaro.

Nacho se quedó mirando la parpadeante línea en mitad de la pantalla de su ordenador y disfrutó de la sensación de divagar un momento antes de lo que, sabía, probablemente sería darse de bruces contra la dura realidad.

Sí. Una desconocida. Una lectora de origen extranjero, aunque con un preciso manejo de la lengua española. Le escribía porque había leído todos sus libros de poemas y había llegado a sentir la fulgurante gracia de comulgar con el espíritu del poeta que se escondía detrás de aquellos versos. Después de haber degustado su espíritu, echaba en falta la carne mortal del autor, y se atrevía a presentarse sugiriendo una cita. Tal vez incluso fuera Rocío Conrado, enmascarada tras un seudónimo, tanteando la posibilidad de una aventura amorosa con él, sin saber que Nacho estaba más que dispuesto a consumar la andanza.

Hizo un esfuerzo por salir de su ensoñación y pinchó el mensaje hasta abrirlo. Lo leyó estupefacto.

De: ogwmeat@bedfords.com (Dominique Kane)
Asunto: No «venir» más demasiado temprano?
Fecha: 17 de abril de 2007 13.29.18 GMT + 02.00
Para: Ignacio.aran@telefonica.net

Encargar en línea - Cualidad del productor - 100 % efecto - Opinión de nuestros clientes: «Sexo es más satisfactorio que nunca.» «El estrés y la tensión han desaparecido.» «Ella ya no se amarga, ya no me temo que tendré que denegar su petición.» «Esto es una sensación física estupenda después de que sigue el sentimiento profundo.»

Lo mejor de Viagra es una confianza que puedes «volar en piloto automático», llegar relajado y sin problemas hasta la esencia, que el miembro sigue mantenerse levantado incluso cuando se interrumpa (ninos golpean a la puerta del dormitorio, ladra el perro, se desliza su condón). Toma de Viagra puede hacerse también un regalo grande a su pareja, en el caso de tomar Viagra conscientemente. Solamente un consejo: no tiene que decir a ella que estás tomando Viagra. Auto apreciación femenina es tan vulnerable como la nuestra propia.

Propuesta del mes: NEW - Viagra Super Active 100 mg 30 Tab. **81,08 euro** □ **Viagra** 10 Tab. 100 mg + **Ci** 10 Tab. × 20 mg **48,95 euro**

Envase confidencial. □- Pago confidencial. □- No requiere

visitas dolorosas al médico. □- Consulta médica telefónica gratuita. □- No tiene que esperar mucho. □- Entrega dentro de 2-3 días. □- Encargo cómodo y confidencial en línea. □- Tienda en línea con licencia. □- No hay gastos escondidos.

Encargue hoy y olvide los desenganos, temor largo de la renuncia y situaciones dolorosas repetidas.

Reciba gratis 12 pastillas adicionales sólo en el plazo corto.

Se sintió tan decepcionado que estuvo tentado de contestarlo airadamente, pero sabía demasiado bien que las direcciones de esos e-mails no son reales, y por tanto su mensaje vendría devuelto. Notó una importante sensación de ridículo. Estaba acostumbrado a recibir todo tipo de correo basura a diario, de *spam*, a pesar de los potentes filtros que usaba y, no obstante, en esta ocasión se había dejado llevar por una vana ilusión, sugestionado como estaba por el ambiente de la casa y la seductora presencia de Rocío. Se dijo que era un idiota sin remedio, o que tal vez llevaba demasiado tiempo sin enamorarse. O probablemente fueran las dos cosas a la vez.

Cerró de golpe la tapa del ordenador y se tumbó sobre la cama, mirando al cielo raso con cara de absoluto reproche hasta que estuvo a punto de quedarse dormido mientras recordaba que los ojos de Rocío eran azules como la Viagra.

Alguien llamó a su puerta con unos golpecitos suaves y Nacho, amodorrado, dio un respingo en la cama.

—Adelante. —De un salto, se puso en pie. Tenía esa costumbre, propiciada por su tía Pau desde su niñez, de no dejar que nadie lo viera en actitud indolente. Le daba la sensación de que lo pillaban en falta. Empezó a disimular, como si estuviera rebuscando algo en su maleta.

Fernando Sierra asomó entonces la cabeza con el sigilo de una joven amante, aferrándose a la puerta con dedos que parecían ensangrentados a la luz de la tarde.

—¿Puedo pasar? —preguntó el hombre cuando ya estaba dentro.

—Sí, claro, adelante...

—¿Te molesta si te hago compañía un rato?

—No, estaba aquí... —Nacho se rascó la cabeza, aturdido.

—He visto que te ha impresionado la mirada del cabezón.

El meteorólogo lo estudió con divertida curiosidad.

—Pascual Coloma está entretenido esperando la llegada de su propia posteridad, igual que otros esperan el advenimiento del nuevo Mesías. —Fernando observó las cortinas de la habitación, que dejaban pasar una luz dorada cortada en rodajas, tal que si alguien la hubiera separado en lonchas con un rotulador negro—. Nuestro futuro premio Nobel de Literatura, y comprenderás que eso es toda una profesión, emana el poderío de Catalina la Grande de Rusia, aquella señora imponente que convirtió a su marido, el gran duque Pedro, en impotente, lo cual no es de extrañar.

—Bueno, sí que parece un tipo con autoridad... —«Sobre todo si uno lo ve sentado», pensó Nacho.

—La tiene, no dudes de que la tiene. La autoridad, digo. ¿Sabes que él cobra, al menos, cuatro o cinco veces más que el resto de nosotros por estar aquí? Su caché no es cualquier cosa. Casi el de una estrella de rock. Menos mal que lo paga la fundación...

—No sabía que cobrara tanto.

—Su tiempo es oro, muchacho, y sus palabras también. Es un dios, o eso se comenta por su barrio, el Olimpo.

—No lo conocía personalmente. Es increíble que yo comparta mesa y mantel con Pascual Coloma.

Nacho había leído todos sus libros, y sentía una gran admiración intelectual por el autor de *Sacrificio* y *Pérdida*, obras que había estudiado, por obligación pero con gusto, en el instituto.

—Sí... —reconoció Fernando—. Es una gran cabeza... —Se rió con pequeños jadeos—. Yo no lo soporto.

—Claro, una cosa es la obra, y otra la vida; e imagino que no siempre la grandeza de una persona alcanza para las dos. —Nacho buscó refugio para sus manos hasta que, no sabiendo qué hacer con ellas, se las metió en los bolsillos.

Fernando se había repantigado en un sillón, cerca del ventanal.

—Me consuela su aspecto físico. Es un pelele, como habrás podido comprobar. Es curioso cómo con la gente que odiamos nos ocurre algo similar que con los extraterrestres.

—¿Qué?

—Sí, ¿no te has fijado? Todo el mundo tiende a creer que los extraterrestres, si es que existen, son mucho más inteligentes que nosotros, pero también muchísimo más feos. Con la gente que detestamos, al menos en los casos como el de Pascual, nos reconforta lo mismo: que quizás sean más listos que nosotros, pero que desde luego son considerablemente más repelentes. —Hizo un gesto de coquetería con las manos y añadió—: Me tomaría un whisky, pero tú no tendrás, claro...

—No, lo siento.

—Dios mío, no sé por qué hablamos de Pascual Coloma... *L'altissimo poeta.* Mencionarme a mí ese asunto es como sacar el tema de la crucifixión en la Última Cena...

—¡Pero si lo has sacado tú!

—Ah, sí. Bueno, da igual. Es una inconveniencia, en todo caso. «Enhiesto surtidor de sombra y sueño, que acongojas el cielo con tu lanza.» Coloma es un ciprés de aquellos de Gerardo Diego, empeñado en alcanzar las estrellas. Con el inconveniente de su baja estatura, no lo olvidemos. Un tipo insufrible, y además, un pelmazo.

—¿Querías hablar de algo, o sólo quejarte de Pascual Coloma? —Nacho se quedó admirando la boca de Fernando como si fuera un surtidor. Pensó que tenía unos bonitos labios a pesar de su edad.

Fernando sopesó sus palabras antes de hablar.

—Tengo entendido que eres un sabueso aficionado que ha resuelto varios casos...

—Bueno, con ayuda de mucha gente. No es mérito mío en exclusiva.

Nacho se dijo que en el siglo XXI el trabajo colectivo era bastante habitual.

—Pues supongo que también estarás interesado en resolver éste.

Nacho asintió con la cabeza, pero no abrió la boca.

—Pues... —repitió incansable—, yo sólo trato de charlar contigo e intercambiar impresiones, por si te sirven de ayuda a la hora de esclarecer este..., hum, asunto.

—Muy bien. Se nota que estamos en un ambiente de gente privilegiada y notable, distinguida.

Fernando sonrió. Se daba un aire a un viejo actor de Hollywood que no acabara de perder su juvenil atractivo, ni mucho menos su bronceado, porque antes se dejaría arrancar la piel que consentirlo.

—¡*Gen*-te *dis*-tin-*gui*-da! Se nota que eres nuevo en estos saraos. Espera unos años más y verás. Si es que logras aguantar, claro. O si no te echan antes a patadas. Ah, pero no todo está tan mal. Aprenderás mucho sobre sadomaso, por ejemplo.

—Mi interés por la poesía no tiene nada que ver con estos actos. Estoy aquí porque me han llamado. Si no hubiese sido así, ni siquiera se me habría ocurrido soñar que pudiera estar entre vosotros.

—Eres un alma cándida, meteorólogo. Pero ya no tienes edad para seguir siendo inocente por mucho tiempo... ¿Cuántos años tienes?

Nacho se aclaró la garganta. Le sonaba raro decirlo:

—Hum... Cuarenta.

—¡Ah! —Fernando batió palmas como si acabara de ganar un premio—. ¡*Sólo* soy veintidós años mayor que tú! Ajá. Engañas un montón: te hacía mucho más joven.

—Pues ya ves.

—¿Qué estabas haciendo tú en mayo del 68?

—Poca cosa, tenía un año de edad. Creo que mi capacidad de maniobra era bastante limitada por la época.

Nacho empezó a impacientarse. Miró la hora de su reloj sin ningún disimulo, y al levantar la vista sorprendió en su colega un poso de tristeza que perseguía la comisura de su boca con la tenacidad de un perro rabioso.

Entonces, de manera imprevista, Fernando se confesó.

—¿Quieres saber qué hacía yo por aquellas fechas? —dijo el hombre. Su voz tenía un tono deshelado y vil. Nacho casi pudo sentir cómo el aire salía raspando su garganta—. Tenía veintitrés años, y llevaba cuatro meses en Madrid. Primero me enamoré de Fabio Arjona. Sí, de *nuestro* Fabio. Y al poco terminé odiándolo y jurando que lo mataría a la menor ocasión. Nunca olvidé mi promesa.

Nacho no habló. Sintió un escalofrío y pudo ver un nudo de rabia apelmazándose en los iris de Fernando, igual que una bolita de mugre que va creciendo libre y saludable con las excrecencias del tiempo.

—No sé, Fernando. Lo que acabas de decir me parece brutal —se atrevió a sugerir por fin.

—Lo es. Lo es.

—Espero que no le hayas dicho lo mismo que a mí a la policía. Sería una bonita manera de señalarte como sospechoso.

—Querido, pero ¿no te das cuenta de que aquí casi todos somos sospechosos menos tú? Y tampoco pondría la mano en el fuego por ti.

Eso era lo mismo que le había dicho doña Agustina.

—Hombre, no sé. Todos, todos... —Nacho recordó a Rocío y su cara de ángel medio punki.

—Todos tuvimos oportunidad, y lo que es peor: todos tenemos motivos. Fabio Arjona era un miserable. Aparte de los que estamos en este cigarral, tampoco te costaría encontrar por ahí fuera unas cuantas docenas más de candidatos a ser su asesino. Fabio fue sembrando su vida de cadáveres, y no precisamente exquisitos. Supongo que por eso ha tenido este final, ¿verdad?

Nacho volvió a guardar silencio durante unos instantes. Era evidente que, por lo que había visto y oído y lo que podía intuir, pocos apreciaban al difunto, pero se dijo que sin duda debía de haber alguien en alguna parte que lo quisiera o lo estimara. Así se lo dijo a Fernando, que negó con la cabeza.

—Tendrá familia, digo yo. Hijos...

—No tiene hijos. Nunca los quiso. Se conformaba con las hijas de las mujeres con las que se acostaba. —Fernando se relamió y levantó una ceja antes de acariciársela con dos dedos vacilantes—. Mientras hablaba con la policía me di cuenta.

—¿De qué?

—De lo que acabo de decirte, de que Fabio siempre estuvo liado con mujeres solteras o separadas que tenían hijas. Nunca hijos varones. Hice un repaso de su historia sentimental y todas las mujeres con las que vivió, aunque jamás se casó con ninguna, tenían una hija o dos que no eran de Fabio.

—Ah.

—Sí, es curioso, ¿a que sí?

—¿A qué crees que se debía esa, hum, tendencia?

—No estoy seguro. Él era un pájaro de cuidado, pero se mantenía fiel a su última adquisición durante todo el primer año de relación. Ese espacio de tiempo era de una exaltación física y lírica asombrosa, que él vivía con apasionamiento, enardecido. Convertía a la elegida en su musa, le escribía poemas que plagiaba de aquí y de allí, a trocitos que luego juntaba... —Suspiró divertido—. Tengo un colega en Nueva York, hispanista como yo, en mi propia universidad, que una vez me dijo que Fabio Arjona era el «poeta de las preposiciones».

—No entiendo...

—Sí, hombre. Decía que como pedía prestados versos de aquí y de allá, lo que Fabio llamaba impúdicamente «homenajes que sólo entienden las personas cultas que saben leer», en realidad lo único que hay de original, de suyo verdadero, en sus poemas son las preposiciones. Ya sabes: a, ante, bajo, cabe...

Nacho arrugó el ceño.

—Sé cuáles son las preposiciones... —Se removió en su asiento con impaciencia, algo mosqueado.

—Fabio agarraba dos versos de Cernuda, una metáfora de Li Po, y luego los pegaba con unas cuantas preposiciones, o conjunciones, y listo. Poema propio, lleno de lecturas para los que de verdad «saben leer». O sea, para los que recuerdan de memoria la poesía universal y son capaces de detectar todas y cada una de sus «citas». Evidentemente a mí, y a otros como yo, no nos la daba fácilmente. Yo también manejo muchas lecturas, y hablo y leo cinco idiomas.

—No lo sabía. Creía que Arjona tenía fama de refinado y de intelectual.

—Oh, sí, desde luego. Será por eso mismo. Por la cantidad de bibliografía que manejaba. Además, él mismo se preocupó de cultivar esa fama que tú dices.

—Lo que no entiendo es por qué venía él a este encuentro y no Eugenio Vitale, que me parece más importante. O por qué no ha venido Vitale, en cualquier caso.

—Ah, bueno... Vitale estaba invitado, el primero de todos, pero se disculpó con los de la organización del ministerio, y con Agustina. No podía venir, según parece.

—¿Por...?

—Porque está resfriado.

—Vaya, lo siento.

—Veremos qué pasa con el funeral de Fabio —musitó Fernando, distraído—. Como tienen que hacerle la autopsia y todo eso, no lo enterrarán hasta dentro de cuatro o cinco días. Para entonces ya habremos salido de aquí.

—Será en Madrid, imagino...

—Sí, en Madrid. Yo no pienso asistir, aunque sienta tentaciones: así me aseguraría de que lo entierran de verdad y de que cierran bien la lápida. —El hombre mayor dio un manotazo al aire, ahuyentando algún pensamiento inoportuno—. El caso es que Fabio se enamoraba de una mujer, vivía con ella un año de arrebato lírico y lúbrico, escribía un libro dedicado a su amor y luego se enfriaba de golpe y se entregaba con igual fogosidad al desamor, del que obtenía otro libro, evidentemente, muchos de ellos premiados por todo lo alto. Ya sabes cómo va esto de los premios, al menos, la mayoría de ellos. En los premios de poesía las leyes del mercado ni pinchan ni cortan. Y no es que yo defienda las leyes del mercado, que pueden ser, y habitualmente son, despiadadas como un lobo de la tundra asiático, pero... al menos suponen la presencia de *algún* tipo de ley. Él ganó todos aquellos premios a los que se presentó. Los que otorgaban esos galardones, los patrocinadores o el jurado, o bien le temían, o bien le debían un favor. Porque, a lo largo de su vida, Fabio igualmente hizo muchos favores, que se cobraba con toda puntualidad...

—Fernando pensó mientras se rascaba la mejilla—. Así que quizás no deberíamos llamarlos «favores» exactamente.

—¿Cuántas relaciones, más o menos estables, habrá tenido? —quiso saber Nacho.

—¡Ufff...! Muchas, querido. La última de ellas, la pobre *Cris*-ti-*na* O-*ller*, y ya has visto la cara que se le ha quedado. Muchas. Más de las que tú podrías soñar, a pesar de que eres bastante más alto, más fuerte y más atractivo que él. Y mejor poeta, dónde va a parar... Al menos tú eres original, no un puro pastiche. Él, sencillamente, no era poeta. Aunque creo que era bastante culto, y que amaba la poesía casi tanto como a sí mismo. Sí... Supongo que porque con ella alimentaba su vanidad. Su vanidad era un gorrino de cuyo engorde se ocupó metódicamente durante toda su vida.

—Eso es algo que no entiendo, su éxito con las mujeres. Por las fotos que he visto de él, no era un hombre, digamos, agraciado. Quizás las seducía con su labia, o con sus poemas.

—Bueno, de joven tenía cierto encanto. Era bajito, claro, pero en aquella época casi todos éramos bajitos; yo un poco más alto que la media, pero... Eso es algo que se explica fácilmente si tenemos en cuenta que nacimos en los años cuarenta del pasado siglo. Tiempos de escasez. En Europa se libraba una guerra, y en España una posguerra de estraperlo y hambre. En el año 68, como te decía antes, Fabio no estaba mal. Yo me enamoré de él, ya lo has oído, y aunque él nunca fue homosexual, o al menos se ha ido a la tumba convencido de no serlo, me siguió el juego como si lo fuera. Si quieres te lo puedo explicar, te puedo contar cómo fue aquello...

EL VIAJE DEL HOMBRE DE ACCIÓN. MADRID. 1968

—

> No he oficiado nunca en los altares del odio, he creído siempre que Dios, lo bello y el amanecer pueden unir a los hombres. Soy un criollo que quiere ser bueno y querendón, bueno y poeta, es decir, poeta bueno.
>
> JOSÉ LEZAMA LIMA, *Paradiso*

Fernando Sierra siempre había deseado tener un reloj Citizen de correa metálica inoxidable, con sistema exclusivo *Parashock.* El reloj de los expertos en kárate, capaces de partir un ladrillo en dos con la mano. Y con el reloj puesto. Automático, con calendario. Calidad máxima a precio razonable, según el principio japonés. Los relojes Citizen, o al menos eso decía la publicidad, eran los preferidos por los hombres de acción de todo el mundo. Y, por si fuera poco, tenían dos años de garantía de fábrica.

Fue lo primero que hizo cuando llegó a Madrid, procedente de su pueblo: comprarse el reloj de sus sueños. Hasta la fecha, apenas había salido del lugar donde nació.

Su padre era militar, y estaba destinado en Melilla. Apenas había vivido con él y con su madre. Cuando Fernando nació, a veces las cosas se hacían así. Su madre se casó con su padre, un teniente de infantería con un espeso bigote negro y cara de animal arborícola, de maki volador de Borneo. Su madre era bastante parecida a su padre, pero sin bigote (la mayor parte del tiempo). Una vez casada, no quiso abandonar su pueblo —una población perdida en medio de los montes, a treinta y cuatro largos y difíciles kilómetros del sitio habitado más cercano, donde vivía en la casa en que había nacido y en la que también pensaba morir—, y su padre tuvo que hacer frente en solitario a su destino africano (sólo pasaba con la familia unas cuantas semanas al año; el resto del tiempo vivía con la tropa en un acuartelamiento de Melilla). De alguna manera, se las arreglaron para tener un hijo, Fernando, que no se separó de su madre hasta los veintitrés años, después de que ella fue enterrada. Fernando aterrizó en la capital dispuesto a estudiar, a comerse el mundo y a comprarse un reloj con los menguados ahorros que su padre le había entregado, con renuencia, para hacer frente a los primeros gastos.

Aunque sus padres no fueran muy agraciados físicamente, Fernando era un chico bastante atractivo: el pelo rubio, igual que la paja a comienzos del verano, y los ojos del color del brandy Espléndido Garvey; bastante alto para la media de jóvenes de su edad, y con un cuerpo y unas facciones armoniosas, casi delicadas. La mayoría de sus primos tenían aspecto de sacacorchos, pero su madre decía que él había salido a su abuelo, un mozarrón vocinglero y alegre que trajo locas a todas las muchachas casaderas de la región en su época.

Fernando, sin embargo, no era muy mujeriego. En realidad, las mujeres no le gustaban, pero no quería contrariar a su madre, por eso, cuando la mujer le hablaba del parecido con su abuelo, el conquistador local, sonreía disciplinadamente y ponía punto en boca. Hubiese preferido limpiarse la lengua con Netol antes que confesar sus verdaderos sentimientos ante su progenitora.

Al acabar la escuela en su pueblo, su madre se resistió a dejarlo marchar fuera para ir a estudiar, a pesar de que había obtenido unas notas excelentes y que poseía una destacada habilidad con las lenguas: latín y griego, por ejemplo. Hasta que salió del pueblo, dedicó su tiempo a leer (poesía y novelas de la colección Libros Eternos para la Juventud, que compraba por correo: *Robinson Crusoe,* de Daniel Defoe; *Mi amiga Flicka,* de Mary O'Hara; *Capitán Horacio Hornblower,* de C. S. Forester; *El despertar,* de Marjorie Kinnan Rawlings...), a escribir poemas que no habría sido capaz de enseñar a nadie, so pena de morirse de vergüenza, y a estudiar por correspondencia. Hizo un curso de electrotecnia en Eratele, y otro de radio y televisión en la academia Afha, aunque descubrió que las cosas mecánicas no se le daban demasiado bien porque no acababan de gustarle. Él ansiaba emociones, más que problemas técnicos. Entonces comenzó a interesarse por los idiomas. Aprendió algo de japonés por el método Assimil, aunque no veía la utilidad de saber japonés a no ser que tuviera la suerte, poco probable, de encontrarse con algún ingeniero de la casa Citizen por los montes pelados que rodeaban su pueblo. Fernando era minucioso y atento, y seguía ordenadamente las indicaciones del método (discos microsurcos de 33 r. p. m. con la pronunciación, libros de vocabulario, cintas, cuadernos de ejercicios...). Con el inglés y el francés hizo avances de manera muy rápida; habiendo empezado por el japonés, esas dos lenguas le parecieron sencillas y asequibles, cosa de niños.

También pidió un *Manual práctico de cultura física,* escrito por John Turbin, de la editorial De Vecchi, respondiendo a un anuncio que prometía: «En pocas semanas haremos de usted otro hombre.» Él había querido toda su vida ser otro hombre: un viajero, un poeta, un amante... Según la publicidad, si se seguían al pie de la letra las instrucciones del libro, y en eso Fernando era especialista, cualquiera podía conseguir un tórax poderoso, unos brazos hercúleos y músculos de acero. Pero él no ansiaba todo aquello, aunque a nadie le viniera mal; estaba razonablemente satisfecho con su cuerpo, que despertaba las miradas inquietantes de las chicas a su paso. «Tener otro cuerpo no es lo mismo que ser otra persona», pensaba Fernando.

No, lo que él codiciaba eran las fotos que prometía el libro. Ciento setenta y cinco ilustraciones, gran parte de ellas a todo color, de hombres que elevaban los brazos por encima de la cabeza y lucían bíceps, y pecho, y muslos, despidiendo masculinidad por cada poro de sus cuerpos, que parecían moldeados por el propio Miguel Ángel en el barro sensitivo de la carne mortal.

El libro le costó doscientas veinte pesetas, más gastos de envío. Él no lo sabía por entonces, pero aquel volumen, con portada en color, lo acompañaría en su biblioteca el resto de su vida. Hasta el fin de sus días.

Le *sacaba* el dinero para pagar los cursos a su madre, que aunque era de naturaleza tacaña prefería verlo «entretenido con tonterías que no le hacen daño a nadie» antes que vagueando, o buscándose la vida mediante trabajos penosos (plantando pinos de repoblación, por ejemplo), como hacían otros muchachos de su edad.

Pocos días después de que él cumpliera veintitrés años, un cinco de enero de 1968, la madre de Fernando murió.

Una mañana, cuando el joven se levantó —a las siete y media, como de costumbre—, bajó a desayunar y se dio cuenta de que ella no estaba en la cocina. Su madre madrugaba mucho, y ni un solo día de la vida de Fernando había dejado de estar presente en la cocina de su casa cuando él bajaba a desayunar, con el puchero de la leche humeando en la chimenea, apartado en un borde, cerca de las cenizas, para conservarlo caliente hasta que su hijo se sirviera un tazón.

Fernando la llamó con la voz amedrentada por un aciago presentimiento.

—¿Madre? —apenas le salió la palabra.

Pero ella no respondió ni siquiera cuando el chico reunió fuerzas y logró gritar a voz en cuello, sintiéndose trastornado y débil de repente.

Se dijo que quizás estuviera en el retrete, aunque no era propio de ella. Salió al patio y se acercó al escusado, una caseta al fondo de un corral lleno de piedras y macetas, la mayoría sin flores a esas alturas del invierno. Abrió la puerta de un empujón. Estaba vacío. Corrió de nuevo al interior de la casa. Entró en la cocina; el fuego se consumía poco a poco, como un fin inalcanzable. Salió al pasillo y subió la escalera hasta la planta de arriba. Llamó a la puerta del dormitorio de sus padres, que ocupaba solamente su madre, y entró tratando de no hacer ruido. La contraventana de madera estaba abierta —su madre nunca la cerraba—, y una luz gélida y titubeante se filtraba en la estancia.

La mujer estaba acurrucada bajo las mantas. Absorta en sus sueños, pensó Fernando durante un instante.

Se acercó hasta el bulto que formaba su cuerpo y la tocó suavemente. Su forma le pareció un callejón sin salida, una excrecencia inmóvil en el nublado lienzo del día. La zarandeó levemente, pero la mujer no respondió a sus avances.

Entonces Fernando empezó a hablar, con prisas, en japonés. Tontamente.

—*Kokop da!!!* —¡Estoy aquí!—. *Doko ni ikunda?!* —¡¿Adónde vas?!

Pero sus palabras se encaramaron a las paredes de la habitación como lagartos que treparan impasibles hacia el techo, y nadie le respondió. Su monólogo inconexo fue un estruendo inútil ante la impasibilidad de la muerte.

Los ojos se le llenaron de lágrimas. No recordaba la última vez que había llorado porque, por fortuna, generalmente carecía de motivos para hacerlo. De repente, las lágrimas resbalaron por su cara caudalosamente. Hubieran servido para llenar un pantano. Era como si salieran de algún tanque escondido de detrás de su rostro que hubiera estado olvidado durante años, repleto de esas pequeñas gotitas de agua salada, con sabor a óxido, que le empaparon los labios.

Poco después, en febrero de 1968, Fernando se plantó en Madrid con un dinerillo que le sacó a duras penas a su padre. Estaba dispuesto a abrirse camino en el mundo, a ser otra persona, el orgulloso poseedor de un reloj propio de un hombre de acción.

Para su sorpresa, su padre se afeitó el bigote y volvió a casarse dos meses después del entierro de su madre, con la viuda de un sargento de artilleros, residente también en Melilla. La herencia de su madre fue a parar al bolsillo de su progenitor y de la alegre viuda, a la que Fernando ni siquiera llegó a conocer, y que se había convertido en una madrastra de la que nunca quiso saber muchos detalles. De alguna manera, ahora era libre, se consoló. Podía hacer cualquier cosa que deseara. Y tenía muchos deseos guardados bajo llave, como bestias bien alimentadas que pugnan por salir al aire libre, a campo abierto, que saben que lo conseguirán un día u otro.

Nada más llegar a Madrid se alojó en una pensión barata cerca de Atocha. Se propuso entrar en la universidad, presentarse al examen de reválida y comenzar una carrera aunque fuese muy mayor para ello. Estaría con estudiantes unos años más jóvenes que él, pero no le importaba. Tenía una cara fresca y moderna, poco habitual para un español de la época; podía pasar incluso por extranjero (eso le decían las mujeres en su pueblo cuando era chico). Daría el pego. Buscaría algún trabajo nocturno para poder mantenerse hasta que concluyera los estudios y encontrara algo mejor. Unos primos suyos que vivían en Aluche le habían dicho que podía descargar mercancías en Santa María de la Cabeza, en el mercado. Pagaban razonablemente bien. Lo haría. Era fuerte, y no temía al trabajo duro, a pesar de que su madre se había pasado la vida intentando alejarlo de ese tipo de actividades. Sin embargo, durante dos años había hecho religiosamente los ejercicios de gimnasia, aquellos que recomendaba su libro favorito, y aunque no consiguió el mismo aspecto que los hombres, tan amados por él, de las fotografías, sí que logró ponerse en forma casi sin darse cuenta.

Fernando era joven, aún no se había maleado, y estaba convencido de que la vida podía ser sencilla y agradable si uno se limitaba a seguir las instrucciones adecuadas. Todavía no era consciente de que uno no siempre sigue los procedimientos apropiados, y que precisamente ahí reside una de las muchas dificultades de la existencia.

Comenzó a ir a la universidad como oyente —quería matricularse en Letras en cuanto aprobara el examen pendiente—, y así fue como conoció a Fabio.

Fernando no estaba muy al corriente de lo que sucedía en el mundo. En su pueblo no tenía la costumbre de escuchar la radio o leer los periódicos (el periódico llegaba con un día de retraso, y siempre pensó que, así las cosas, no merecía la pena el esfuerzo). Se informaba a través de la televisión, pero tampoco hacía mucho caso. Tenía bastante con sus propios problemas, que sentía colgando de su espalda como un pequeño y enojoso zurrón. Por tanto, no sabía que en la Universidad de Madrid el año había comenzado con la policía cerrando la Facultad de Ciencias

Técnicas tras una protesta de los estudiantes contra el régimen de Franco. A mediados de enero, el gobierno cerró la Facultad de Filosofía y Letras (donde él aspiraba a licenciarse) y la de Económicas y Ciencias Políticas, por el mismo motivo. Tampoco sabía quién era Bob Dylan, ni que había reaparecido tras ausentarse de la escena pública durante más de un año por culpa de un accidente de moto que casi le partió el cuello. La música que él escuchaba, en su tocadiscos Stereo 1008 de cuatro velocidades (16, 33, 45 y 78 r. p. m.), o en su casete Superportable 909, era más bien clásica, o del tipo «selecciones musicales hispanoamericanas» (lo mejor de México, *bossa nova*), historia del vals, o música de grandes películas (*Casablanca, Charada, Zorba el griego, Lawrence de Arabia, Horizontes de grandeza, Lilí...*). Por eso se ruborizó ante su propia ignorancia y las mejillas se le pusieron del color de uno de esos huevos de yema roja que compraba su difunta madre cuando Fabio, que daba clases como ayudante de Literatura Española Contemporánea, le preguntó en clase, a bocajarro, como si fuera una pregunta de examen a pesar de que Fernando ni siquiera estaba matriculado aún, si le había gustado el disco de Bob Dylan. No sabía qué contestarle. «Aún no he podido escucharlo», murmuró haciendo un verdadero esfuerzo por reconocer su ignorancia; le costó tanto extraer las palabras de su garganta que cada sílaba se le antojó una muela arrancada sin anestesia.

Más tarde, Fabio habló en la cafetería de la facultad delante de un grupo de alumnos, entre los que se contaba Fernando, sobre las nuevas canciones de Dylan. «Sencillas y suaves, seres errantes y vagabundos con implicaciones morales o con dejes religiosos», aseguró ante unos boquiabiertos chavales ansiosos de un líder al que admirar que los condujera a la libertad, la revolución y el supremo conocimiento. (Hasta mucho tiempo después, Fernando no supo que Fabio estaba citando casi textualmente la crítica que había hecho *Time* del último disco del cantante.)

Ese mes de mayo estaba siendo agitado en muchos lugares del mundo. Fernando se enteró a través de Fabio, que lo introdujo en la política asamblearia de la facultad, y lo arrastró a la vida nocturna de Madrid cuando su trabajo de estibador se lo permitía, lo que no sucedía muy a menudo.

Fue Fabio quien le prestó el libro *Revolution in the revolution*, la versión inglesa del ensayo de Régis Debray, un jovenzuelo intelectual francés fascinado por la revolución cubana. Por primera vez, Fernando se alegró de saber idiomas, y eso lo hizo sentirse un poco mejor. Desde que había llegado a Madrid se notaba acobardado por un tremendo complejo de inferioridad cada vez que ponía los pies en la universidad, y tenía la sensación de que incluso su ropa estaba pasada de moda (algo que, por otra parte, era cierto). También fue Fabio quien lo inició en la lectura de Hermann Hesse, un pacifista alemán que lo sedujo con su novela *El lobo estepario*, y quien lo convenció de que debía ser «hijo de una nueva era», como quien gana un feligrés para una insólita religión. Fernando, envuelto en la borrachera del mundo que empezaba a descubrir, se dejó llevar por Fabio y por el embriagador ambiente estudiantil dando tumbos, movido por un impulso de emulación, de afirmación y de ruptura con su pasado. Sus raíces. Su pobre madre muerta. El hombre de acción que siempre había deseado ser estaba naciendo ante sus ojos.

Le echó un vistazo a su reloj Citizen mientras caminaba por la Cuesta de Moyano, ojeando los libros de segunda mano de los puestos, y sonrió satisfecho. Era joven, y la luz del día, hermosa. Las nubes parecían una rasgadura en el azul malogrado del cielo. Hacía fresco, pero la primavera atravesaba el aire y le hacía sentir la emoción del mundo en cada respiración. Había quedado con Fabio. Luego irían a reunirse con otros compañeros en casa del *maestro* —así lo llamaban muchos—, y más tarde a una cafetería de Callao.

Alguien aseguró que, en 1968, todo el mundo quería ser poeta. Fernando volvió a sonreír, dichoso como un niño ante un plato de patatas fritas, porque se dijo que él ya lo era, que poseía un arte al que mucha gente aspiraba, incluido Eugene McCarthy, senador y candidato a la presidencia de Estados Unidos. Le había enseñado algunos de sus poemas a Fabio. ¡Cielo santo!, nadie imaginaría nunca el miedo que pasó esperando su veredicto. La vergüenza le había forrado por dentro el estómago con una capa fría y deslustrada de tizne. Se lo sentía pintarrajeado con rotulador, como la cara de una de esas chicas que desfilaron el primero de mayo en Praga (Fabio le había enseñado una foto sacada de un periódico francés) portando un cartel que decía «Club de soul de los hippies de Checoslovaquia», y que llevaban los mofletes embadurnados con flores de trazado infantil.

Al cabo de dos semanas, Fabio le devolvió el manuscrito. Su boca esbozó una mueca que tal vez pretendía ser natural y afable, pero Fernando tuvo la sensación de que se la habían sacado a golpes.

—¿Qué te han parecido? —se atrevió a preguntar, haciendo un penoso esfuerzo.

Por un momento, creyó que Fabio iba a escupir. Fernando lo tenía en una enorme consideración. Estimaba tanto su criterio que se habría cortado las manos si él hubiera afirmado que no servían para agarrar. No lo conocía lo bastante como para haberle perdido el respeto, todavía.

—No están mal... —concedió Fabio.

—¿De verdad? ¿Lo dices en serio? Me han dicho que también eres editor. Que tienes una pequeña editorial con un socio que... No sé, tal vez... A lo mejor, si te parece, podrías ver si...

—Sí. Hummm... No están *del todo* mal. —Se acarició la barbilla; se estaba dejando barba, como Fidel Castro, aunque los pelos no le salían con fuerza, y daba la impresión de que le irritaban la piel, porque se rascaba a menudo—. Lo que no entiendo, permíteme que te lo diga, compañero, lo que no comprendo es por qué escribes poemas de amor y hablas de *ella* todo el tiempo. *Ella* esto y *ella* lo otro. *Ella* una y otra vez...

Fernando lo miró, desconcertado.

Fabio continuó hablando.

—Se nota a distancia que eres maricón —dijo. Su voz tenía un eco irritante y bajo. Se acercó al oído de Fernando, resolló un poco y seguidamente le soltó—: Asúmelo, coño, pedazo de nenaza. *Muñequita linda.*

Luego le rozó la oreja con la lengua, un lametón blando y húmedo que le dejó la piel encerada de saliva caliente y el pulso acelerado de un ternero de rodillas ante su matarife. Fernando se quedó plantado en medio del pasillo de la facultad, con los folios manuscritos con una pulcrísima letra de escolar colgando de su mano igual que un ramo de flores mustio.

Fabio se dio media vuelta y se largó sin mirar atrás. Y a partir de entonces, Fernando no dejó de pensar en aquel contacto físico. Nunca había tenido una intimidad semejante con nadie. Jamás había besado en la boca a otro ser humano. Era virgen, y estaba convencido de que a Dios no le parecería mal que lo fuese, dados sus gustos sexuales. Pero después de aquel beso —pues llegó a considerarlo un beso, el primero de su vida—, no fue capaz de pensar en otra cosa más que en la lengua de Fabio.

Los hindúes —Fernando se informó de ello leyendo un libro de la Biblioteca Nacional— creían que existían distintas clases de besos: beso nominal, palpitante, tierno (propio de jóvenes esposas, de modo que ése no podía ser su caso, o quizás sí, pero bueno...). Para ciertos poetas orientales existían cuatro clases de besos: directo, inclinado, invertido y apretado. El joven pasó noches enteras, de insomnio casi febril, tratando de clasificar el suyo, el que Fabio le había dado a él, *su* beso, sin darse cuenta de que quizás no se trataba más que de una simple lamedura con afán más despectivo que acariciador.

Consumió horas enteras pensando en Fabio, apelando a la razón y a la lógica, diciéndose, entre pucheros propios de una *nenaza*: «Él no es de ésos, tú lo sabes, lo presientes en el fondo de tu corazón. No des un mal paso con él, o te arrepentirás...» Pero al final su deseo se impuso a su cordura, como sucede a menudo con la juventud, y no sólo con ella.

Ahora Fernando paseaba arriba y abajo por la Cuesta de Moyano, esperando a Fabio, preguntándose si de verdad lo amaba, y si su amor lo ofendería. El amor era una especie de enfermedad contagiosa —una soriasis, una sífilis del sentimiento— que no evitaba infectar la mirada. Cualquiera que reparara en él se daría cuenta de que estaba enamorado sólo con verle los ojos.

Ese día, Fernando ni siquiera sospechaba que terminaría aborreciendo a Fabio lentamente, tras convertirse en objeto preferente de su sadismo. Lo que sucedió esa noche, junto a él, no fue sino el comienzo de una larga y desagradable serie de incidentes de humillación que lo dejaron exhausto y resentido como un viejo perro al que apalean con regularidad durante años.

Cuando llegó Fabio decidieron ir a su casa, donde había quedado más tarde con otra gente de la facultad. Vivía en un apartamento alquilado en la plaza de Oriente, minúsculo, con humedades, sin ascensor, y por lo habitual sin agua caliente, pero desde donde podían contemplarse los jardines de Sabatini, y las estatuas de los reyes cansadas de ver pasar el tiempo y los errores de la civilización a su lado.

Fernando llegó primero al quinto piso. La escalera estaba oscura y olía a pintura mohosa. Fabio jadeaba cuando se dispuso a abrir la puerta.

—Estás en buena forma, *nenita* —dijo. Se le escapó una apática sonrisa y sus dientes cobraron vida contra el fondo umbroso de la puerta mientras hacía girar las llaves para abrir.

Fernando les había dicho, a Fabio y a sus compañeros de curso, cómo se ganaba la vida («Trabajar no es ninguna vergüenza, pero la vida resulta más agradable cuando no tienes que tomarte la molestia de cansarte», decía su madre en vida, suspirando). Lo hizo con cierto temor porque la mayoría de quienes acudían a la universidad tenían familias que podían permitirse pagarles los estudios, o becas con las que ir tirando. Pocos, como él, descargaban camiones de fruta a medianoche confiando en poder pagar la matrícula cuando llegara el momento. Normal que tuviera músculos, pensó, «no paro de levantar pesos; si sigo así mucho más, acabaré pareciéndome de verdad a los hombres de mi libro». Por otra parte, vivían una época de comunión ideológica entre obreros y estudiantes, se suponía que juntos harían una revolución. No creyó que su situación económica fuese deshonrosa para los demás, sino todo lo contrario, quizás incluso sirviera para estimular sus sentimientos de camaradería hacia él, el bicho raro de pueblo recién llegado al mundo. El obrero paleto.

—Psé, ya sabes... Llevo cuatro meses con ese trabajo. Son muchas cajas cargadas al hombro, y muchas noches... —Fernando se miró la punta de los zapatos, apocado, quitándole importancia a su estado físico.

Fabio meneó la cabeza y le ordenó que entrara. Su voz

no sonó como una invitación, sino como una orden que Fernando se apresuró a obedecer.

—Bueno, pues ya estamos aquí. Siéntate donde puedas. ¿Quieres hacerte un canuto? Ah, no, que tú no fumas... Si yo dejara de fumar, estaría más fuerte que tú. Pero es que no me apetece.

Se dirigió a la pequeña cocina, empotrada en un rincón del salón, y puso agua a calentar. Le preguntó si se tomaría un té, y Fernando asintió mientras revolvía unos cojines en el suelo, buscando acomodo. Finalmente logró sentarse, pero el suelo estaba lleno de bultos.

Fabio se acercó al círculo de cojines mugrientos, frente al balcón, y empezó a recitar a Philip Larkin. Fernando había observado que tenía una gran memoria. Era capaz de pasarse el día recitando. Y citando, sin citar la fuente, aunque eso Fernando aún no lo sabía.

—«... Cuando estaba tendido en la desvencijada cama diciéndose a sí mismo que aquélla era su casa, sonriente y tembloroso, era capaz de desembarazarse del angustioso pensamiento de que la manera como vivimos da la medida de nuestra verdadera naturaleza, y de que el hecho de que a su edad sólo pudiera envanecerse de una habitación alquilada era la prueba más evidente de que no merecía un destino mejor...»

Fernando lo interrogó con la mirada.

—Philip Larkin, cateto. Pienso en esos versos cada vez que entro en esta casa. No pongas esa cara de susto, joder. Cuando me miras siento que te estás inmiscuyendo en mi vida privada... —Fabio se tumbó sobre un par de enormes cojines, sacudiendo la ceniza acumulada en el borde de uno de ellos—. Por cierto, ¿qué te ocurre? —preguntó con esa afectada candidez que era la máscara de su destemplanza gratuita, como pronto averiguaría Fernando—. No haces más que rebullir el trasero, ¿te duele? ¡¿Por qué será?!

Fernando se encogió en el suelo igual que un caracol pisoteado. A pesar de todo, lo miró con adoración a través de sus espesas pestañas de niño, y en su cara se pintó su clásica sonrisa de idiota embelesado. El gesto se extendió por el rostro como una mancha.

Fabio tiró de una bolsa de plástico que sacó de debajo del montón de almohadas.

—Ah, mira qué bien. —Abrió la bolsa y miró dentro. La dejó a un lado y dio un sorbo a su taza de té—. Esto se lo ha dejado aquí Mary Carmen. —Fernando no articuló palabra, de modo que Fabio continuó—: No está mal, la chica. Aunque, bien pensado, lo nuestro no podía funcionar, teniendo en cuenta que, de ella, yo sólo estimo sus glándulas mamarias.

Luego comenzó a sacar las cosas de la bolsa. Parecía un niño consentido y maniático, harto de regalos la noche de Navidad.

—Fíjate. Hoy día las mujeres modernas no se pintarrajean tanto la cara. Les gusta más lo natural. Nada de pinturas ni de sostenes. Estoy muy de acuerdo con lo de los sostenes. Pero a esa tía le da por ponerse como un payaso, y lleva unos corsés que ni mi abuela. «Cruzado Mágico», como si perteneciera a la puta Orden del Temple, la muy... —Cogió un objeto, lo miró y lo arrojó a un lado. Era un bote de rímel—. ¿Para qué querrá todo esto? También se afeita. Se lo afeita todo, con más ahínco que un camionero de Kentucky. Lo nuestro no podía durar. Mi Mary Carmen es más antigua que la micción matutina. Con tiparracas así nadie puede cambiar el mundo, joder.

—Querría seducirte —se atrevió a decir Fernando.

Fabio se rascó la barba.

—¿Seducirme? Sí, quizás lleves razón. Pero por lo que yo sé, lo hace para mí y para cualquiera. Lo suyo es la cosmética.

—Y el amor...

—El amor, ah, eso... Gran temazo. Lord Byron empezó a escribir poemas a los doce años, ardientemente, con la loable intención de seducir a una primita de su edad. La poesía sirve para conquistar. Con unos buenos versos, una chica a mano lo bastante boba y algo de suerte, tu cama nunca estará vacía. —Lo pensó un momento y añadió—: Claro que, en tu caso... Lord Byron era zopo, pero ligaba como un tigre, el camarada, zancajoso y todo. Gracias sobre todo a su pluma, que era muy distinta de la tuya, por supuesto... —Sus labios se curvaron en son de burla, una expresión que a Fernando llegaría a resultarle dolorosamente familiar—. ¿Y tú a quién pretendes seducir con tus poemas, nena?

—Yo... No sé. Bueno, los escribo. Me salen y ya está.

—Te salen y ya está... No seas simple. Dices muchas sandeces. Nada «sale y ya está».

—A mí, sí. Eso creo.

Fernando se llevó el té a los labios y derramó un poco.

—Tranquilízate, guapa, que te va a dar un tabardillo. —Reptó sobre los cojines y se acercó a Fernando, que pudo olerle el aliento a hierbas y a tabaco, algo masculino pero también dulzón, suave—. Tienes cara de niña. ¿Te lo han dicho alguna vez? No debes de tener ni siquiera barba. Déjame tocar. —Le acarició la mejilla con dos dedos mientras Fernando sentía intensamente el modo arrítmico en que latía su corazón—. Lo que yo decía, no tienes ni patillas. —Retiró la mano con brusquedad y arañó el mentón de Fernando.

—Es que acabo de afeitarme hace un rato, antes de salir.

—Estoy pensando... —echó mano de la bolsa de aseo olvidada y eligió algunos productos—, estoy pensando que sólo te falta un poquito de ayuda de estos potingues para convertirte en una tía buena.

Blandió una barra de labios en el aire.

—¿Qué dices? —se quejó Fernando—, por favor...

—No tengas miedo, *tonta.* Ven aquí. En esta vida hay que probarlo todo. —Puso una mano en el pecho de Fernando, que se pegó a la pared y trató de desasirse, aunque el contacto con aquella mano le apetecía más de lo que había sospechado—. Ven aquí, anda...

Era más fuerte que Fabio, eso estaba claro; los dos sabían que bastaría un empujón por su parte para lanzarlo contra la pared de enfrente igual que una pelota. A pesar de su cara de nenita, sentía que los músculos le latigueaban bajo la piel, y estaba seguro de ellos. Pese a todo, y pese a que Fabio estaba forzando su voluntad, se dejó hacer.

Cuando terminó de maquillarlo, Fabio se alejó un poco y contempló su obra. Fernando presentaba un aspecto ridículo y entristecido. Fabio dejó escapar un largo silbido de admiración.

—¡Qué belleza! —exclamó—. La novia elefante.

Fernando cerró los ojos, pensando que así borraría su grotesca imagen del mundo.

—No digas tonterías... —Hizo ademán de levantarse—. Voy a lavarme la cara ahora mismo.

Fabio lo detuvo con firmeza. Sabía que estaba al mando de la situación.

—¿Conoces la poesía de Alberto Lista y Aragón? No, evidentemente, qué vas a conocer tú... Bien, pues era un imitador muy fino. En arte, querida, todo o casi todo es imitación, no hay muchas novedades bajo el sol. Decía Lope: «¿Que cómo escribo?, leyendo, de lo que leo, imitando, de lo que imito, tachando, de lo que tacho, escogiendo, de lo que escojo, escribiendo...» No ha habido un solo gran artista que no fuese excelente imitando. Lista era buen imitador, pero un artista mediocre. Qué se le va a hacer. A veces no se puede tener todo en esta vida, ¿verdad? A menudo no podemos tener ni siquiera una parte. Y de todas formas, el arte es un asunto corrupto y burgués; habría que acabar con la sacralización del mismo, con su elitismo capitalista, y entregárselo al pueblo para que se solace con sus restos mortales. —Contempló a Fernando con dulzura. Él estaba temblando igual que un ratón recién nacido, ciego todavía—. Con esa carita, te mereces unos versos de Lista a la manera de san Juan de la Cruz. —Se echó encima del cuerpo medio tendido de Fernando; sus cabezas estaban la una frente a la otra; se rozaban la nariz—. «Y luego en despertando, aroma pedirás, pedirás flores, y con gemido blando, te quejarás de amores, y exhalarás la vida en mis loores.»

Y entonces Fabio lo besó. De verdad. En la boca. Lengua contra lengua, mezclando los alientos y las salivas. Y, de forma rápida, ansiosa y torpe, ocurrieron otras cosas más.

Media hora después, cuando había pasado todo, llegaron los demás, un grupo de siete chicos y chicas de la facultad. A Fernando no le dio tiempo de ocultarse en el baño y lavarse la cara. De hecho, Fabio lo agarró por una manga y lo detuvo cuando intentaba escabullirse.

—Aquí la tenéis: la novia elefante. ¿A que está guapa, el maricón...? —les dijo sujetando la cara embadurnada de carmín y colorete de Fernando para que todos pudieran verla.

Los recién llegados se echaron a reír a coro. El estruendo de la risa por poco le rompió los tímpanos a Fernando. Se quedó sin fuerzas y, cuando logró soltarse del abrazo, corrió escaleras abajo tropezando a cada zancada contra la vetusta barandilla.

Ésa fue la primera de una larga serie de degradaciones, mortificaciones y desprecios con los que Fabio obsequió a Fernando por toda respuesta a su amor, y que únicamente terminaron cuando Fernando hizo las maletas, después de concluir la carrera con mucho esfuerzo, y se marchó a Estados Unidos con idea de no volver.

Una vez en la calle, Fernando se escupió en las manos y las frotó contra su cara, tratando de eliminar el maquillaje que le había borroneado Fabio por todos lados, de arrancarse la piel.

Se dio cuenta de que la barba incipiente le raspaba las yemas de los dedos. No hacía ni cuatro horas que se había afeitado y ya le estaba volviendo a crecer.

LA CENA DE LOS TRECE. TOLEDO. ABRIL DE 2007

Cuando Fernando dio por finalizada su narración, Nacho tenía un ligero, pero persistente, dolor de cabeza, y se excusó con el hombre alegando que en la habitación había poca cobertura y debía hacer unas llamadas con su teléfono móvil.

—Saldré un momento al jardín —dijo, y se puso en pie. Estaba entumecido, y notaba las articulaciones de los brazos tiesas y solidificadas como nudos en la madera de su cuerpo.

Fernando sacó su propio teléfono y lo contempló con mirada inquisitiva.

—Pues yo tengo una, dos, tres rayitas. Puedes llamar desde el mío, si quieres —alegó. Aquel hombre era un charlatán laborioso.

—Si no te importa, prefiero hacerlas desde el mío. —Nacho se mantuvo firme. Normalmente le costaba llevarle la contraria a la gente. No le gustaba discutir, y resultaba más cómodo dejarse llevar por los demás, permitir que el resto del mundo amenizara su agenda. Pero había veces...

—Está bien, nos vemos dentro de un rato —concedió Fernando, poniéndose de pie lentamente y sacando un cigarrillo—. Otra cosa que no le perdonaré jamás al difunto es que me incitara a la bebida y al tabaco. Yo no fumaba hasta que lo conocí. Siempre fui un deportista. El tabaco es un vicio asqueroso, no por lo del cáncer, sino porque amarillea los dientes. —Se colocó el cigarro entre los labios al estilo de un viejo cowboy—. Creo que nos llevarán a todos en un minibús hasta el restaurante. O lo más cerca posible del mismo, porque en Toledo hay callejuelas por las que no cabe ni el viento, y menos un cacharro de la Mercedes atestado de versículos libres, como el nuestro. Viene un chófer del ministerio con cara de anunciar que la fiesta se acabó. No sé qué pasa, pero en este país todo el mundo parece cabreado la mayor parte del tiempo. En Estados Unidos, país de grandes defectos pero también de enormes bondades, en cambio...

Nacho lo interrumpió abriendo la puerta e indicándole con un gesto que saliera al pasillo.

—Vale, luego te veo, meteorólogo.

Bajó hasta la cocina y salió al jardín. Observó los colores del cielo, la floricultura de las nubes, y contuvo la respiración un instante en señal de reconocimiento ante el espectáculo. Soltó el aire lentamente y se dio cuenta de que anochecía, el viejo formulismo del sol, la prueba irremediable de su existencia.

No se divisaba a nadie por el jardín, y se dirigió andando con pasos cortos hacia el escenario del crimen.

Por lo que Fernando le había referido, había mucha gente a la que no le habría importado empuñar el arma homicida para acabar con la vida de Fabio Arjona, incluido el propio Fernando. Se preguntó por qué el hombre era tan sincero confesándolo con claridad, con esa alegre sinceridad, ante un desconocido, pues Nacho no dejaba de ser un extraño recién llegado para todos los habitantes del cigarral, que parecían conocerse desde hacía tiempo, la mayoría; tenían historias en común, secretos compartidos, laceraciones correspondidas entre unos y otros. ¿Sería que, como había confesado, pretendía contribuir al esclarecimiento del delito? ¿O se trataba de que su pecho ardía de rabia y necesitaba vaciarla sobre el mundo para aliviar su carga? Tenía que tomar nota de todo lo que le había contado, en cualquier caso, y enviárselo a la tía Pau y a Rodrigo para que fueran haciéndose una composición aproximada de la figura del difunto Fabio y de quienes lo habían conocido.

Miró la zona acordonada por la policía. Estaba rodeada por unos arbustos variegados, de diferentes colores, que empezaban a perder su bella propiedad cromática y amenazaban con volverse completamente verdes. Nacho especuló para sí que el jardinero no era muy fino, pues no se había ocupado de cortar las ramas malas antes de que echaran a perder el resto de las plantas. En la tierra, bajo una miniatura de banco de hierro, recargado de volutas torneadas, se veían un par de zonas oscuras que hollaban tenazmente el suelo. Manchas de sangre del muerto, imaginó. Había marcas de pisadas alrededor, pero eran tantas que costaba distinguirlas. Supuso que la policía ya habría hecho el trabajo de investigación correspondiente, si es que había logrado sacar algo en claro de aquel revoltijo de señales. Unos rosales que rodeaban el lugar daban muestras más que evidentes de amparar entre sus hojas una pequeña colonia de moscas blancas. Se dijo que aquel panorama horrorizaría a su tía Pau, más que por el crimen, por el descuido del jardinero.

Suspiró y sacó el teléfono del bolsillo de sus vaqueros. Aprovecharía para llamar a la tía Pau. Así, si Fernando lo estaba espiando desde alguna ventana, vería que cumplía su promesa de hacer unas llamadas. Mientras abría el teléfono se reprendió a sí mismo por ser tan complaciente, por hacer invariablemente lo que los demás esperaban de él, por esforzarse tanto en no defraudar a gente que bien podría importarle un pimiento. Supuso que aquella flaqueza de su carácter se debía a la tía Pau, que le había insistido durante su infancia en que tenía que actuar siempre como si alguien lo estuviera mirando. Pensó que su tía había sido una influencia escandalosamente importante en su vida, y supuso que ello se debía a su padecimiento del «síndrome del huérfano», como él mismo lo llamaba. Una vez, en uno de los pocos recitales de poesía a los que había sido invitado, conoció a un escritor, que además se llamaba como él, Ignacio, Ignacio Gómez de Pisón, con el que congenió inmediatamente porque intuyó que también padecía el dichoso síndrome. Pisón era huérfano de padre (Nacho, de padre y madre), y había acudido al acto acompañando a una amiga poeta que también recitaba. Ya no recordaba el nombre de la chica, sólo que era rubia, joven y desaliñada, y que todos sus movimientos tenían un atractivo poder sinuoso, quizás de tipo sexual. Su aspecto era un regalo en un mundo desolado donde generalmente prima la fealdad, y se veía a la legua que con Pisón no tenía planes. Debería haber prestado más atención a la chica, pero se concentró en su empatía con Pisón porque caló enseguida esa orfandad desnuda y valiente en sus ojos, como dos fuentes claras en las que se podrían arrojar monedas.

Marcó el número de la tía Pau y ella respondió al tercer timbrazo.

—¿Qué hay de nuevo, viejo? —preguntó la mujer.

—El jardín de la casa tiene un rincón que está hecho un desastre. Te horrorizaría —respondió él—. Y eso que tiene muchas posibilidades. Es una belleza desperdiciada. Sólo un par de arbustos de *Potentilla fruticosa* se salvan de la dejadez generalizada. También algún que otro ciprés, ahora que lo pienso. —Volvió la cabeza hacia el contorno de los árboles que se recortaban frente al río que entonces emprendía la tarea de arrastrar las sombras del anochecer mezclándolas con el agua—. Y no encuentro a nadie por aquí que apreciara al difunto Fabio Arjona.

Bordeó la zona acordonada hasta un parterre hecho con traviesas de ferrocarril que alojaba una mustia *Aucuba japonica* que compartía espacio con varios acebos que salían de la gravilla esparcida por el suelo. Eran como dos personas mal emparejadas, a pesar de que sus físicos contrastaban tanto que, de alguna manera, hacían juego.

—El foro del club está que berrea, Nacho. Hablan de conspiraciones, de venganzas, de sicarios... No veas qué panorama. Me gustaría estar ahí contigo.

«Sí, la que faltaba», pensó él.

—Nadie lo apreciaba demasiado, por lo que voy entendiendo. ¿Has leído lo que te he enviado? Quiero mandarte otras notas más tarde. He mantenido una larga charla con uno de sus colegas. Lo conocía desde los años sesenta, y lo detestaba a muerte.

—¿Te das cuenta de que podrías estar compartiendo techo con un asesino? —Nacho notó la excitación de su tía al otro lado de la línea, que seguramente iba recta hasta el cielo, atravesaba un satélite de telecomunicaciones y luego volvía a caer en picado, unos kilómetros más allá de donde él estaba ahora. En telefonía, la distancia más corta no siempre era la línea recta.

—Es posible —conjeturó el sobrino—. Ahora tengo que colgar, me gustaría asearme un poco antes de salir a cenar. Nos llevan a un restaurante dentro de un rato.

Se encaminó hacia la puerta de la cocina, pero lo pensó mejor y fue a echarle un vistazo a su coche. Estaba aparcado entre otros cuatro, y a simple vista continuaba tal y como él lo había dejado al llegar. Se asomó a los cristales y oteó el interior. Estaba concentrado observando unos periódicos atrasados que se acumulaban bajo el asiento trasero cuando oyó un carraspeo a su espalda. Se volvió de inmediato, con la necia sensación de haber sido sorprendido espiando a unos novios que se abrazaran en el interior del utilitario.

—Ah, hola, Nacho. —Era Cecilia Fábregas, que lo observaba con una pizca de divertido interés. Él se preguntó si llevaría mucho rato observándolo. Probablemente, si era así, habría llegado a la estrafalaria pero lógica conclusión de que era imbécil.

—Buenas, Cecilia, esto... Vaya, hola.

—Te he visto paseando por el jardín. A mí también me encantan los jardines. Como vivo en Madrid, llevaba tiempo echando de menos un poco de verdor, de modo que hace un año me compré una casa en Annecy, en la ribera este, con vistas al lago. No sé si conoces Annecy. —Nacho negó lentamente con la cabeza, como si le costara reconocer algo así—. En Francia, en la Alta Saboya. Me dije: qué caramba, tienes el dinero, ¿por qué no empiezas a gastarlo en algo que te produzca placer?

Se rió de una manera que a Nacho se le antojó extravagante aunque cálida, soltando una especie de grititos delicados semejantes a tosecillas.

—Eso está bien —fue todo lo que se le ocurrió comentar.

—No tardé en darme cuenta de que la casa es demasiado grande para mí sola y mi suegro, que somos los habitantes más asiduos. Mi hija ya hace su vida y... En fin. También está la muchacha de servicio, claro. Pero es que tiene once habitaciones, la casa. ¡Once! ¿Te imaginas? Es preciosa, aunque enorme. —Echaron a andar juntos hacia la terraza bordeada de cipreses desde la que podía verse el río, ajustando sus pasos en la misma dirección sin haberse puesto previamente de acuerdo, alejándose del improvisado aparcamiento, y también de la escena del asesinato—.

Quizás debería decir mi ex suegro, pero... bueno, en realidad es como mi padre, a estas alturas.

—Ah, bien...

—Es un lugar perfecto, desde el que puede avistarse el lago en toda su extensión, plateado por la luna en las largas noches de primavera, como esta que ya se anuncia. —Cecilia se recogió el chal de seda sobre el pecho; quizás sintió un escalofrío al mirar el agua del río, tendida y calma—. Te gustaría, estoy segura. Estás invitado cuando quieras. Sobra sitio —añadió, y volvió a reír alegremente.

—Muchas gracias, es un honor que me haces.

—He leído tus poemas —confesó Cecilia—. Al principio me sorprendieron. Quiero decir... que utilizas el lenguaje casi de la misma manera que yo.

—¿De qué manera?

—Bueno, los dos somos científicos.

—¿Ah, sí? No lo sabía. Pensaba que esta casa estaba plagada de sesudos filólogos que conjugaban hasta las vocales, a palo seco. —Aunque, pensándolo bien, Nacho recordaba haber leído algo al respecto en Internet.

—Ya ves que no. Ja, ja...

—Me alegra mucho saberlo. Yo no he leído todos tus libros, aunque sí algunos poemas aquí y allí...

—Quieres decir que has encontrado textos míos en Internet. Confiesa... —Sus labios estaban un poco amoratados; no llevaba carmín. Nacho se cuestionó si la mujer habría pasado mucho frío últimamente. Tal vez había estado expuesta a la intemperie allí, en su casa de Francia—. Los jóvenes os enteráis de todo por Internet, se empieza a perder esa bella costumbre de la bibliofilia.

—Oh, no, no es por eso. —Nacho se justificó como pudo—. Y no soy tan joven, ¿eh? Es que no puedo comprar todos los libros que me gustaría. Mi sueldo no da para mucho. Aún vivo con mi tía. Podríamos decir que ni siquiera me he independizado, a los cuarenta años cumplidos. De modo que... estoy ahorrando para comprarme una casa algún día. —Sentía un arrebato confesional, del que más tarde se arrepentiría, como le ocurría siempre que hablaba más de la cuenta. Pero qué carajo...—. Lo que ocurre es que tampoco me gusta la idea de dejar a mi tía sola. Su casa es grande. Estamos bien juntos. Es la mejor compañía que he podido conseguir sin tener que pagar. —Esta vez fue él quien rió su propia gracia.

—A mí me pasa lo mismo con mi suegro: estamos bien juntos.

—Pues entonces ya me entiendes.

Se hizo un silencio entre ellos mientras miraban el discurrir suave del río y las luces que comenzaban a brillar en la ciudad, que se encendía poco a poco con las frágiles estrellas amarillentas y artificiales del alumbrado público.

Cecilia interrumpió la calma del momento murmurando algo. Pensando en voz alta, especuló Nacho.

—Los ríos le han dado tanto al mundo... —dijo ella.

La frase sonaba algo afectada, pero Nacho supuso que ése, precisamente, era el tipo de enunciado que uno esperaba oírle decir a un poeta.

—Sí, así es.

—Tenemos que volver, creo que salimos a cenar dentro de pocos minutos.

—Cierto. —Nacho miró hacia las ventanas de la cocina, tras las que se apreciaba actividad.

—Me gustaría hablar contigo después de la cena —dijo Cecilia, e hizo una pausa, «escénica», pensó Nacho—... sobre Fabio Arjona. Supongo que su asesinato te interesa, de modo que querrás saber cosas sobre él. Yo puedo contarte mi experiencia. Quizás te sirva para dibujar su figura; así podrás ir haciéndote una idea de los motivos por los que lo han matado. Porque el asesinato siempre tiene un motivo, y en este caso... —lo agarró del brazo con dulzura; Nacho sintió sus dedos fríos al tacto—, te aseguro que yo no carezco de ellos, si tengo que ser sincera.

—¿Cómo?

—De motivos para haber matado a Fabio Arjona.

El meteorólogo se sorprendió. ¿Es que nadie tenía que decir nada cordial sobre la víctima? ¿Se contarían también entre ellos sus traumas con Fabio Arjona, sus lamentos, sus viejas tirrias y animosidades? ¿Hablarían entre sí como lo hacían con él, o lo habían elegido porque era nuevo, aficionado a atrapar delincuentes, porque a sus oídos todo era una novedad, porque no conocía a la víctima, porque no le debía nada, porque quizás todos pensaban que le resultaría interesante escuchar lo que para ellos ya eran gastadas anécdotas vividas al abrigo de la desgracia que Arjona, al parecer, había derrochado generosamente sobre sus vidas? ¿A qué venía esa necesidad que casi todo el mundo evidenciaba en el cigarral de expresarle sus motivos para odiar a Fabio? ¿Se estaban justificando? ¿Se estarían acusando, inconscientemente, porque tenían mala conciencia? Y, si tenían mala conciencia, ¿a qué era debido?

—Cuando tú quieras. Por supuesto —no le quedó más remedio que contestar así, resignado. La hipocresía, o sea, la buena educación que la tía Pau defendía a capa y espada porque creía que era el pilar de la civilización, un día le habría de salir cara. Por lo pronto, le robaría horas de sueño.

—Cuando volvamos a la casa, después de cenar. No lo olvides —repitió Cecilia.

De repente dio media vuelta y echó a correr hacia la mansión, sin despedirse.

Cuando salieron en el minibús, había varios periodistas apostados en la puerta, que se lanzaron hacia el vehículo disparando flashes y preguntas que nadie alcanzaba a oír a través de los gruesos cristales tintados del Mercedes.

Doña Agustina estaba sentada, muy tiesa, frotándose las manos sin parar, al lado del conductor, que, tal y como Fernando había dicho, parecía un impasible replicante. «Una extensión del GPS —se dijo Nacho—, tecnología punta; el menda es tan expresivo como un circuito integrado.»

Se habían acomodado igual que escolares que emprenden una excursión al zoo. Nacho se regocijó pensando que quizás también habría canciones y alboroto («para ser conductor de primera, acelera, aceleraaa...»), y movimientos nerviosos del cuello del chófer en dirección al espejo retrovisor. Pero se temía que no era probable.

Tenía la sensación de que, de haber habido plazas suficientes en el ómnibus, la mayoría se habrían sentado solos. Bueno, quizás Richard Vico y Rocío habrían compartido dos asientos juntos. Y Fernando Sierra se hubiera pegado a sus muslos como un calzoncillo de licra, dándole la murga con su vida universitaria norteamericana y lo malo que era Fabio Arjona ya en el año 68. Pero los demás... Pascual Coloma se sentaría muy erguido en la primera fila, mirando fijamente el cogote del cochero («sólo habla con los siervos —le había comentado Fernando respecto a Pascual—, subalternos, vasallos y feudatarios, la canalla en general, que le hacen sentirse más alto; y más estirado de lo que es, que se dice pronto. Y sólo se digna hacerlo para repartir instrucciones»).

Pero Fernando se había descuidado a la hora de subir al autobús, y cuando miró en derredor se dio cuenta de que Nacho ya tenía compañía: compartía asiento con Cristina Oller.

Sí: la ex.

Cris-ti-*na* O-*ller*.

Intercambiaron unas frases de cortesía (ay, la maldita

gentileza; algún día Nacho moriría de un ataque de amabilidad). Le empachó el perfume de la mujer, que se le antojó más propio del ambientador de un lavabo de caballeros. Pero, en conjunto, Cristina le resultó agradable y propicia a la confidencia. «Si le tiro un poco de la lengua, seguro que ésta también se explaya sobre el difunto», anotó mentalmente Nacho. Aunque poco tardaría en comprobar que ni siquiera iba a ser necesario convencerla, porque ella ya estaba más que decidida a contar su parte.

A Fernando no le quedó más remedio que sentarse junto a Miño Castelo, que examinaba el techo aburrido, con cara de no haber contemplado nada más insulso en su vida.

—Siéntate a mi lado, buen hombre —oyó Nacho que decía Miño, dirigiéndose a Fernando—. Sí, aquí, a mi vera, rapaciño. Pero si ya nos hemos saludado; el otro día, ¿te acuerdas?, así que no me des la mano, que soy un hombre muy ardiente...

Fernando le dirigió una mirada torva y se acomodó a su lado con cara de estreñimiento.

—Dentro de quince minutos llegaremos al restaurante. Esta ciudad es pequeña, como bien sabéis todos los que la conocéis, que imagino sois la mayoría —resolló doña Agustina por la megafonía. Porque aquella miniatura de medio de transporte *tenía* megafonía. Alguien había previsto que los pasajeros no siempre guardarían un respetuoso silencio ante el guía, cuya plaza ocupaba ahora la anfitriona del encuentro. Pero ése no era el caso, porque, excepto por las salutaciones de Miño, no se oía más que el sonsonete del motor y el zumbido insistente del aire acondicionado, demasiado caliente—. Nos colaremos en el restaurante por una entrada que conoce poca gente, para despistar a los plumillas que había en la puerta del cigarral y que a lo mejor tienen ganas de seguirnos. —Un suspiro de inquietud cascabeleó en estéreo—. Comeremos bien, espero que todos disfrutemos de la cena. Y... nada más por el momento, queridos amigos.

Se oyó un chasquido que sonó como un portazo cuando doña Agustina apagó el micro.

Pascual Coloma, codo con codo con Mauricio Blanc, recordaba a la estatua de un viejo patricio romano. Su pelo blanco, a la luz tibia del coche, parecía formado con montoncitos de migas apelotonadas cuidadosamente.

Cecilia Fábregas iba al lado de Rilke Sánchez. Y Jacinta Picón y Torres Sagarra se habían sentado juntas.

Llegaron pronto al restaurante, a pesar de las calles de trazado endiablado y de las dificultades para el tráfico rodado que ofrecía una ciudad imperial, eclesiástica, administrativa y antigua como Toledo.

Afortunadamente, en el restaurante habían colocado unas tarjetas con el nombre de cada comensal, que indicaban con explícita perspicuidad dónde debía sentarse cada uno. Eso le ahorraba a Nacho la engorrosa tarea de buscar asiento por su cuenta. Siempre tenía la impresión de que no iba a ser bien recibido en compañía de extraños.

El establecimiento se llamaba El Cardenal, nombre de lo más apropiado para un lugar que debía haber tenido, en tiempos, más curia rondando las esquinas de sus calles que el propio Vaticano. Estaba encajonado en la muralla, cerca de la puerta de Alfonso VI, y el servicio recibió al grupo con grandes algazaras de bienvenida. Sobre todo a don Pascual Coloma, al que conocían incluso las camareras de veinte años (seguro que ocultaban *piercings* en el ombligo bajo el discreto uniforme, sonrió Nacho imaginándolas desnudas). Los emplazaron en el jardín, rodeados de flores y verdes setos, donde estarían solos en un «ambiente discreto, romántico y de buen gusto», como recalcó doña Agustina a la menor oportunidad. El comendador de la casa le agradeció el piropo inclinándose varias veces ante la señora, igual que un pajarillo que bebiera agua de un charco callejero.

—Tomarán asados en horno de leña, de caza o de carne tradicional. Ensaladas de hierbas aromáticas y reducción de vinagres de hinojo, de la casa —explicó un encorbatado señor con grandes entradas en el pelo—. Si hay algún vegetariano entre nuestros ilustres huéspedes, podemos darle satisfacción igualmente.

—A mí me encanta que me den satisfacción —ronroneó Miño, sentado al lado izquierdo de Nacho. A la derecha le había tocado, cómo no, Fernando—. Pienso venir a menudo por aquí...

Les sirvieron unos entrantes y todos se lanzaron sobre los platos con distintos grados de avidez.

Nacho atrapó un trozo de jamón de Jabugo, arrancó la veta de tocino y dejó el jamón en el borde de su plato, tal que si fuera un desecho.

—¿No te comes el jamón? —lo sondeó Fernando.

Nacho se encogió de hombros.

—Querido meteorólogo, coges las espinas y dejas las rosas..., así nunca llegarás a ser candidato al Premio Nobel...

—Ni siquiera me has dado tiempo a comérmelo —refunfuñó Nacho mientras reparaba en Fernando, que mascaba a dos carrillos el cacho de jamón que le había birlado del plato sin pedir permiso.

—No me gusta la gente tiquismiquis con la comida. Eso suele ser síntoma de problemas graves en su metabolismo espiritual. Yo he comido de todo en esta vida: arañas, alacranes, serpientes... No digo que me gustaran, pero no hice ascos. Mi karma está sano, mira lo que te digo. —Fernando se rebañó la barbilla con su servilleta hasta que casi le sacó brillo—. ¿Y bien?, ¿quién de vosotros ha asesinado al pobre, pobrecito Fabio Arjona? —exclamó con un alegre gorjeo, y se incorporó en la silla con ademán de ir a ponerse en pie.

Pascual Coloma le arrojó una mirada hosca, dura como la piedra de un tirachinas, pero se abstuvo de hacer comentario alguno.

Se oyeron unas risitas por la mesa. El camarero, que servía en ese momento el vino, levantó una ceja hasta el punto que estuvo a pique de salírsele de la cara.

—Mira que eres bruto, querido Fernando —lo reprendió Torres Sagarra.

—La sartén le dijo al cazo: «Retírate, que me tiznas»... —El aludido atipló la voz, volviendo la cara hacia el brazo de Nacho, que creyó percibir un ligero aroma a whisky mezclado con su colonia. Seguro que había empinado un poquito el codo antes de salir.

—Bueno, está claro que alguien ha sido —se atrevió a comentar Pedro Charrón.

Pedro era un hombre alto y carniseco, pasada ya la mediana edad, con ojos de aspecto enfermizo, oscuros y marchitos, de esos que dan la sensación de ser incapaces de producir lágrimas ni siquiera para lubricar el globo ocular. Tenía un humor intempestivo, que estallaba igual que un balón relleno de aceite hirviendo cuando nadie lo esperaba, recargándolo todo de risotadas cavernosas y roncas sin motivo aparente. Vestía de manera improvisa (casi siempre llevaba los calcetines desparejados, y algunos aseguraban que lo habían visto acudir a una recepción con el Rey luciendo un zapato de cada color). Vivía en un pueblo de cuarenta habitantes, solo, donde cuidaba de su huerto y sus gallinas. Gastaba menos que un mechero, según Fernando, aunque estaba podrido de dinero. Unos años atrás había publicado su único libro de ensayos, titulado *El uni-*

verso para un poeta, que se había convertido inmediatamente en un bestseller. Nadie pudo explicarse nunca el éxito de aquel libro, tan desviado del *aegrum vulgus*, un libro que era cualquier cosa menos asequible a las *mentes simples*, cuando parecía que todos estaban de acuerdo en que lo masivo carece de *excelencia*, de *areté* (ésta estaba reservada, claro, para quienes se permitían opinar así), que la exquisitez de las cosas se pierde al convertirse en productos al alcance de una mayoría, a la que se le atribuye siempre una necesidad ramplona de alimentar su ingenuidad y su candidez embrutecida.

—Ya lo creo que ha sido alguien. Alguno de nosotros. Me incluyo a mí mismo, y a don Pascual Coloma; con perdón, reverencia —volvió a hablar Fernando, esta vez sin la boca llena, y haciendo una burlona genuflexión con la intención de que pasara por un sombrerazo de pleitesía al futuro Premio Nobel.

—No, no, no... —refunfuñó Mauricio Blanc—. No digas tonterías, querido amigo. Nosotros somos gente leída, ilustrada. No somos asesinos.

—¿Acaso no existen los criminales refinados? ¿Es que la cultura es un obstáculo para la violencia, una vacuna contra la maldad?

—Lo que está claro es que la incultura *no* lo es —apostilló Rocío Conrado, sentada al lado de Richard Vico—. Es más fácil que alguien que no está civilizado se dedique a matar que el hecho de que lo haga una persona que tiene conocimientos y un espíritu distinguido.

—¡Ya estamos con eso! —Miño Castelo sacudió la cabeza—. Creemos que por haber leído muchos libros, y haber escrito otros pocos, nos hemos elevado por encima de la media, que estamos muy por arriba de los necios, de la gente vulgar. ¡Esto apesta a elitismo! ¿Qué hay del buen salvaje? ¿Es que ya no nos acordamos de la inocencia de los bárbaros? Tú no eres mejor que Carlos, el inmigrante que nos hace las camas todos los días. Y Ulises no era mejor que su porquero.

—Lo que he querido decir... —trató de corregirse Rocío.

Nacho pensó que estaba bellísima, con aquellos ojos que parecían dos trozos de cielo embotellado tras sus iris, y el vestido negro, ligero y suave, que dejaba a la vista un escote blanquísimo y tentador.

—Eres muy reaccionaria, niña, para ser tan jovencita —añadió Miño.

—No soy una niña.

—Comparada conmigo, sí.

—Vete *p'al carajo*, como dicen en Cuba, Miño. Con todos tus afluentes —respondió airada Rocío, aludiendo mordazmente al nombre de su compañero.

—En la Bodeguita del Medio, ah, en La Habana... —explicó Rilke Sánchez con tono circunspecto y doctoral—, hay un cartelito colgado que dice que cada uno «cargue con su *pesao*». —Abrió la boca y enseñó unos dientes blanquísimos, como un perro tratando de atrapar una pelota—. Todos tenemos uno. Un *pesao*, quiero decir. Y no estoy hablando de nadie en concreto, óiganme. Digo, me explico. Por si acaso, ah. Es sólo que me pareció que venía a cuento.

Nacho vio cómo Richard le ponía la mano en el codo a Rocío, tratando de calmarla.

—Sin insultar, guapa —se mosqueó Miño.

—Eres tú quien ha empezado a insultarme a mí. Me has llamado elitista, e infantil. Como sigas hablando así, atraerás a las moscas.

—Tranquilidad, por favor, no discutamos... —Doña Agustina levantó la mano desde una de las cabeceras de la mesa (la otra la ocupaba Pascual Coloma)—. Bastantes problemas tenemos para andar contendiendo entre nosotros.

—Lee a san Agustín, a Schelling, a Kant, a Rousseau y al marqués de Sade antes de hablar —continuó Miño. Sus ojos empezaban a enrojecer, y tenía un rastro de saliva mezclado con vino tinto bordeándole el labio superior.

—¿Me estás llamando inculta, acaso? —Rocío se revolvió en dirección a Miño.

—Sí, ya que sacas el tema. Que yo sepa, ni siquiera acabaste el bachillerato. No sé a qué viene ahora dártelas de culta y de *espíritu distinguido*. ¡Por favor...!

—¡Qué acusica! —Rocío hizo un aspaviento socarrón—. Sal de escena, querido. Ahora me toca a mí soltar mi soliloquio de obviedades...

—Venerada Rocío, joven genio del mercantilismo editorial, ¿has consultado a tu exorcista de cabecera últimamente? —la provocó Miño—. No te vendría mal visitarlo cuanto antes.

—¡Qué gracioso! Me alegra ver que has llegado a tu edad con todas tus facultades intactas: la mala leche y el astigmatismo.

—Perdona, pero no puedo seguir hablando contigo porque no me he traído mi desfibrilador personal.

—Veo que lo de tus facultades era sólo una impresión errónea. ¡Eso me pasa por juzgar a la gente por su mal aspecto, sin fijarme en que la belleza está en el interior, como suele decirse! —Rocío torció el gesto—. Por tu bien, espero que sea cierto eso de que la belleza está en el interior porque, lo que es por fuera, no se te ve por ninguna parte.

—Rocío, cómo te va la marcha... —sonrió Torres Sagarra, con los mofletes hinchados de comida.

—¡Vale, ya está bien! —Richard Vico asomó desde detrás de su flequillo. Se lo veía incómodo y embarazado—. Dejadlo ya.

—Sí, vamos a dejarlo —concedió Rocío con las mejillas ruborosas—. Tratar de hablar con este tío es como intentar curar el sida con aromaterapia. —Se volvió hacia Richard y le sujetó el brazo con ternura—. Perdona, no he querido...

—Da igual —respondió Richard, sacudiendo la cabeza—. Déjalo, ¿quieres?

—Todos estamos muy nerviosos —concedió Mauricio Blanc—. Sería mejor que siguiésemos comiendo, sin hablar.

—Esta mocosa se cree que tiene unas *lettres de cachet* del mismísimo Dios que la facultan para disponer a su antojo de la voluntad de los demás —cuchicheó Miño en dirección a Nacho, que se hizo el sordo—. Si vende muchos libros de esas tonterías que escribe sobre niñas brujas y vampiros con problemas hormonales, en Alemania o en China, a mí me importa un bledo. Eso no la convierte en alguien tan notable como ella cree.

—El mal... El mal pertenece a la libertad moral del ser humano —dijo Pascual Coloma, sorprendentemente. Eran las primeras palabras que Nacho le oía pronunciar, además de las cuatro frases de cortesía que intercambiaba como saludo, o para dirigirse al servicio, y a punto estuvo de sufrir una conmoción al oírlo.

—Desde luego, desde luego —asintieron Rilke Sánchez y Pedro Charrón. Les faltó añadir «amén», pero se contuvieron.

Fernando había enmudecido de repente, concentrado en su plato de comida, y bien podría haber pasado por un deprimido personaje de Gérard Lauzier.

Nacho hinchó el pecho y se dijo que había llegado la hora de cambiar de tema. Pero no se le ocurría ninguno apropiado.

Rocío mantenía la cabeza gacha y los dientes apretados,

a la manera de un soldado preparado para morir, o para matar. A Nacho le gustaba. Era pendenciera como un perro chico, lo que también significaba que carecía de autocontrol, pero es que no se puede tener todo en esta vida.

Richard había encendido un cigarrillo y ahuyentaba el humo, que se espesaba a su alrededor como un halo, con una mano descarnada. Cristina Oller no probaba bocado. Miraba a hurtadillas a sus compañeros de mesa y parecía estar pensando.

—Nacho, ¿tienes una dirección de correo electrónico? —le preguntó al fin la mujer—. Quiero pedirte unos poemas para una revista con la que colaboro.

Nacho, impresionado por su consideración, se la anotó diligentemente en una hoja que Cristina le tendió por encima de la mesa junto con una pluma Montblanc de color vino tinto, y le devolvió el papelito cuando hubo acabado.

—Todos estaremos de acuerdo en que la muerte de Fabio ha sido una desgraciada pérdida —dijo Mauricio, sacudiendo la cabeza. Nacho creyó ver una nubecilla de caspa volando hasta sus hombros protegidos por una sobria chaqueta azul marino.

—Sí, una gran pérdida. Sobre todo para él —asintió Jacinta Picón.

Jacinta Picón tenía treinta y siete años y una belleza peculiar. Nacho había leído en un periódico una entrevista que le habían hecho hacía algunos años y en la que hablaba sin pudor de su vida privada. Decía: «Cuando abandoné a mi marido, el pobre se quedó arruinado, enfermo, psicótico y deprimido. Me gusta hacer con los hombres lo mismo que con los pisos de alquiler: dejarlos como estaban antes de que yo llegara.» Se confesaba poeta pero, en su vida privada, manifestaba sin ambages que era más realista que un registrador de la propiedad. De hecho, puesto que casi nadie puede vivir de la poesía, ella se había ganado la vida durante mucho tiempo como ayudante de un notario en Benidorm. Hacía unos años, ante la sorpresa de muchos, se convirtió en una estrella mediática. Tenía un programa de libros en la tele que era bastante divertido, para lo que solían ser esos espacios, y que no iba nada mal de audiencia, a pesar de la inconveniente hora de emisión (en plena madrugada). Era una «modesta celebridad», como ella misma se había definido en alguna ocasión riendo a mandíbula batiente.

Nacho la miró, hechizado por su aplomo y su bonita figura, sobre todo de cintura para arriba. Creyó que Jacinta le guiñaba un ojo y sonrió tan satisfecho como apabullado.

Cuando terminaron de cenar, la mayoría de ellos estaba de un humor luctuoso. De vuelta en el cigarral, no quedaban periodistas en la puerta, ya era demasiado tarde incluso para ellos, de modo que pudieron entrar sin problemas. Cada uno se dirigió a su habitación, poniéndose previamente de acuerdo con sus compañeros de planta para usar por turnos el baño.

Nacho recordó que Cecilia Fábregas quería hablar con él y contuvo un bostezo. Se dio cuenta de que empezaba a disfrutar con las intrigas de sus compañeros. No eran tan divinos como él había supuesto, sino humanos. Demasiado humanos. Igual que él.

Se despidió con un atento «buenas noches» de quienes lo rodeaban y se dirigió a su dormitorio con el pulso excitado, como quien se encamina al corazón secreto de una mansión embrujada.

LO QUE CECILIA FÁBREGAS LE CONTÓ A NACHO. CIGARRAL DE LA CAVA, TOLEDO. 2007

—

Nacho escuchó a Cecilia Fábregas sin apenas abrir la boca, mientras ella se desahogaba con él. Previamente, le preguntó si podía grabar sus palabras, y la mujer no tuvo ningún inconveniente. El meteorólogo sacó una minúscula grabadora y la puso en marcha. El aparato ni siquiera precisaba de cinta porque tenía una especie de chip de memoria; le había costado trabajo aprender a usarla, no era tan sencilla como las viejas grabadoras de casete, con las que uno podía limitarse a contemplar cómo daban vueltas. El artilugio apenas ronroneó cuando pulsó la tecla de grabación. «Así me ahorraré tomar notas», pensó, y se retrepó en su asiento, dispuesto a prestar oídos amablemente a la mujer:

La primera vez que sorprendí a mi marido leyendo una novela rosa fue una tarde apacible de mayo, hace ya muchos, muchos años. Las nubes se agolpaban en el cielo y, vistas desde mi ventana, parecían a punto de caer sobre el asfalto. Hubiera sido una extraña forma de lluvia, pero no ocurrió nada semejante. Yo pensaba a veces que la vida transcurría al otro lado de las ventanas de la casa de la misma manera en que lo hace detrás de las ventanillas de un coche, malgastando en cierto modo sus fuerzas, quedándose atrás, rompiendo los débiles vínculos que la unían con mi pequeña realidad, la única que contaba para mí, al fin y al cabo.

Sixto estaba sentado, en mangas de camisa y con las piernas estiradas sobre la madera del suelo. Leía con una concentración infantil, casi temerosa. No se lo veía relajado. En sus ojos se adivinaba cierta preocupación difícil de disimular, algo que bullía y humeaba como agua hirviendo.

Fue entonces cuando me dijo que me abandonaba.

Aún recuerdo el título del libro que estaba leyendo: *Bella en la niebla,* de May McGoldrick. Ignoro si es muy popular. En la cubierta habían dibujado un barco que parecía surgir de una penumbra sucia y azulada. Dos figuras —creo que una de ellas femenina y la otra masculina— se disponían a enfrentarse cuerpo a cuerpo sobre esa especie de fondo de abismo que era la cubierta del velero.

Sixto levantó la vista de la página que estaba leyendo y me miró a la cara. Sus ojos parecían tan grandes como la palma de mi mano.

—Me voy de casa —me dijo, y metió los dedos entre las hojas de la novela para evitar que se cerrara y le hiciera perder el hilo de la lectura.

—¿Tienes que salir ahora? —pregunté yo, sonriendo.

Me acerqué lentamente a él con la intención de besarle la cabeza, rapada como el fondo de una cacerola. Su pelo había cortado las ligaduras que lo ataban a la vida hacía tiempo. Su calva relucía bajo el resplandor de la luz, la reflejaba igual que haría una luna de porcelana rosa.

—Quiero decir para siempre.

Lo miré sin pestañear.

—¿Qué?

Sixto respiró con la dificultad de un hombre que está a punto de ahogarse. Pensé que el aire tenía el espesor del agua en ese momento, y que por eso le costaba respirar a él, lo mismo que a mí.

—Me voy, Cecilia. Te dejo. Nuestro matrimonio se ha terminado. —Agarraba el libro con determinación, como si sospechara que yo podría quitárselo.

—¿A qué viene esto? ¿Es una broma?

—No, no bromeo. Por desgracia.

—¿Desde cuándo lees esas cosas? —Traté de desviar la conversación hacia otro lugar más apacible, tenía la estúpida impresión de que una charla puede ser como un mueble, que a veces no se encuentra en el sitio adecuado y basta con desplazarlo unos centímetros para que todo vuelva a parecer armonioso y proporcionado, bello, en su sitio.

—Desde que era adolescente —respondió. Su mirada era retadora y mostraba una clara sensación de alivio.

—¿Lees novelas... *rosas*? ¡Nunca lo hubiera imaginado! —Supongo que mi voz sonó como un reproche. Con una mezcla de censura, burla e impertinente incumbencia—. No lo sabía.

—Sí, hay muchas cosas que no sabes. Pero, ahora, no importa.

Se puso en pie. Es casi treinta centímetros más alto que yo. Me cubrió su sombra. Uno y uno suelen ser dos, pero a menudo falla la conjunción «y». Me sentí terriblemente sola de repente.

Intenté no perder los nervios, traté de dejarme llevar por la higiénica conducta de la sobriedad y el miramiento. Lo observé con curiosidad, pero sus ojos no albergaban ninguna indulgencia. Me devolvieron el mismo sereno desapego que el clima a la Tierra.

En aquel momento recordé un cartel que había en la consulta de mi marido. Sixto era, y sigue siendo, veterinario. En la sala de espera había colgado varios pósters con motivos caninos, sobre todo. Los animales funcionan en la decoración contemporánea como naturalezas muertas en la pintura del siglo XIX. Manjares analgésicos de la precaria sentimentalidad humana. Los dueños de los perros creen que los perros los aman. Sin embargo, los perros desean fundamentalmente comida y protección, y cualquier dueño les sirve para eso. El cartel era una foto de las vísceras ensangrentadas de un perro enfermo. La acompañaba una leyenda que decía algo así: «Prevenga a su perro de una enfermedad fatal. Sepa que el mosquito común puede transmitirle el "gusano del corazón" (dirofilaria), una enfermedad que puede causarle la muerte.» Me agradó la metáfora: el gusano del corazón. Pero sentí escalofríos de miedo. Le dije a Sixto que debería quitarlo, pero él se encogió de hombros y el cartel aún sigue en su sitio.

Mientras escudriñaba la cara y los gestos de mi marido, me pregunté si también él habría cogido la enfermedad, si el trato con los perros le habría contagiado el gusano del corazón, si el gusano estaba ahora mismo enroscado en su corazón, acariciándolo como los dedos que se posan con determinación sobre las teclas de un piano.

—Hay otra mujer, ¿verdad? Es eso... —Empecé a notar que mi voz no encajaba en mi garganta. Las palabras me salieron con dificultad, manchadas de óxido, cargadas de argumentos contra el mundo.

—No, no hay ninguna mujer. Sólo tú —me dijo, y yo no supe si mentía. Por primera vez no era capaz de intuir su pensamiento. O a lo mejor nunca había podido intuirlo, al contrario de lo que siempre creí.

Eran poco más de las cuatro de la tarde, aunque yo tenía la impresión de que, más allá de la ventana, el cielo había empezado a organizar un pequeño crepúsculo en mi honor y me lo ofrecía con la mano tendida. Los tejados de la ciudad se apilaban en el horizonte formando montoncitos de tonos ocres, eran un juego de construcción gigantesco que algún dios impertinente había ordenado al azar para mantener ocupados a los seres humanos en afanes arbitrarios, inestables y ceremoniales. Y fundamentalmente vanos.

Me dejé caer en el sofá, frente a él.

—¿A qué viene esto, entonces? —pregunté después de reunir algo de fuerzas para continuar hablando.

—Ya me has oído.

—¿Y qué pasa con nuestro matrimonio? Diecisiete años juntos..., ¿vas a tirarlo todo por la borda? —Me fijé en la cubierta del libro que mi marido sostenía amorosamente entre las manos. El barco de la ilustración era quizás una metáfora de nuestra relación, y ahora estábamos los dos frente a frente, sobre una embarcación que se tambaleaba en medio de la tormenta, amenazándonos el uno al otro como las dos figuras del dibujo, apenas dos sombras hostiles tratando de guardar el equilibrio. Ya sé que la metáfora puede resultar trillada, pero se ajusta a la verdad.

¿Es que todo en la vida ocurría así, tan de repente?

Sentí que las piernas me temblaban. Me llevé los dedos a la boca y comencé a arrancarme la piel de los labios. Solía hacer esas cosas cuando estaba nerviosa. Tengo los labios delicados, tanto que siempre aparentan estar enfermos. Muertos de frío.

—¿Y qué hay de tu hija, de nuestra hija? —Tragué saliva—. Tiene dieciséis años, y te necesita.

—Sabrás arreglártelas, no te preocupes —dijo él.

Yo me pregunté si aquella escena de interior que estábamos viviendo en ese momento era el precio del amor. Tomé nota mentalmente de que había que lavar las cortinas.

—¿Y qué pasa con tu padre? —Empecé a sacudir la cabeza, o a tratar de encajarla en mi cuerpo de la misma manera en que se atornilla la de una muñeca—. Está viviendo con nosotros, con *nosotros*... No puedes irte y dejarlo aquí conmigo. No podré salir adelante si tengo que cuidar de una adolescente medio pirada y de un anciano completamente chalado yo sola, sin tu ayuda.

Sixto se dirigió hacia la puerta del salón.

Miré su espalda y recordé que yo nunca había sido optimista, que jamás había creído en el progreso.

—Tal vez mande a alguien a recoger mis cosas —murmuró Sixto entre dientes.

Lo vi encaminarse hacia el pasillo, y unos instantes después oí la puerta de la entrada cerrarse con un golpe seco. Mi marido acababa de marcharse, y por todo equipaje se había llevado la novela *Bella en la niebla*, de May McGoldrick, que seguramente estaría llena de pasiones desenfrenadas, amantes taciturnos y viriles, heroínas indómitas pero virginales, y grandes propiedades con vistas a algún acantilado. Quizás ese título era un presagio de algo. Aunque lo más terrible de todo fue que a mí no se me habría ocurrido en la vida pensar que a Sixto pudieran gustarle esa clase de historias.

Comencé a entender mejor el mundo el día en que me di cuenta, sin necesidad de que nadie me lo dijera, de que la belleza de las flores no tiene como objeto alegrar la vista de los seres humanos con su encanto, sino atraer a los insectos y permitirles así reproducirse, logrando que esos seres extraños y alados lleven el polen desde el estambre de una flor al estigma de otra. El polen, un polvo amarillento o rojizo que consuma la fecundación del reino vegetal.

De la misma manera que un insecto acarrea la simiente de la vida sin saberlo, así la realidad empezó a abrirse paso en mi cabeza, llenándola de semillas de inquietud.

Sixto se había ido, y yo me sentía como un ginkgo, o un bambú, recorrida por los grillos, las avispas y las tijeretas de mis presagios. La realidad —medité, y el corazón se me aceleró un poco— necesita ser transportada de un sitio a otro para poder hacerse un hueco en el mundo. La realidad, como el polen, puede recorrer largas distancias a merced del viento. La yuca se sirve de la mariposa para multiplicarse. Yo me había servido de Sixto, mi marido, para darme de bruces contra mis circunstancias. Mi marido... ¿O acaso ya no era mi esposo? ¿Bastaba expresar en voz alta el deseo de no ser mi marido, tal como Sixto había hecho, para que dejara de serlo?

Pasé la tarde sentada en la penumbra del salón, mirando cómo el sol se ponía, atrincherado detrás de algunas nubes. Por un instante, cuando la luz empezó a rendirse tras los ventanales, sentí que el mundo me había aprisionado en su interior. Estuve varias horas petrificada. No moví las manos ni las piernas. No veía demasiados motivos para desplegar tanta actividad.

Poco antes de la hora de la cena oí cómo se abría la puerta de casa. Siguió un ruido de metal chocando contra porcelana al caer unas llaves en el plato de loza que descansaba sobre el mueble de la entrada —una vieja consola de cerezo, llena de arañazos—, donde toda la familia solía dejar las suyas nada más entrar.

Poco después, Samuel, mi suegro, asomó la cabeza en la estancia. La siguió todo su cuerpo cansado, de andares vacilantes.

—¡Ser viejo es una mierda! —dijo, y se acercó hasta mí renqueando.

Casi pude ver cómo una onda esférica de choque salía de su boca a la vez que sus palabras, a la velocidad de Mach 1, y crecía con total desfachatez hasta golpear los muebles y las paredes. La energía restante retrocedió y se introdujo en mis oídos haciendo que me rebullera por fin en el sillón, un poco molesta. La voz de Samuel seguramente había elevado la temperatura de las cortinas.

No le contesté, y él se quedó mirándome un par de segundos con interés, igual que haría un abejorro con un crisantemo. Luego se acercó hasta el equipo de música y trató de sintonizar en la radio un programa de noticias. Hacía tiempo que había desactivado la función de sintonizado automático. Le gustaba darle vueltas al botón con sus propios dedos, decía que le recordaba a su juventud.

El aparato dejó escapar un alegre chisporroteo mientras el dial recorría el espacio asignado a las distintas emisoras. Durante una fracción de segundo oí un silbido seguido de un ronroneo chirriante y agudo. «Son galaxias. Estamos oyendo el ruido que hacen las galaxias moribundas... —pensé, pero no dije nada—; antiguas galaxias que desaparecen y que están explotando allá lejos, que han agotado su combustible, que se abren como flores en una fabulosa explosión final, y que están enviando su poderosa radiación de partículas a lo largo y ancho del espacio y del tiempo mientras se mueren, porque también ellas son mortales. Estamos oyendo el ruido que hacen las galaxias que se mueren a través de la radio...»

—No consigo sintonizar nada bueno —dijo Samuel. Se encogió de hombros y se sentó en el sofá, lejos de la ventana—. No me extraña, ya no me queda pulso ni para cambiar de canal con el mando a distancia.

Yo seguía incapaz de hablar. «Alguno de esos murmullos que salen de la radio vendrán de un rayo que ha caído en Australia, en medio de un campo de cereales. Su sonido ha recorrido el mundo hasta llegar a nuestros oídos, pero Samuel apenas le presta atención. No es justo —pensé—, no es justo.»

—Paula me ha dicho hoy que soy un viejo —rezongó

mi suegro—, lo que, por otra parte, yo ya sospechaba. Me ha dicho que no estoy al día. Le he preguntado para qué quiere uno estar al día. ¿Quién puede tener *tanto* interés en estar al día? A no ser que uno sea un calendario, por supuesto...

—Sixto se ha ido. Me ha dicho que me abandona —repliqué yo, sacudiendo ligeramente los hombros. Me hubiera gustado utilizar alguna palabra concerniente al amor, al fruto de nuestro antiguo vínculo, para explicarle a Samuel lo que pasaba, pero no supe.

Mi suegro se removió con dificultad sobre el sillón hasta encararse conmigo. Yo miré hacia el suelo. Me observé los zapatos y luego le dirigí al hombre una ojeada rápida. Samuel se ajustó las gafas y sus ojos me parecieron zurcidos con descuido bajo los cristales.

—¿De qué estás hablando? —preguntó. Su voz tenía pliegues de seda entre los acerados pinchos de su tono habitual. Dejó caer los brazos a lo largo del cuerpo—. Déjate de zarandajas. Es la hora de la cena, por si no te habías dado cuenta.

—No he preparado la cena esta noche.

—¿No habrá cena? ¿Quieres matarme de inanición? ¿Así es como paga la sociedad a sus viejos, a los que han levantado este país con su esfuerzo y su sudor? Yo he sudado mucho a lo largo de mi vida, ¿sabes, hija? Creo que al menos me merezco una cena de vez en cuando. Considero que una cena por noche es bastante razonable.

Se desabotonó la camisa y se colocó el cuello estirándolo como quien abre una servilleta.

—Te estoy diciendo que tu hijo se ha marchado. —Me puse de pie lentamente—. Que nos ha abandonado. No sólo a mí, sino también a ti, y a tu nieta.

—¿Lo dices en serio?

—Sí, creo que sí.

—Será canalla. ¿Qué te ha dicho?

—No mucho, la verdad. Sólo que se iba, y que tal vez mande a alguien a recoger sus cosas.

—¿Y adónde ha ido?

—No lo sé. A un hotel. O a lo mejor ya tiene una nueva casa esperándolo.

—¿Una casa...? ¿Te refieres a...? ¡No habrá sido capaz! —Tomó impulso y se levantó del sofá a la tercera intentona—. No te preocupes. Lo buscaré y lo mataré con mis propias manos. Un padre tiene derecho a hacer algo así con su hijo cuando su hijo es *esa* clase de hijo.

—No hables así, Samuel, por favor.

—He sido demasiado blando con él, ése es el problema. No lo he tratado con suficiente dureza. Nunca debería haber consentido que estudiara para veterinario. ¿Qué tipo de profesión es ésa para un hombre, veterinario...? —Se dio un golpe sordo en el pecho—. Por lo que yo sé, los animales sirven para comérselos, no para andar curándolos cuando se hacen pupita.

—Prepararé algo de cenar. No empieces, anda.

—Debería haberle obligado a entrar en el ejército, igual que hice yo en su momento. A estas alturas podría ser capitán, por lo menos. Estaría al lado de los valientes. Si fuese capitán nunca te habría abandonado. Abandonar a una mujer es el tipo de cosas que haría un veterinario.

—Lee novelas rosas; me lo ha confesado antes de irse. —Inicié la marcha hacia la cocina.

—¿Novelas rosas? —Samuel me detuvo asiéndome del brazo; arrugó tanto el ceño que me causó el mismo efecto que uno de esos anuncios de películas de terror—. ¿Novelas de, de...? ¿Quieres decir...? —Se pasó la lengua por los labios, respiró hondo y dejó transcurrir uno de esos silencios metafísicos que sólo se entenderían en un mundo más evolucionado—. ¿Te refieres a novelas de... *besitos*? —Cerró los ojos y sentí que era como si se apagasen los pilotos de una caldera—. Lo encontraré. Tendrá que oírme. Me va a oír, el niñato. Dios mío, cuánto echo de menos el cuartel... Desde Alejandro Magno, siempre hemos tenido algunos sarasas en el ejército pero, así y todo, hasta nuestros invertidos son más machos que mi propio hijo.

—¡Samuel...!

—Vamos a cenar lo que sea. Tengo hambre.

Dio media vuelta y se encaminó a la cocina, renqueando.

A la mañana siguiente me formé una imagen de mí misma un poco resumida, igual que hago a veces cuando pienso en algo que no logro comprender, como el universo. Me consideré como una partícula, una partícula humana sin más propiedades que la posición y el instante. De igual modo que se hace con el universo —porque es más fácil considerar el estado de una partícula y luego de dos antes de intentar abarcar el universo entero—, consideré mi estado. Claro que en la física clásica no está mal visto discurrir a la vez sobre la posición y el momento de una partícula, pero en mecánica cuántica está prohibido debido al «principio de incertidumbre», y yo me consideraba una mujer de la era cuántica, no de la clásica. Mi estado cuántico era como un libro de brillantes respuestas a cualquier pregunta que se me pudiera ocurrir. Sin embargo, no se me ocurrió ninguna pregunta.

Pensé en las historias alternativas del universo, en la narración de una secuencia temporal de sucesos, y por fin di con una cuestión que ni siquiera era original: ¿cuál sería la posibilidad de que sucediera mi historia, la pasada, la presente y la futura, en vez de otras que también podrían haber sido ciertas? Mi marido me había abandonado. Quizás volvería conmigo, o quizás no. Esas dos posibilidades eran mutuamente excluyentes porque sólo una de ellas podía ocurrir, y eran a la vez exhaustivas porque una de ellas sin duda ocurriría.

Antes de levantarme, y mientras reflexionaba en esos términos, abrí los ojos y dejé que la oscuridad del dormitorio me llenara por dentro. Miré la luz parpadeante del despertador y me di cuenta de que era muy temprano. Nunca me había gustado madrugar, aunque adoraba ver amanecer. Las pocas veces que había logrado presenciar el espectáculo del amanecer había sido con ocasión de algún viaje o alguna pequeña enfermedad. Amaba el amanecer porque, entre otras razones, para mí era la manera que tenían los cielos de decirme: «Tranquila, aún no estamos hartos.»

De cualquier forma, me las había ido arreglando en la vida para no tener que levantarme temprano. Desde que dejé el instituto puede decirse que no me había visto obligada a madrugar. Cuando fui a la universidad pedí el horario de tarde y, salvo una temporada de prácticas de laboratorio, nadie consiguió hacerme salir de la cama antes de las diez. Luego me casé con Sixto y todo siguió en los mismos términos si exceptuamos los cinco primeros meses de vida de mi hija Paula: los pasó en un continuo estado de excitación. Dormía de día y berreaba de noche, como si no acabara de habituarse a estar en el mundo, como si pensara que nacer había sido un error que empezaba a lamentar profundamente. El mismo día en que cumplió cinco meses, su sueño se regularizó y comenzó a dormir diez horas seguidas todas las noches.

Poco después empecé a dar clases en la universidad (me había doctorado durante el embarazo), pero pronto descubrí que la vida universitaria no estaba hecha para mí. Me apasionaba la investigación; no obstante, no creo ser capaz de enseñar nada a nadie. Tampoco encontré en las aulas a muchos que desearan realmente aprender. La ignorancia me irritaba, y me dio por sospechar, como George Bernard Shaw, que la educación es una tontería, que nadie puede convertir a una liebre en un caballo de carreras mediante la educación.

Mientras Paula crecía un poco más me convertí en ama de casa. Seguía estudiando, acabé una licenciatura en Biología que me valió al menos para entender que mi embarazo me había convertido en alguien útil en términos evolutivos, y leyendo, pero no tenía un trabajo fijo. Sixto mantenía nuestro hogar. Nunca se quejó de hacerlo.

Soy buena para las cosas técnicas (me doctoré en Ingeniería Eléctrica antes de ser madre), y un buen día diseñé un pequeño tapón que patenté porque así me habían enseñado a hacerlo en la facultad, aunque no le di la más mínima importancia al hallazgo. Mi tapón era, y sigue siendo, de una elegante sencillez. Me dije a mí misma que así debía ser una probable teoría unificada del universo: como mi tapón, como un obturador simple y bello que al abrirse todo lo explica y lo resuelve. Por aquel entonces, yo inventaba cosas para tener la sensación de que mi mente seguía activa, de que la maternidad no había acabado con cualquier vestigio de inteligencia que hubiera habido en mí antes de que mi vientre se dedicara a la tarea animal de la reproducción.

Un año después de registrar mi tapón, lo vendí a una empresa que envasaba y distribuía agua mineral por medio mundo, y después, cuando caducó la licencia de exclusividad de esa empresa, a otras que se apiñaban esperando a mi puerta. Dos años más tarde me di cuenta de que era rica, y de que nunca había trabajado realmente para serlo, que solamente había necesitado aplicar un poco de ingenio para dar forma a un trozo de materia y, luego, dejarme arrastrar dulcemente por la marea de una economía de mercado que excluye a muchos, pero que a mí siempre me ha deseado con locura.

Sixto y yo decidimos que lo mejor era poner los asuntos económicos en manos de profesionales que atendieran mis negocios y se ocuparan de hacer inversiones sensatas con el dinero que seguía llegando a la cuenta corriente. Fue extraño, porque durante mucho tiempo tuve la sensación de vivir de prestado, como si estuviera dilapidando una vida que no me correspondía. A veces me sentía como una intrusa, me paraba en mitad del pasillo de casa y escuchaba atentamente: temía que tarde o temprano llamarían al timbre y me obligarían a devolver todos mis privilegios, acusándome de habérmelos apropiado sin derecho.

Supongo que no tener que madrugar nunca me hacía sentirme culpable, una estafadora. La sucesión de datos sobre mi vida formaba un esquema de afortunada complejidad, y yo no dejaba de asombrarme por ello. La mía era una riqueza misteriosa, sin los peajes de la fama y la notoriedad, aunque Sixto y yo decidimos seguir llevando una apacible vida de clase media. Eso sí, compramos una casa en el campo, y un enorme piso de techos altos en el centro de Madrid, el mismo en el que vivíamos juntos cuando él decidió abandonarme.

Hacía pocas horas de eso —de su abandono—, pero yo tenía la impresión de que habían transcurrido más de mil años. A mi lado, la cama estaba vacía, una fuente de arbitrariedad del mismo tipo que la disposición y el entendimiento que, mil años atrás, Sixto y yo habíamos compartido.

Resolví levantarme, a pesar de la hora que era y de que no había conseguido dormir mucho. Puse el pie en el suelo y percibí claramente cómo las vibraciones que provocaba mi peso se desplazaban como ondas en un pequeño aljibe hasta comprimir las paredes, y luego toda la casa, el edificio entero con sus pilares decimonónicos y sus largos pasillos. Fui consciente de que mi peso añadido al suelo lograba que todo a mi alrededor se constriñera, elevase, cayese, rebotase y se estrellara de nuevo contra el entarimado. Mi presencia era importante, al menos para las vibraciones que recorrían la habitación.

Descorrí las cortinas del ventanal y casi pude ver con mis propios ojos la lluvia eléctrica habitual de las primeras horas de la mañana, sus partículas de aire con carga eléctrica, los detritos invisibles de la radiactividad que desprendían los muros del inmueble y, allá abajo, en la calle, el hormigón de las aceras. Tuve ganas de abrir las ventanas, sacar la cara y sumergirme de lleno en los doscientos voltios de esa suavidad incorpórea, pero la perspectiva de enfrentarme a la contaminación matutina me hizo desistir de mi propósito. Pronto la luz lo inundaría todo.

Pasé al baño, me puse una bata encima del pijama y me dirigí a la cocina a preparar el desayuno. Sin embargo, algo me hizo detenerme. Por primera vez en mi vida sentí la necesidad de escribir algo. Versos. Poesía. Nunca he sabido muy bien de dónde vino ese impulso, aunque luego he sabido que provenía del abandono que acababa de sufrir, y del que jamás me repuse. Fabio Arjona me ayudó a entenderlo de una manera muy poco agradable.

Me explico.

Escribí mi primer poema esa mañana, y continué escribiendo versos durante los siguientes dos meses. Cada día un poema, dos, a veces tres. Me dejé poseer por una especie de euforia. Yo no tengo una educación humanista, he sido una mujer de ciencias toda mi vida. Si pensabas que tú eras el único poeta de los aquí reunidos, o de los poetas en general, procedente del mundo de la ciencia, ya ves que estabas equivocado. Yo era de ciencias puras, como se decía antes. De ciencias experimentales, como decimos nosotros, los científicos, mucho más modestos con el lenguaje que los filólogos y los humanistas. Me gustaba leer, y supongo que aprendí algunos versos de memoria en el colegio, porque cuando yo era niña aún se estudiaban esas cosas, no sé ahora. Leía sobre todo novelas, no rosas, por supuesto, pero jamás me había interesado por la poesía. Aquel impulso me desconcertó, pero también me purificó. Puedo decir que la poesía me salvó la vida. De verdad. Sin ella, probablemente habría terminado suicidándome. No es una broma. Sixto me dejó deshecha. Y así sigo, en cierto modo.

Un buen día me di cuenta de que las libretas con mis poemas habían crecido como una familia de rollizos ratoncitos. Allí, pensé con un atisbo imperdonable de vanidad, había un libro. Lo que nos lleva a los poetas a publicar es la vanidad, querido amigo, no lo dudes nunca. De modo que me puse manos a la obra y contacté con un editor que tenía, y sigue teniendo, fama de raro y de exquisito. Aún sigue siendo mi editor, y ha pasado mucho tiempo, como te he dicho. Para mi sorpresa, aceptó publicar mis poemitas en una pequeña edición de quinientos ejemplares. Me sentí tan ufana que me miraba al espejo todas las mañanas desde que aceptó mi libro hasta que vio la luz, y me encontraba incluso guapa. Y puedes ver que no lo soy en absoluto. No, no pongas muecas de desacuerdo ni quieras hacer amables objeciones. Yo sé lo que soy. Siempre lo he sabido. Mi cabeza me ha compensado toda la vida de las deficiencias de mi cuerpo. No tengo nada que reprocharle a mi ADN. Estoy conforme. Además, sería estúpido no estarlo a estas alturas. Una mujer de mi edad...

Bien, el caso es que mi libro fue publicado. Yo creía que

era un milagro, e imagino que así fue. Se titulaba, ahora te vas a reír, supongo, *Bella en la niebla*. Ni siquiera le puse ese título como venganza, ni como broma triste. Sencillamente, sentía que tenía que titularse así. Me informé al respecto, y descubrí que no existe *copyright* sobre los títulos. Tú podrías perfectamente publicar mañana un poemario titulado *Cancionero gitano*, o *La destrucción o el amor*, o *La realidad y el deseo*, y nadie podría replicar. Ni siquiera los quisquillosos herederos de algún viejo poeta difunto al frente de una meticulosa, influyente y riquísima fundación. Es decir, que mucho menos esperaba yo que May McGoldrick viniera a reclamarme nada. Entre otras cosas porque creo que no es una sola persona, sino dos, que escriben novelas románticas a cuatro manos, y que están casados. Bueno, por su bien espero que pongan en su vida matrimonial tanto o más empeño que en la escritura de sus novelas, a las que mi ex marido, Sixto, era tan aficionado. (No sé si lo sigue siendo.) Es curioso pero, antes de que mi marido me dejara, yo pensaba que la novela romántica era la que se escribía en el Romanticismo. En fin, qué más da.

¿Quién recuerda al crítico René Dumic (¿se llamaba así?) y la conferencia que arrojó como una piedra con el tirachinas de su lengua sobre un pequeño auditorio el 16 de abril de 1898 escarneciendo a parnasianos y simbolistas, mofándose de Baudelaire y Verlaine, haciendo chufla del «Soneto de las vocales» de Rimbaud...? Nadie. Bueno, sí, yo acabo de recordarlo, como supongo que harán tantos autores víctimas del cruel escalpelo de algún censor literario de su época. Pero nadie sabe quién es el tal Dumic hoy día, mientras Baudelaire, Rimbaud y Verlaine... En fin, quiero decir que aún permanecen con nosotros. Su silencio atravesado de ángeles y de mundos sigue siendo el *nuestro*.

Yo no aspiro a conseguir tanta gracia. Ni siquiera la necesito. No me estoy comparando con ellos; puedes creerme si te aseguro que lo de la posteridad me trae al fresco. Conozco muy poco, pero sí lo suficiente del mundo físico, del mundo material, para no hacerme vanas ilusiones al respecto. Preocuparse por la posteridad se me antoja cosa de ignorantes, algo propio de mentes baladíes. O quizás una cuestión de fe, como la religión. Y yo soy atea.

Lo cierto es que, por aquel entonces, Fabio Arjona escribía críticas de libros de poesía en el suplemento cultural de un periódico nacional. A su faceta de autor, pues él estaba convencido de que lo era, sumaba la de crítico, porque las publicaciones en el periódico le contaban para su currículum académico, como supondrás. Concretamente publicaba en el *ABC*, donde según supe más tarde entró ansiosamente recomendado por alguien que quizás le debía algún favor. Mucha gente debía favores a Fabio Arjona, y él solía cobrárselos. No perdonaba ni uno. Tenía una página impar semanal, que por lo general utilizaba para hacer política: glorificaba a quienes pretendía utilizar en su provecho y calumniaba y humillaba a los que, para él, carecían de enjundia o de relevancia. Yo, por supuesto, era de los últimos. Una semana antes de que saliera mi reseña, editó una recensión vergonzosa sobre un libro de alguien que fue nombrado ministro muy poco después. Escribió sobre él floreos tan lisonjeros que las palabras, sobre el papel, olían tanto a incienso que mi editor llegó a decirme por teléfono: «Eso no era una crítica, era una *fellatio*, querida Cecilia, no te compares, por favor. Lo tuyo es la poesía, no el comercio carnal...»

La reseña de mi libro salió el sábado siguiente, en términos tan ofensivos que me cuesta trabajo recordarla. Empezaba ironizando sobre mi aspecto físico. Habíamos puesto una foto mía en la solapa, donde se me veía, me temo, tal como soy, o como era entonces. Decía que, en vez de *Bella en la niebla*, mi libro debería haberse titulado *Bestia en la niebla*, a tenor del aspecto que presentaba mi cara. Luego continuaba con un engrudo teórico que hacía alusión a la «remoción onírica de la extensión del yo» (como lo oyes), «la mística supranatural del caduco y dañino cristianismo», «la carencia total de un compuesto metafórico», «la utilización de un lenguaje científico para expresar emociones deja al lector tan frío como si leyera un poema en el que se explicara el funcionamiento del motor de un tractor»..., entre otras perlas del estilo, para acabar apelando a Breton y al gobierno de Vichy (sí, sí, no pongas esa cara, estoy siendo textual, dentro de lo que recuerdo) para justificar su opinión de que mi poesía se reducía, dijo, «a las sandeces premenopáusicas de una sensiblera de mediana edad, nada agraciada ni física ni poéticamente, recientemente abandonada por su cónyuge, a quien todos comprendemos. Al cónyuge, no a ella, se entiende...» (de alguna manera supo cuál era mi situación personal, probablemente porque mi editor lo comentó con alguien que se lo dijo a un tercero, y... Ya sabes). He citado literalmente, y no al completo, porque ya no me acuerdo bien de todo. Procuré olvidarlo, aunque es evidente que no he podido. Y te aseguro que he hecho muchos, muchos esfuerzos.

Finalizaba su artículo reconviniendo al editor, a *mi* editor —de quien me hice socia al cabo de dos años, por cierto, inyectando dinero a su empresa, que ahora está saneada—, aleccionándolo para que se abstuviera en lo sucesivo de editar mis «detritos» o cualesquiera parecidos que le presentara en el futuro alguien como yo.

Cuando le pregunté a Víctor, mi editor, si se le ocurría alguna explicación para tanto ensañamiento con mi libro, y con mi persona, no supo qué contestar. Aunque, pasada una temporada, me comentó que quizás a Fabio le había irritado la originalidad de mi lenguaje *científico* aplicado a la poesía, teniendo en cuenta que él, Fabio Arjona, era un poeta no demasiado personal, por decirlo con un eufemismo.

Te aseguro que, de haber podido echármelo a la cara por entonces, al tal Fabio Arjona, lo habría estrangulado con mis propias manos. Ni te imaginas el ridículo, y la depresión, que llegué a padecer. Duró meses. Nada lograba borrar la afrenta que acababa de recibir. Ni siquiera las, al menos, dos docenas de críticas más que salieron en otros periódicos y revistas, muchas de ellas entusiastas, sobre mi librito. Yo no conseguía olvidar las repugnantes palabras de Arjona, puestas negro sobre blanco en aquella hoja de periódico amarillenta como pequeñas heces de perro sarnoso.

Claro que el tiempo todo lo puede. Y a mí me hizo olvidar aquel episodio oneroso, porque el tiempo es también olvido. Ruinas. *Translatio temporum.* Vacuidad. Fugacidad. *Evidentia.*

Decía Niels Bohr que hay dos clases de verdad: las triviales, donde lo opuesto a ellas es obviamente absurdo, y las profundas, que se reconocen porque su contraria es también una intensa verdad. Este asunto, para mí, fue en el fondo una trivialidad. No obstante, también fue una verdad profunda que me hizo obsesionarme con la poesía.

Si bien lo borré de mi memoria hasta que, años después, me topé cara a cara con el señor Fabio Arjona. Y entonces ocurrió algo que...

Pero ésa es otra historia, si quieres te la contaré mañana. O pasado.

No, no insistas. Ahora no podría continuar. Y tampoco tiene demasiada importancia, aunque resulta ilustrativa del carácter de Fabio. Pero... es demasiado tarde, no quiero entretenerte, querrás descansar, y además me duele la cabeza terriblemente.

SEGUNDO DÍA EN EL CIGARRAL

EXPOSITIO

CRISTINA OLLER. CIGARRAL DE LA CAVA, TOLEDO. 2007

—

En su segundo día de estancia en el Cigarral de la Cava, Nacho abrió los ojos poco después de las siete de la mañana, como era su costumbre. Ni siquiera precisaba del despertador. Se despertaba impulsado por una suerte de fenómeno físico apremiante.

Así y todo, esperó a que sonara la campanilla del reloj de viaje, y sólo entonces se decidió a salir de la cama y asomarse a la ventana. La habitación estaba fresca, pero el día parecía despejado. Los cirros se desplazaban de oeste a este, impulsados por la corriente de chorro de la región, aunque había también nubes bajas que podrían dejar alguna llovizna a lo largo del día.

Abrió las ventanas y estiró los brazos dejando escapar un largo suspiro sostenido, mientras sentía cómo todavía flotaban en su cabeza, mezclados con los restos de un sueño que no podía recordar, los ecos de la voz —a veces firme, otras carcomida y truncada— de Cecilia Fábregas, y su historia de humillación pública de la mano de Fabio Arjona.

Oteó el cielo y tembló al pensar en las distancias que albergaba. Se repasó la barba con los dedos y notó que se le quedaban pegados a las yemas jirones de sueño.

Posteriormente destapó el ordenador y se conectó a su servidor para comprobar el correo electrónico. En la bandeja de entrada había tres mensajes, uno de su tía Pau, otro de «coller@hotmail.com» (supuso que se trataba de Cristina Oller) que llevaba un documento adjunto, y un tercero de Dominique Kane, que probablemente insistía de nuevo en venderle Viagra barata. Ninguno de Rodrigo. Esperaba, por su bien, que el chico no estuviese perdiendo el tiempo. O lo iba a oír.

Borró el e-mail de Dominique, quienquiera que fuese aquel pájaro que abusaba de los traductores automáticos de la red, con una sonrisa cruel, sin abrirlo siquiera. Pinchó sobre el de su tía y lo leyó mientras se rascaba el pecho.

De: paulinadepra@telefonica.net
Asunto: ¿Encuentras al asesino, o qué?
Fecha: 18 de abril de 2007 05.56.17 GMT + 02.00
Para: Ignacio.aran@telefonica.net

Querido mío:
Veo que tus dotes detectivescas son pésimas, a estas alturas tu pobre y decrépita tía había supuesto que ya tendrías al malhechor@ localizado, maniatado y puesto a buen recaudo. Tu falta de noticias al respecto me descorazona una barbaridad. A ver si dejas de mariposear y te luces de una vez. Dame noticias y deja de hacer el vago con tus versitos y todo el resto. En el club, todos los baskerville esperamos ardientemente que nos sorprendas.
TKM, tía Pau.

Nacho respondió al correo escribiendo precipitadamente unas frases irónicas y luego pulsó la tecla de enviar.

Al momento, abrió el mensaje de Cristina Oller.

De: coller@hotmail.com
Asunto: Como te dije...

Fecha: 18 de abril de 2007 01.23.37 GMT + 02.00
Para: Ignacio.aran@telefonica.net

Nacho, aquí tienes unas palabras que escribí hace pocos meses, desde luego mucho antes de que Fabio muriera. Comprobarás al abrir el documento adjunto que esto no tiene nada que ver con versos, sino con rencor. Te di esa excusa porque no quería que los demás se enteraran de que deseaba contactar contigo para menesteres no precisamente poéticos. Te habrás dado cuenta de que la mayoría de nosotros somos cotillas y algo maledicientes. No seré yo quien alimente esas aficiones. Te mando estas letras para que te sirvas de ellas en tus pesquisas (todos sabemos que las estás haciendo, tu tía lo cuenta en vuestra revista, aunque no está siendo demasiado explícita). Confío en que te ayuden a entender la clase de bicho que era Fabio. Por una vez en su vida, *víctima*. ¡Quién se lo hubiera dicho!

Escribí el texto hace un tiempo, como te digo, poco después de mi cuarenta aniversario; de haber escrito estas líneas ahora, acaso serían muy diferentes. La muerte siempre espolea el nacimiento de cierto confuso sentimiento de compasión incluso hacia nuestros peores enemigos. Nos pasamos la vida odiando —sí, qué horror, odiando, algunos somos capaces de sacar fuerzas para eso—, y cuando el objeto de nuestra repulsión desaparece de la faz de la Tierra, descubrimos que en realidad en nuestro corazón hay espacio para un panteón dinástico a las víctimas de nuestro rencor. Un Westminster, un Escorial, un Saint-Denis, o hasta los Capuchinos de Viena nos caben en el pecho, cargado con los mausoleos de nuestra aversión.

Al haber sido escrito mientras Fabio estaba vivo, mi rabia es más notoria. Vine a este congreso espoleada por el resentimiento y la animosidad hacia él, porque sabía que él estaría aquí y quería verle bajar la mirada hasta el suelo, avergonzado por todo lo que me hizo. La esperanza, como pude comprobar, era vana, porque los dos días, antes de que tú llegaras, que compartimos aquí, se paseó por el cigarral con la altanera y soberbia actitud de una víctima. Y así lo comentó por lo bajo a alguno de los presentes: «Soy la víctima de esa mujer mala —les dijo—, no podéis ni imaginar el dolor...»

Pues bien, finalmente ha sido *víctima* de verdad. Y yo me alegro, aunque suene fatal. Ahora, desde que sé que ha muerto, me siento menos beligerante, no únicamente con él, sino con el mundo entero. Ahora sólo espero que mis enemigos no me odien más y mis amigos no me quieran menos. Mi corazón está tranquilo como un cementerio. Y me importa un bledo que atrapen o no al culpable de su muerte: le agradezco mucho lo que ha hecho. Al culpable. Al asesino. Siento gratitud por un asesino, mira tú qué barbaridad...

Perdona que me tome estas confianzas contigo. No sé si te lo habrán dicho alguna vez, pero hay algo en ti que invita a la confidencia. Tienes cara de hombre bueno, hermoso y bueno, y además eres un buen poeta. Si las mías fueran otras circunstancias, intentaría seducirte (¡ay!).

Gracias por leer estas páginas, Nacho, te dejo también aquí un beso y unos versos de Garcilaso:

Cerca del Tajo, en soledad amena,
de verdes sauces hay una espesura,
toda de hiedra revestida y llena...

Cristina O. (en amena soledad)

Nacho echó un vistazo a su reloj y, luego, a las páginas del documento. Aún disponía de casi una hora antes de bajar a desayunar. Si era rápido aseándose primero, le daría tiempo a leerlo. Una ducha lo despejaría y podría enfrentarse más lúcidamente con la lectura.

Pero aún no le tocaba el turno del baño, recordó. Miró de nuevo el reloj: las 7.10. Que él recordara, a esa hora no estaba previsto que los invitados lo aprovecharan. Quizás si se acercaba hasta el servicio tendría suerte y podría usarlo sin tener que esperar a que empezara la hora de los turnos. Y si alguien oía el ruido de los grifos y se molestaba, seguramente lo diría, se quejaría, y él ya no volvería a hacerlo. Los siguientes días, esperaría a que llegara su hora.

Cerró el ordenador y lo dejó cuidadosamente sobre un enorme escabel de terciopelo que había detrás del biombo. Cogió su toalla de baño y la bolsa de aseo y salió al pasillo. Todo estaba en silencio, aunque el sol comenzaba a entrar por las balconadas, abriéndose paso trabajosamente tras los cristales y las cortinas, caldeando las baldosas cercanas hasta que el paso de una nube convertía sus rayos en sombra frígida que se derramaba sobre el pasillo como gigantescos brochazos de niebla seca.

Anduvo de puntillas, para no despertar a nadie, hasta la puerta del baño, con cuarterones de cristal transparente en la parte superior, y una vez delante se dispuso a asir la manilla para intentar abrirla cuando se dio cuenta de que había luz dentro. Seguramente provenía de una lamparita diminuta de vidrios opalescentes de Tiffany —diseñada por la propia Clara Driscoll, según les había hecho saber doña Agustina, con el objeto de que tuvieran cuidado de no romperla por torpeza o dejadez— que descansaba sobre un tocador antiguo que enriquecía con su presencia el enorme cuarto de aseo.

Nacho pensó que alguien se había dejado la luz encendida, y cuando iba a abrir la puerta por fin, los oyó. Un escalofrío le recorrió la columna vertebral, y apretó la toalla contra su estómago.

Eran sollozos, de mujer, en un tono bajo y apagado, pero estremecedor. La mujer que lloraba, no había duda, estaba rota por el dolor y la pena. La voz se mitigaba cada pocos segundos, Nacho pensó que quienquiera que fuese que estaba llorando enterraba la cara en una gruesa toalla, como él mismo acababa de hacer al apretar la suya contra el vientre, y apagaba contra ella sus gemidos. Sintió una profunda sensación de malestar e incomodidad, y se dio media vuelta, procurando no respirar, en dirección a su habitación. Esperaría a que llegara su turno para volver.

Una vez en sus aposentos, como los llamaría su tía Pau, se dejó caer de nuevo en la cama, con el ordenador bajo el brazo. Repasó mentalmente las mujeres que había en su planta. Eran cinco habitaciones y, de ellas, contó una, dos, tres... ¡Cielo santo!, tragó saliva. Acababa de darse cuenta de que todos los ocupantes de un dormitorio en esa planta eran mujeres, menos él, por supuesto. Ya le extrañaba que el baño estuviera por lo general tan limpio, cuando no había visto a nadie pasar a fregarlo. Ni siquiera había reparado en los nombres escritos en la puerta, con las horas de uso adjudicadas a cada uno. Se reprendió por su descuido, impropio de un buen sabueso siempre atento a los detalles.

Nacho no había reconocido la voz que sollozaba oculta tras la puerta. Fuese quien fuese, hacía esfuerzos por no llamar la atención ni ser reconocida.

Repasó los nombres de sus vecinas de planta: Cristina Oller, Rocío Conrado, Jacinta Picón y Torres Sagarra (quien, por su rudo aspecto, nadie diría que era muy propicia al llanto, aunque Nacho hacía tiempo que había aprendido a desconfiar de las apariencias).

Abrió el ordenador y pinchó el documento de texto RTF que le había enviado Cristina. Leyó concentrado de principio a fin, hasta el punto de que se olvidó durante el resto de la mañana del incidente del baño:

Fui una niña precoz, en todos los sentidos. No sólo en la poesía. Ser una niña prodigio en poesía, o en lo que sea, es un peso duro de acarrear de por vida. Cuando una deja de ser niña parece que tenga que pasársele también la fiebre de lo prodigioso. Porque ser un prodigio es algo así como una calentura que no puede mantenerse por mucho tiempo y al final desaparece, dejando el cuerpo aliviado o exánime. Cuando una niña prodigio crece, se va desgastando la lista de los adjetivos que la adornaban. Publiqué mi primer libro de poemas a los diecisiete años, cuando recibí el Premio Adonais.

Nací como Cristina Sánchez Oller en 1966, *anno mundi*, en Barcelona, y crecí en el barrio del Raval, en la calle Joaquín Costa. Hija de una catalana y de un obrero extremeño que mantuvo embarazada a mi madre durante dos décadas, hasta que la naturaleza, mucho más juiciosa que mi progenitor, decidió que ya era hora de convertir a mi madre en una apacible matrona inútil para la reproducción. En mi casa, mis hermanos y yo celebramos la menopausia de mi madre como si fuera una juerga. Éramos diez hermanos. Dos de ellos murieron poco después de nacer, en los primeros años cincuenta. Los ocho supervivientes salimos adelante con relativa fortuna. Tengo un hermano ingeniero de caminos (el mayor de todos, nació en el año 49); una hermana con una empresa de catering; otro que trabaja en el puerto, en Aduanas; uno más es funcionario de la Generalitat; mi hermana Claudia es propietaria de una agencia de viajes especializada en trayectos de aventura; Joan se licenció en Derecho y anda metido en política; Albert es maestro y trabaja en Andorra; yo soy la pequeña, y me gano la vida en una universidad privada, en Madrid. Mi madre está contenta con sus hijos. Todavía vive, a veces viene a verme y pasa conmigo una temporada. A pesar de sus continuos embarazos, ella sobrevivió a mi padre, que murió hace quince años. Con el sueldo de un obrero, fueron capaces de darnos estudios universitarios a casi todos (excepto a mi hermana Dolors, pero porque ella nunca tuvo mucha cabeza para los libros). Es verdad que la mayoría de nosotros estudiamos con beca y que somos hijos de aquello que se decía antes de la «igualdad de oportunidades». No obstante, a mí me sigue pareciendo un milagro que mis padres consiguieran hacer de nosotros lo que esperaban que fuésemos. No ha salido ningún yonqui entre mis hermanos, ningún bala perdida, ningún malvado... Todos tienen una vida familiar convencional y gratificante; creo que son felices. Todos menos yo, claro. Y ésa es una espinita que mi madre tiene clavada en el pecho. Pero todo se andará... Espero.

Fui, y sigo siendo, madre soltera (qué triste etiqueta ésa; sigue tañendo tenebrosamente, igual de atroz que en el siglo XIX). Me quedé embarazada sin quererlo. Ni siquiera puedo explicarme cómo sucedió. Bien, sí me lo puedo explicar, pero no atino a elucidar la cadena de acontecimientos que me condujo, sin yo preverlo, a concebir a mi hija. Bueno, ya está, la tuve. No me gustaba especialmente su padre, un norteamericano alto y despistado, un cajún de Nueva Orleans que hablaba inglés con un delicioso acento afrancesado, con la cabeza llena de rizos y de pájaros con sus correspondientes nidos; aunque, bien mirado, no estaba mal como simple macho fecundador. Tenía buenos genes, que ha heredado mi niña (no tenía sobrepeso, ni tendencia a las adicciones). Le agradezco el detalle, y espero que nunca sepa que es el padre de mi hija y venga a molestarnos.

La poesía, ganar aquel premio siendo tan joven, me abrió muchas puertas en mi vida personal y profesional.

Me becaron con generosidad. Me sacaron en la tele. Me invitaron a universidades extranjeras. Di conferencias que me pagaban espléndidamente cuando todavía era un arrapiezo y no tenía ni idea de lo que era dar una conferencia. ¡Ni siquiera había asistido a ninguna como oyente!

Recuerdo aquellos años. Tengo cientos de fotos, entrevistas en la prensa, cintas de vídeo con las grabaciones de televisión... No suelo mirarlos, pero si alguna vez caigo en la tentación de la nostalgia y echo mano de mis trofeos, como yo los llamo, lo revivo todo con la misma vivacidad que si hubiera ocurrido ayer.

Siento la arrogancia de mi juventud plantándole cara al mundo, la fuerza que sentía corriendo por mis venas, el *giovenile errore*, que diría Petrarca, de mis versos, que sin embargo los dotaba de gracia, de nervio y de frescor. Fueron años bellos y montaraces. Viajé mucho, mi madre no conseguía meterme en cintura, como decía ella. No había cumplido aún los dieciocho años y ya era independiente económicamente, y si pasaba cualquier apuro, siempre podía volver a casa, a Barcelona, porque todavía era una niña, como quien dice, sabía que mis padres esperaban ansiosos que volviera, que querían que volviera siempre. A pesar de mis idas y venidas, logré terminar la carrera de Filología Hispánica, sospecho que gracias a la amable complicidad de mis profesores, a los que dejaba boquiabiertos con mis versos, y sobre todo con mi aspecto físico (no quiero ser jactanciosa, pero no me queda más remedio; lo hago con cierta amargura inevitable, resentida, sí, visto lo que después de mi vida con Fabio sucedió con ese cuerpo y ese rostro, antaño tan bellos). Sí, puedo decir que viví años que no estuvieron nada mal. Y seguí haciéndolo hasta no hace tanto. Creo que hasta que conocí a Fabio. A partir de entonces todo cambió para mí. Mi vida enloquecida, hermosa y libre, la sensación de inmortalidad de mi juventud, en palabras de William Hazlitt (él sí que era un crítico, y no Fabio, pero ése es otro tema), que duraba en mí incluso habiendo sobrepasado la mitad de la treintena, y siendo madre; la certeza de que mi vida se abría a un inmenso jardín de frutos inagotables; la seguridad que me conferían mi cuerpo y mi rostro, deseados por tantos... Todo eso, y la alegría, quizás incluso la poesía, todo eso murió lentamente, se fue pudriendo sin remedio en mi interior durante los años que viví al lado de Fabio.

Yo nunca había creído en serio en la existencia del mal. Nunca antes. Me habían enseñado, supongo, que las cosas de ningún modo son blancas o negras, que todos estamos teñidos por dentro de distintos tonos de gris. Pensaba que incluso los criminales tendrían algo bueno, algo humano, algo que los redimiría de ser lo que eran. Cuando veía una película en la que el malo, al final, se salva por un gesto de honor, de generosidad, porque lo empuja a ello un débil rescoldo de su humanidad, me emocionaba hasta la lágrima. No, yo jamás había dado crédito a la maldad. Razonaba que eso era típico de gente conservadora, santurrona, desconfiada («piensa el ladrón...»), y con vocación, esta vez sí, de malas personas.

Los que me conocían desde hacía años se quedaron sorprendidos al ver el acelerado e irrecusable deterioro físico que padecí mientras conviví con Fabio. Me fui volviendo *fea*, ¿no es curioso? Quizás, más allá de las traiciones, los engaños, la paranoia y la angustia, lo que nunca le he perdonado a Fabio es eso: que me convirtiera en un ser físicamente penoso, casi asimétrico. Yo, que había protagonizado portadas en los suplementos dominicales de varios periódicos (les encantaban la jactancia de mis gestos de *enfant terrible*, mi aspecto de joven y moderna rebeldía, mis pecas sobre la nariz y los hombros, mis labios carnosos y el brillo de mi pelo), de repente me miré un día al espejo y descubrí a una mujer que se encaminaba de manera categórica a una dolorosa y poco elegante mediana edad, con las caderas creciendo de manera insolente, inclinándose al suelo, el pecho caído y mustio, las arrugas cercando la comisura de una boca que antaño fue cautivadora y ahora lucía el gesto agrio de una condenada a muerte, y los ojos esquivos y turbios asomando bajo el pelo descolorido y canoso como los de un animal que abre las fauces entre la maleza. Junto a Fabio viví el tránsito de una mariposa que se convierte en oruga, y que es consciente de que su camino debería ser el contrario. Dejé de ser la *Friné ante el areópago,* de Jean-Léon Gérôme, y me transfiguré en *La duquesa fea,* de Quentin Massys.

No se lo perdonaré nunca, y por ello lo maldigo allí donde esté.

Mi hija, María, era aún un bebé. Yo vivía con ella en Barcelona, donde había conseguido una beca de investigación en la Universidad Pompeu Fabra, cuando me sorprendió la maternidad y tuve que hacer frente a sus exigencias, que tiene muchas. Afortunadamente, mi madre estaba siempre a mano para ayudarme. Tiene bastantes nietos, pero se dedicaba a mi hija cuando se lo pedía sin poner excusas jamás. Mi madre es una de esas madres de antes, gracias a cuyo sacrificio el mundo gira a diario, y a las que las mujeres como yo deberíamos reconocer que debemos nuestra libertad. Una abuela esclava, pero de buen grado. Ha criado ocho hijos, y a varios nietos. Todos la adoramos, no podría ser de otra manera.

Estaba dedicada a mi trabajo y a mi hija, concentrada en mi preocupación más acuciante: cómo solucionaría una situación laboral poco estable, cuando me invitaron a aquel congreso sobre «Literatura y piratería» en las islas

Seychelles, una extravagante y deliciosa ocurrencia del British Council en la que participó, de una manera tangencial y casi simbólica, el Instituto Cervantes, mi anfitrión. He viajado por medio mundo gracias al Instituto Cervantes (Líbano, Grecia, el Magreb, Estados Unidos, Latinoamérica, Turquía, China...). Tengo un amigo que denomina a esta modalidad, con bastante acierto, «turismo ministerial». Debo reconocer que suele ser muy gratificante. Sólo hay un secreto para poder hacerlo: el escritor no debe significarse políticamente, porque si lo hace y luego hay un cambio de gobierno se le acaban los puntos y nunca lo vuelven a llamar. Claro que en España también son raros los cambios de gobierno. En fin, pero más vale prevenir. Un poeta es mejor que esté «en su mundo», y no haciendo política por ahí, y en caso de que sea inevitable que la haga, porque el sujeto en cuestión sea un tremendo bocazas, yo le recomendaría, si quiere viajar bajo cualquier viento político con el Cervantes, que se declare comunista; trotskista, a ser posible. Algo que esté bien visto por todo el mundo, o que por lo menos no moleste a nadie.

Allí conocí a Fabio, en Victoria, en la isla de Mahé.

Mi primer libro de poemas, titulado *Portulanos*, fue un recorrido fascinado y adolescente, de un posromanticismo punki, a través de las figuras del mundo clásico de la piratería. Supongo que mis lecturas de Borges, Defoe, Oexmelin, Julio Verne, Robert Louis Stevenson, J. M. Barrie e incluso Rafael Sabatini lograron que me obsesionara con un tema feroz, extravagante y hermoso, plagado de islas, mares lejanos, bellacas utopías, malos chicos, tesoros enterrados y aventuras sin fin. Un orden salvaje fuera del orden establecido, tan acorde con mi pubertad subversiva y turbulenta. El tema fue creciendo conmigo, y me especialicé en él. Aún me sigue entusiasmando. Gracias a que continúo estudiándolo siento que no ha muerto todavía, o al menos no del todo, la jovencita que fui.

Inmediatamente me apasionó la idea de viajar a las Seychelles, donde nunca había estado. Aunque nada atestigua que las islas fueran refugio de piratas en su momento, como sí lo fue la costa de Madagascar, aquellos pequeños trozos de paraíso, de coral, de arena y de granito, desgajados de la India o de África hace millones de años, excitaron enseguida mi imaginación. ¡El Índico, por Dios santo! Las noches sutiles del Índico, cuando la oscuridad trepa por las playas como un rufián con la testa envuelta en un bonete de estopa dispuesto a asaltar el lecho de una amante confiada. No lo dudé. Dije que sí, inmediatamente, cuando me llamaron desde Madrid. Y luego lo *consulté* con mi madre.

—¿Cuidarás de María? —le pregunté, esperanzada; tenía a una *babysitter* en casa, pero no podía irme dejando sola a mi hija, únicamente al cuidado de aquella jovencita—. Serán solamente diez días, y supone una gran oportunidad para mi carrera. Mi currículum, en estas circunstancias, necesita...

Mi madre sacudió la cabeza con resignación, como hace habitualmente.

—Circunstancias. Coyuntura. Siempre dices cosas así. Ya lo has decidido, ¿verdad? —me dijo, por toda respuesta—. *Déu meu*, nena. Haces conmigo lo que te da la real gana.

De modo que hice el equipaje (soy experta en hacer maletas), y un anochecer de octubre aterricé en el Seychelles International Airport, en Victoria, en un vuelo de Air Seychelles. Había embarcado en Madrid. Recibí la humedad del ambiente como un bautizo, como una iniciación que celebraron en torno a mí los ruidos de la noche.

Pasé los trámites de aduanas. Tuve que declarar mi perfume Insolence, de Guerlain, que había comprado en una tienda del duty-free de Barajas. Y cuando recogí la maleta y salí al hall central descubrí con agradable sorpresa que, tal y como me habían indicado (no siempre ocurre así), había un hombre esperándome para llevarme al hotel Le Méridien Barbarons, donde tendría lugar el encuentro. Lo saludé, le entregué mi equipaje, cambié algo de dinero en rupias, y me subí al Mini Moke descapotable que me trasladó confortablemente a mi destino. El viento me agitaba el pelo. Por aquel entonces me lo había cortado un poco, después de dar a luz a mi hija. Aun así, lo sentía rozarme la cara, acariciándome como hilos de seda, como finos rayos de luz de las constelaciones que me enrejaban dulcemente el rostro, que me daban la bienvenida.

Por supuesto, mi habitación era estándar, nada de *superior sea view*, ni *deluxe beachfront*, y mucho menos una *ocean suite*. Pero teniendo en cuenta que los gastos de alojamiento los pagaba el Instituto Cervantes, me pareció el jardín del Edén, aunque no tuviera vistas al árbol del bien y del mal. Al océano Índico, por el que había suspirado desde niña.

El congreso fue parecido a todos los congresos internacionales. Un batiburrillo de gente de distintas nacionalidades, todos hablando en un inglés tortuoso con acentos que a veces lo hacían indescifrable. La mayoría de los asistentes se escaqueaba cuando no les tocaba presentar una ponencia (la playa era tentadora; el jardín botánico y sus tortugas gigantes, un señuelo). Sólo había tres conferenciantes españoles, aunque varios latinoamericanos se ocupaban de que la lengua de Cervantes repicara claramente desde la piscina al *spa*, pasando por La Cocoteraie, el restaurante donde se servía el *lunch*.

Nunca supe muy bien qué hacía Fabio allí, ni cuál fue el título de su ponencia siquiera. Conociéndolo como lo conozco ahora, seguramente se apuntó porque el destino exótico le gustaba, no porque supiera un rábano sobre piratería.

Por entonces, yo era libre sentimentalmente hablando. Había tenido una hija, sola, y aunque me había recuperado relativamente bien del embarazo y el parto (excepto porque se me caía mucho el pelo, y por las dos caries que el dentista me había saneado tras dar a luz), sentía la necesidad imperiosa de saberme deseada. Quería experimentar con el deseo, igual que quien hace bricolaje con ínfulas de *chinoiserie* con un quiosco en su jardín.

El clima era excitante e invitaba al amor, a dejarse llevar por el placer de ser sólo carne humana palpitante sin más pretensiones ni significado. Precisamente en aquel ambiente, no me sentía una intelectual, sino una mujer sencilla, hambrienta de caricias. Supongo que Fabio supo leer esa necesidad en mis ojos, en mi piel, que se lo iba gritando a quien quisiera oírlo. Tampoco hacía falta ser muy perspicaz para darse cuenta.

Una noche, después de una tarde de visita a la supuesta cueva del tesoro del pirata Olivier Le Vasseur, la representante del Instituto Cervantes, una mujer bajita, rubia y eficiente como pocas que haya conocido, que se encargaba de acompañarnos durante nuestra estancia auxiliada por un chófer local, nos reunió para una cena de comida criolla a los españoles y a los latinoamericanos en el restaurante Le Corsaire, un agradable chamizo de cañas frente al rompiente del océano. Era mi tercer día en la isla, y ya me habían presentado a Fabio, aunque no le encontré nada llamativo salvo su ceño perennemente fruncido, tan típico de ciertos mentirosos compulsivos, y sus ojos rutilantes de rata afanosa. En las Seychelles no son muy propensos a servir alcohol, pero alguien había llevado consigo unas botellas de ron («¡ho, ho, ho, la botella de ron!», cantamos en algún momento), y creo que me pasé con la bebida. Con el embarazo y la lactancia, había dejado de beber —tampoco es que haya sido nunca demasiado propensa a ello—, y aquellos tragos fueron demasiado para mí. Pero, vaya, no quiero echarle la culpa a la bebida. A pesar de la flojera y el aturdimiento que me provocó el ron, sabía muy bien lo que me estaba haciendo. Y recuerdo que deseaba ser *tocada,* por encima de todo. Que me urgía ser amada. Y que Fabio estaba allí, muy cerca de mí, dispuesto a complacerme. Y que el resto de los hombres de la mesa tampoco es que me gustaran demasiado, a pesar de las miradas ensoñadoras que me lanzaba de reojo un guatemalteco tristón e hipermétrope, con la deprimente voz de un calafate marino resfriado.

Cuando volvimos al hotel, se empeñó en acompañarme a mi habitación, y al llegar a la puerta lo invité a entrar. Flotaba en una nube etílica, mi mente estaba cargada de tesoros fabulosos, de aguas paleoorientales, de profundidades marinas. De alcohol. De objetivos sensuales.

Fue un amante insólitamente atento y caballeroso, por eso me enamoré de él. No es fácil encontrar a un hombre que deje conforme a una mujer en la cama. Según mi experiencia —y he tenido más amantes de los que me gusta recordar—, los hombres no saben qué es el placer femenino, y por lo general no se preocupan demasiado de averiguarlo.

Fabio sí lo sabía. Y yo me volví loca junto a él. Además, me recitaba poemas mientras me hacía el amor. Y me escribía poemas después de haber hecho el amor conmigo.

Me dije que sería fácil amarlo, a pesar de los más de veinte años de diferencia que había entre nosotros.

Mi última experiencia sentimental después de quedarme embarazada (aunque yo no era consciente entonces de mi estado) había sido de lo más amarga y decepcionante;

me lié brevemente con un indígena latinoamericano que vivía en Texas. Tenía el mismo aspecto que yo imagino que poseería el indio Joe de *Tom Sawyer*, un tipo fiero y siniestro. Aunque, en realidad, apenas poseía musculatura, como comprobé luego decepcionada, pues era enclenque y fláccido, y se quejaba tanto de su hernia que fui yo quien tuvo que cargar con sus maletas cuando lo recogí en el aeropuerto. Exhibía una melena de comanche de película, de esas que parece que las han cortado con un hacha, y una voz profunda y cavernosa que me fascinaba. Lo invité a visitarme a Barcelona. Me derretía y me resultaba enternecedora su costumbre de afeitarse todas las mañanas hasta que se hacía sangre, sobre todo teniendo en cuenta que era imberbe (genéticamente, los indios mesoamericanos lo son). Durante el segundo día de su estancia en mi casa, salimos con unos amigos y el tipo se emborrachó y esnifó una cantidad considerable de cocaína. Al volver a casa me echó «a patadas», literalmente, de mi propio dormitorio; no quería que durmiera con él en la cama, y ésa fue su manera de decírmelo. Pasé la noche en el suelo, en un saco de dormir en el pasillo. El tío se disculpó al día siguiente y pretendió que con eso «no había pasado nada», que todo quedaba olvidado y perdonado por el arte de un formulismo de urbanidad. Me puso los pelos de punta, y jadeé de alivio, entre escalofríos de horror, en cuanto lo perdí de vista para siempre.

Así que yo ya sabía que por ahí no siempre corre buen material, en cuestión de hombres.

Sí, Fabio se me antojó una maravilla, comparado con algunos que había conocido. No le importó que tuviera una hija. Ya lo sabía: la gente me conoce en los círculos poéticos y académicos, por algo soy una «vieja niña prodigio» que vivió pública y ruidosamente, no hace tanto, su pequeña gloria precoz, de modo que supongo que comentan cosas de mí, como hacemos todos, yo también, con las personas que tratamos de forma habitual o que pertenecen a nuestro entorno profesional.

No sé si fue idea suya o mía, pero el caso es que decidimos que yo iría a Madrid a vivir con él. Que lo dejaría todo para estar a su lado. Me prometió que se encargaría de mí y de mi hija, y aunque suene blando y demasiado sentimental, confieso que lo abracé llorando. Excepto mis padres, nadie me había hablado nunca así.

Cuando regresamos a Madrid, juntos, esta vez en el mismo avión y con asientos correlativos (tuvimos que cambiar los billetes, pero él se encargó de todo), estaba convencida de que había encontrado el amor de mi vida. Amor del bueno, de ese que tuvieron mis padres: para toda la vida.

No sabía que lo que comenzaba entonces era un odio eterno.

Mi jefe en la universidad me miró con ojos lánguidos cuando le comuniqué que me iba.

—¿Estás segura? —me interrogó—. Estás renunciando a la oportunidad de una carrera prometedora. Has dado muchos bandazos, si me permites que te hable así. Ahora empezabas a encauzar bien tu vida profesional.

Yo le devolví la mirada con un chispeo retador en los ojos.

—Claro que estoy segura.

—Te pondré en contacto con un colega de la Universidad Carlos III, y con otra de una privada americana de Madrid, por si acaso. —Contempló absorto unos papeles que tenía en las manos—. Sería una lástima que echaras a perder tu carrera, quizás puedas hacer algo en Madrid.

—Gracias —respondí.

No quería decepcionarlo, pero no tenía intención alguna de ponerme en contacto con nadie en Madrid de su parte.

Ya tenía de mi parte a Fabio. Lo demás no me importaba.

Nos instalamos, María y yo, en casa de Fabio.

—Ahora eres mi mujer —me dijo mientras me besaba con fiereza.

Invariablemente me besaba con una fuerza extraña; cuando me acariciaba era como si se restregara contra mí. Yo lo encontraba divertido, incluso enternecedor. Pero, andando el tiempo, llegó un día en que su manera de manosearme me intimidó.

Fabio había comprado hacía muchos años un chalet adosado en Las Rozas, al norte de Madrid. La casa era grande. Estaba llena de libros, de las manzanas que él comía sin cesar, muchas podridas, de telarañas y de las flores artificiales (¡glups!) con que la mujer de la limpieza la había adornado, en un espeluznante intento por dotarla de algo semejante al calor de hogar, que desde luego no tenía. A Fabio lo asistía una mujer española, mayor (bueno, de la edad de Fabio aproximadamente), de piernas hinchadas recorridas por varices que se dibujaban en su piel con la renuencia de caudalosos ríos amazónicos con todos sus afluentes en un mapa del ejército, que se desplazaba por la casa con un halo de terquedad y un plumero en la mano que jamás llegaba a utilizar, al menos en los sitios correctos. Cuando me conoció me miró cansinamente y me dijo:

—Encantada, señorita Marta.

Marta era el nombre de la ex de Fabio. Él me había dicho que lo suyo había terminado hacía más de un año, pero la mujer de la limpieza me informó puntualmente de que la tal Marta acudía a menudo a la casa para dejar o llevarse libros, y para que ella le planchara.

—Me trae algunos vestidos para que se los planche. No muy limpios, he de decir —me explicó mientras agitaba sus carnes marchitas a lo largo del salón—. Es natural, ¡tantos años junta con el señor Fabio! Pero no se casaron, ¿ustedes se casarán, o tampoco?

Me volví, muerta de vergüenza por su desfachatez, y agarré a mi hija entre mis brazos con tanta fuerza que la cría se quejó y me tiró del pelo. Me turbó elucubrar que aquella mujer quizás estaba pensando en cuánto tiempo faltaría para que yo también me presentara en la puerta de la casa de Fabio, sosteniendo una camisa escotada, arrugada y llena de lamparones de café, tendiéndosela con el ruego de que le diera una pasadita con la plancha, que, a ser posible, hiciese desaparecer también las pringues del tejido.

Fue una imagen de mí misma intolerable, y sentí que el pecho se me inflaba de rabia. La identifiqué enseguida como el comienzo de un mundo interior. El mundo interior del celoso. «No hay criatura sin amor, ni amor sin celos perfecto, ni celos libres de engaños, ni engaños sin fundamento», decía Tirso de Molina. Noté que acababa de abrir la puerta a una dimensión desconocida. Un lugar que yo nunca había frecuentado, alimentado por la duda, esa carroña del corazón.

Yo nunca había sido celosa. Estaba acostumbrada a ser objeto de deseo. Hacía casi veinte años que la tónica de mi vida era encontrar hombres que dejaban a otras mujeres por mí. De ningún modo había habitado en mí el afán del propietario, que vigila y acecha para que no le roben lo que es suyo. En ese momento, lo sentí. Y eso era sólo el principio.

La convivencia no fue fácil, ya desde el comienzo, pero reconozco que Fabio tenía paciencia, conmigo y con la niña, y que durante más de un año se preocupó por nuestro bienestar. Se desvivía por complacerme. Tanto que despidió a la mujer de la limpieza, que llevaba con él más de veinte años.

—No la soporto —le dije—. O se va ella o me voy yo. Le he dicho mil veces que me llamo Cristina, pero ella insiste en llamarme Marta. Lo hace a mala leche.

—Por favor, cariño, no le hagas caso. ¡Ya la ves! La pobrecilla no puede tirar con su cuerpo, no sabe ni cómo se llama ella misma, ¿y quieres que se acuerde de tu nombre...? —me respondía Fabio, acariciándome el muslo, hozando en mi cuello.

—Sí, quiero que se aprenda mi nombre. Que se le olvide el suyo antes que el mío.

—No digas tonterías, mi amor.

Pero terminó haciéndome caso, le dijo a la mujer que, en adelante, como yo no trabajaba fuera de casa, yo misma me haría cargo de las tareas domésticas.

No le mentía. Yo tenía un bebé al que proteger, y quería que la casa estuviese limpia. Como la señora no hacía nada —se limitaba a revolotear de un sitio a otro con aquel odioso plumero, resollando y quejándose como si estuviera muy enferma y yo hubiese decidido obligarla a trabajar hasta que reventara—, como ni siquiera planchaba, era yo quien se hacía cargo de barrer, fregar, almidonar y baldear. No la necesitaba para nada. Así ahorraríamos, pensé.

Fabio aprovechó un día en que salí de casa con la niña durante varias horas, a visitar dos guarderías, para plantarla en la calle. No sé lo que le diría, pero la mujer nunca volvió.

Durante un año, salimos adelante. Fabio adoraba a María, que llegó incluso a llamarlo papá, para mi bochorno, pero también para mi más entrañable satisfacción.

No busqué trabajo. Fabio y yo estábamos de acuerdo en que debía concentrarme en mi poesía, y en mi hija.

Claro que no era nada fácil compatibilizar ambas tareas. Yo no vivía en una torre de marfil, sino en el vaso de una batidora.

Habitualmente me encontraba tan cansada —no estaba nada acostumbrada a ejercer de madre las veinticuatro horas seguidas, ni de cocinera, ni de criada— que, cuando podía disponer de un par de horas para mí, sólo tenía fuerzas para plantarme delante del televisor y tragarme alguna de aquellas espantosas series importadas del Cono Sur en las que los personajes sufrían muchísimo, lloraban muchísimo, se amaban muchísimo, se odiaban muchísimo y, sobre todo, gritaban muchísimo.

El fantasma de los celos seguía engordando en mi interior, alimentándose de mi soledad y colmándose de mi envidia: desde que llegué a Madrid, entre la niña, la casa y Fabio, apenas tenía tiempo de ver a mis amigos; además, vivíamos en las afueras, y yo no conduzco; la tal Marta trabajaba con Fabio en la universidad, se veían todos los días, mientras yo estaba mano sobre mano, o mejor: mano sobre escoba, recluida en una casa que ni siquiera sentía como propia y en la que encontraba a diario pruebas de la existencia de otra mujer que la había ocupado antes que yo (unas bragas desteñidas en el fondo de un cajón; un vestido pasado de moda detrás de una cómoda; incluso ¡un diafragma! en un altillo de los armarios). Una tarde me di cuenta de que la casa de Fabio, en realidad, no solamente tenía restos del paso de Marta por allí, sino de muchas otras mujeres, anteriores a ella, que habían ido dejando su impronta a lo largo de los años. Unas huellas que nadie se había ocupado de limpiar, hasta mi llegada. La casa de Fabio era un yacimiento arqueológico de su vida sentimental, lleno de estratos de diferentes épocas, rebosante de los restos materiales de lazos sentimentales ya desaparecidos. Yo podría, si así lo deseaba, dedicar el resto de mi vida a hacer prospección, excavación, trabajo de laboratorio, dendrocronología y estudios osteológicos de las cambiantes etapas por las que había atravesado el amor de Fabio, de sus muy diferentes períodos. Por ejemplo, el sostén mustio, sin aros e incoloro, y las esposas oxidadas que saqué, tapándome la nariz, aquella tarde de una caja que permanecía misteriosamente cerrada con cuerdas y celofán en el cuarto de la lavadora, se podían clasificar como pertenecientes al período Marta, o bien del VI a. de M. (del año 6 antes de Marta), si es que no eran de ella y aún no había sido catalogada la ocupante de dicha era.

Ahora me doy cuenta de que todo eso era lógico: Fabio era un hombre que pronto cumpliría sesenta años, había vivido lo suyo, y siempre en la misma casa. Yo, que tenía apenas treinta y siete, también llevaba a mis espaldas un abultado equipaje sentimental (muchas parejas, más o menos inestables, de diversos colores y nacionalidades), pero a diferencia de él, nunca había tenido un hogar que hubiese sido testigo de mis expediciones amorosas porque me había pasado la vida haciendo maletas, habitando pisos compartidos, residencias estudiantiles en el extranjero, apartamentos para profesores invitados... Había carecido de un centro de operaciones, y las huellas de mis amantes las habían borrado las empresas de mudanzas y los equipajes perdidos en los aeropuertos.

Pero entonces no vi nada de eso. Sólo podía pensar en los fantasmas que rondaban la casa, la cama en que dormía, y mis sueños.

Conforme aumentaba mi paranoia, también mi relación con Fabio fue cambiando. A peor. Nuestra vida sexual, que tan gratificante me pareció al principio, fue disminuyendo en intensidad y en satisfacción. Yo estaba engordando, y afeándome por momentos. Vivía allí encerrada, en una vivienda repleta de espectros, y mi piel y mis nervios eran cada día más finos y propensos a estropearse. Como un ave del paraíso que va perdiendo su plumaje, enjaulada, mientras añora terriblemente los bosques de Nueva Guinea.

Noté que Fabio bebía más de la cuenta, y que su carácter se agriaba. Ya no era tierno conmigo, y se había vuelto impaciente con la niña, a la que gritaba muchas veces sin motivo, porque su presencia le molestaba simplemente.

Fue por aquella época cuando llegaron los primeros anónimos. Me los mandaban por correo postal, y por correo electrónico. Me insultaban («perra, puta barata, cara de sapo asquerosa», y calificativos por el estilo eran los más finos que recuerdo), me amenazaban con enfermedades atroces y con una muerte inminente, para mí y para mi hija.

Me asusté mucho.

Vivía pendiente de mi hija, que iba a una guardería cercana, y tenía pesadillas todas las noches. Fabio, lejos de tranquilizarme, alimentó mi desconsuelo con varias teorías conspirativas en las que convirtió en protagonistas al padre de mi hija (yo le había contado quién era, pero daba igual, porque ni yo misma sabía por dónde andaba a aquellas alturas, en qué parte del mundo, ni me importaba), a un profesor de mi antiguo departamento (pobrecillo, cuando pienso que lo creí, y que hasta lo llamé para increparlo, dejándolo tan estupefacto y confundido que oí cómo dejaba escapar unos sollozos por teléfono...), y a uno de mis hermanos (el que se dedica a la política, que no era santo de la devoción de Fabio).

Durante meses me hospedé en una pesadilla que podría haber firmado, y filmado, David Lynch.

Pronto vinieron las sospechas de engaño. Los celos, abastecidos por la paranoia que me creaban los anónimos, prosperaron igual que cerdos en una fértil dehesa. Fabio se ofendía mucho con mis sospechas.

—¡Estás loca! —me gritaba. Cada día levantaba más la voz—. ¡Completamente loca! Esto tiene que parar o me volverás loco a mí también.

Sin embargo, y quizás porque todos mis sueños se han ido haciendo realidad, incluidas las pesadillas, una noche sonó el teléfono en la casa. Yo estaba sola porque Fabio andaba en uno de sus viajes, en Suecia, creo. La niña dormía en su cuarto, la oía respirar tranquila por el intercomunicador infantil que había en el salón, conectado cerca de la cabecera de su camita.

—Dígame —respiré apática. No esperaba ninguna llamada a esas horas, ni siquiera de Fabio.

—¿Eres Cristina? —dijo una voz de mujer. Sonaba tensa, frívola y arrogante.

—Sí, dígame.

—¿Eres la... m-u-j-e-r de Fabio Arjona?

Pensé que era su amante, su querida, que no había llegado a sentirme nunca su mujer. Que aún tenía visiones de mí misma llegando a la puerta de su casa con una prenda de vestir manchada y arrugada, buscando desesperada a alguien allí dentro que pudiese planchármela.

Me callé.

—¿Cristina Oller? —insistió la voz.

—La misma.

—Bueno, oye, mira... Verás. Te llamo —respiró entrecortadamente—. Mira, esto no es fácil, pero te llamo porque quiero decirte, porque *tengo* que decirte, que he sido la amante de Fabio en los últimos nueve meses.

Se me cortó la respiración también a mí. Creo que liberé un quejido largo tiempo ahogado en mi pecho. No sé si ella me oyó. Aparentemente no, porque siguió hablando como si le hubiesen dado cuerda.

—Mira, verás. He estado con él y me ha dejado, ¿sabes? Me ha hecho mucho, mucho daño, y quiero devolvérselo, aunque sea a través de ti. Perdona, ¿vale? No es nada personal contra ti, pero es que, además, ayer estuve en el médico, y... O sea, que tengo sífilis. Estas cosas —lanzó una risita tan estúpida que me dio la sensación de que me había salpicado de babas la oreja a través del teléfono—, bueno, parece que han vuelto, ¿no es raro? Sólo quería decirte que te cuides, que vayas al ginecólogo...

Yo estaba muda de horror, ni siquiera podía mover la mano con que sujetaba el auricular. Mi mano se había transformado en una garra de piedra, o en un garfio.

—... No sé si sabrás que hoy día ya no se muere nadie de sífilis, estáte tranquila. Lo único malo es el dolor de huesos, y que se te cae mucho el pelo, pero...

A mí se me había caído mucho el pelo después de mi embarazo. Ahora a lo mejor se me seguía cayendo. Y Fabio... A Fabio más. Se le iba a caer todo, pensé, abatida como una liebre en el campo de caza.

—Pero se cura, ¿sabes? Con penicilina y todo eso. El médico me ha dicho que hay mucha. Sífilis. No es tan raro, según parece, y... Oye, ¿estás ahí?

Tardé unos segundos en contestar.

—Sí.

—Si quieres pruebas de que he estado con Fabio, puedo mandártelas —me dijo; su voz se había aplacado y ahora era más seria y concentrada—. Tengo e-mails, y fotos, y vídeos con la fecha, recibos de hotel, no sé...

Pero no necesité ninguna prueba, porque al día siguiente fui al médico, y pocas horas después me llamaron del hospital para confirmarme que, efectivamente, estaba enferma de sífilis.

Quise abandonar a Fabio después de aquello, pero él no lo consintió. Se arrodilló y se arrastró ante mis pies, literalmente. Me prometió y juró, me imploró perdón. Puso su vida en mis manos, como me dijo con los ojos devastados por las lágrimas. Durante dos meses vivimos un drama diario en el que él se humillaba, y yo lo insultaba y lo despreciaba.

Supongo que, por agotamiento, acabé cediendo y decidí darle otra oportunidad. Me dije a mí misma que hacía lo correcto, sobre todo por mi hija, que le había cobrado tanto afecto a aquel hombre, porque la niña necesitaba estabilidad, un hogar sólido, un padre que se ganara bien la vida, y una madre atenta a sus cuidados. Al mismo tiempo, yo estaba cansada, y la enfermedad me había dejado más débil de lo que quería reconocer; no tenía fuerzas para volver a casa, al lado de mi madre —que no diría nada, y eso me haría más daño todavía—, para empezar de nuevo. No tenía dinero, ni empleo. No estaba casada con Fabio. No tenía derechos. No habría sabido qué hacer ni adónde ir.

Tratamos de empezar de nuevo, pero fue como romper uno de esos delicados jarrones de gres vidriado de la dinastía Song y luego tratar de pegar los pedazos. Siempre se ven las fracturas dejadas por el destrozo. El jarrón nunca queda igual.

Pasó el tiempo, a duras penas. El día de mi cuarenta aniversario, Fabio llegó a casa, de vuelta de la facultad. Dejó las llaves en la entrada y me miró a los ojos de una manera que casi me hizo daño.

—Haz las maletas y vete de esta casa —me dijo.

—¿Qué?

—Recoge tus cosas y las de tu hija y vete. No quiero volver a verte nunca más.

Me temblaron las piernas y tuve que sentarme.

Hacía una semana, en una revisión ginecológica, me

habían dado la inesperada noticia de que estaba embarazada de nuevo, de dos meses. De Fabio. Estaba esperando al día de mi cumpleaños para darle la noticia. Tengo la mala costumbre de quedarme en estado sin pretenderlo. Había vuelto a ocurrir, pero pensé que aquello podría unirnos, a Fabio y a mí, que podríamos volver a ser los que fuimos en las Seychelles, hacía ya tres años. Quería ver su cara de sorpresa cuando le diera la noticia. Quería ver la alegría brotar de sus ojos como algo material y palpable. Quería que fuese feliz, y que volviera a encargarse de mi felicidad.

—Estoy embarazada —respondí, y me eché a llorar.

—Si crees que con eso vas a atraparme, te equivocas. Si estás embarazada, tú sabrás quién es el padre. Yo, desde luego, no lo soy. —Tenía el ceño fruncido, y su boca se curvaba como la de un censor, como la de santo Domingo el Mugriento esclarecido por el Espíritu Santo dándole órdenes a un verdugo.

Me dio miedo y me tapé la cara con las manos.

—Saldré de esta casa ahora mismo —continuó él, impasible—, y volveré mañana. Cuando regrese no quiero que queden huellas tuyas por aquí. Deja las llaves en el buzón. De todas formas, cambiaré la cerradura, por si tienes tentaciones de reaparecer. Si mañana a mi regreso no te has ido, llamaré a la policía.

Se dio media vuelta y se fue.

María apareció en el quicio del pasillo que conducía al salón. Se chupaba un dedo acuciosamente, y me sonreía con la cara llena de babas.

Me sequé las mejillas y, como pude, le devolví la sonrisa.

Era mediodía. Le di de comer a la niña, y la acosté en el sofá del salón para que echara una siesta. Empecé a llorar de forma torrencial cuando subía la escalera. Las lágrimas me impedían ver, y todo el cuerpo se me estremecía sin que yo pudiese controlarlo. Hipaba, me dolía la tripa y sentía arcadas. Fui al dormitorio y rebusqué la maleta en el armario empotrado. Metí dentro todo lo que pude. El resto lo embutí en bolsas de basura y lo bajé al patio, con intención de llevarlo antes de irme a los contenedores de la calle. No quería que mis cosas pasaran a formar parte del cúmulo de estratos sentimentales de la casa de aquel hombre. Hice lo mismo con los libros que había ido comprando durante aquellos años. Pensaba vaciarlos en el contenedor del papel. En un maletín de ruedas que le robé a Fabio, pude incrustar algunos papeles, mi ordenador portátil y unos cuantos libros que me resistí a arrojar junto a los desperdicios. En el cuarto de la niña, hice una selección de su ropita y sus juguetes. Entonces se me ocurrió que podría llamar a los Traperos de Emaús, para que al menos nuestras cosas no terminaran en un vertedero. Podrían servirle a alguien, y así también quitaría de en medio nuestros muebles.

Hice la llamada, les dije que tenía ropa, libros, cedés, juguetes y muebles de los que quería deshacerme. Me contestaron que pasarían al día siguiente. Respondí que era demasiado tarde, que ese mismo día, aunque fuese de noche, o nunca. Les describí todo lo que había y aceptaron ir, aunque un poco renuentes.

—Veré qué puedo hacer —me dijo la chica que atendió mi llamada.

Al cabo de algo más de tres horas, todas nuestras posesiones, las de María y las mías, habían desaparecido de aquella casa llena de fantasmas. Incluidos los muebles que había comprado durante mi vida con Fabio, por ejemplo, el dormitorio completo de la cría, un sofá de piel y los muebles de teca del jardín trasero.

Comprendí lo fácil que es desprenderse de las cosas, que lo importante es siempre aquello que a una no le pueden robar. No echaba de menos nada, nada en absoluto.

Cogí a mi hija. Tenía dos maletas y un maletín, además de la niña, cuando el taxi que pedí por teléfono llamó a la puerta. No pensaba quedarme a pasar allí la noche.

Se me cayeron las llaves, pero no me agaché a recogerlas. Tenía a la niña en brazos, las dejé tiradas en el pasillo, y la puerta de la calle abierta.

—¿No cierra usted la puerta? —me preguntó el taxista mientras me ayudaba a llevar las maletas hasta el coche.

Pensé en la infelicidad y los fantasmas que dejaba atrás.

—No se preocupe, ya hay alguien dentro —contesté, y continué andando hasta la calle con pasos firmes.

Pasamos la noche en un hotel en Madrid, cerca de Atocha. Un NH de tres estrellas, económico pero agradable. Tenía la tarjeta de crédito de la cuenta corriente de Fabio, pero sabía que él no tardaría en anularla. Pagué una semana de hotel por adelantado. Saqué dos billetes de ida y vuelta en avión, en el puente aéreo para Barcelona, a través de Internet. Hice varias llamadas telefónicas desde el móvil (que esperaba que Fabio no cancelase tampoco hasta el día siguiente), pidiendo trabajo. Aún conservaba en mi agenda los contactos de mi antiguo director de departamento en Barcelona. Y, sí, seguían trabajando ahí, no se molestaron porque los llamase cerca de las once de la noche, y me dieron cita para los próximos días.

Cuando María se durmió, bajé un momento a la calle y saqué dinero de tres cajeros automáticos. El máximo que me permitieron. A primera hora de la mañana siguiente pensaba repetir la operación. En una cuenta corriente a mi nombre también tenía algo de dinero, no mucho, pero imaginé que lo suficiente para ir tirando unas semanas.

Comí a medias una hamburguesa en un local abierto toda la noche, cerca del hotel. No tenía mucha hambre porque me dolía el vientre, pero me obligué a tragar unos bocados. Subí a la habitación preocupada por María. La niña estaba durmiendo tranquila. Suspiré aliviada.

Fui al baño a darme una ducha. Me desnudé. Tenía las bragas empapadas de sangre. Me sentí tan conmocionada que mi primer impulso fue llamar por teléfono a Fabio. Y eso hice.

—¡Fabio, Dios mío, estoy sangrando! —procuraba llorar por lo bajo, no quería despertar a mi hija.

—No me vuelvas a llamar, jamás en tu vida. Te he dicho que no me voy a creer ninguna de tus mentiras. Endósale la tripa a otro. ¡Y déjame en paz! —gruñó él, y colgó el teléfono, colérico e indignado.

Por debajo de sus gritos, creí oír los de otra voz. Femenina.

Semanas después, alguien me informó de que llevaba viéndose con una mujer desde hacía meses. Que la compatibilizó con la portadora de la sífilis. Y conmigo. Pero ella estaba comprometida, y Fabio esperó a que se deshiciera de su marido para abandonarme a mí. El que me contó todo eso —siempre hay un alma caritativa dispuesta a ser portavoz de malas nuevas— me dijo que la idea de dejarme el día de mi cumpleaños probablemente no había sido de Fabio, sino de su nueva pareja, una aspirante a poeta que aún no ha deslumbrado al mundo con su talento. «Él no es tan retorcido, créeme —me dijo—, pero ella... Perdona que te lo diga, pero cuando las mujeres os ponéis a ser malas, sois mucho peor que los hombres. No te ofendas, ni me saques la vena feminista, por favor, anda, sonríe...» Yo le sonreí, y me callé porque no tenía nada que decir. Aquella historia ya me importaba un bledo.

Al día siguiente busqué a una chica en las páginas amarillas para que cuidara de María unas horas. En una clínica cerca de Callao me examinaron. Estaba cerca de la calle Ballesta, haciendo esquina con la calle del Desengaño (¡qué ironía!), y en la puerta rondaban prostitutas, mendigos, inmigrantes desocupados y yonquis. También policías. Cuando la traspasé, tenía el pulso acelerado y un desasosiego incontrolable me cortaba la respiración. No paraba de sangrar, y el vientre me dolía como si alguien estuviera empeñado en arrancármelo desde dentro empujando sin parar hacia afuera. Era un aborto espontáneo. Me dijeron que las causas más frecuentes son deficiencias genéticas del feto, del organismo materno o enfermedades sistémicas o infecciosas (diabetes, traumatismos graves, toxoplasmosis, sífilis, hepatitis B, sida...). Me hicieron un legrado. Una enfermera trató de consolarme diciéndome que quizás el embarazo no habría salido adelante de todos modos. Y que aún tenía tiempo de volver a intentarlo.

—Sí... —respondí, dolorida y extenuada, pero sobre todo triste, tan triste como no recuerdo haberlo estado en mi vida—. Creo que volveré a intentarlo.

Pagué con la tarjeta de crédito de la cuenta de Fabio, que funcionó, a Dios gracias.

No tardé mucho en levantarme de la camilla y volver al hotel en taxi. Sabía que mi niña estaría impaciente, esperándome en nuestra habitación, haciendo tiempo al lado de una desconocida.

RECUERDO DE LA MUERTE

«Vaya, otra mujer abandonada —pensó Nacho cuando terminó de leer—. Cualquiera diría que invariablemente son los hombres quienes abandonan a sus amantes», se dijo. No tardaría en darse cuenta de que no siempre es así.

Decidió pasar rápidamente por el baño y luego bajar a desayunar. Tenía la cabeza cargada de presentimientos, envuelta en un espeso nubarrón de dolor incipiente. Creía sentir la presión atmosférica de la Tierra entera comprimiendo sobre un punto entre sus cejas. Un observador atento probablemente le vería salir isobaras de las orejas en lugar de pelos.

Se tomó un ibuprofeno, y supo que no le iba a sentar bien con el estómago vacío.

El comedor ya tenía el desayuno dispuesto, a la manera de los hoteles de ambiente familiar que se recomiendan en las revistas femeninas. Zumos más o menos naturales, café a discreción, té, bollos, huevos, tostadas y variedad de mermeladas y cereales.

Carlos y su mujer, Alina, revoloteaban alrededor de la mesa con mantel donde se desplegaban las viandas, muy serios y formales, preguntando a cada momento si los invitados deseaban más. «Todos queremos más, siempre», rumió para sí Nacho, y dijo «¡Buenos días!» en voz alta. Sólo algunos de los presentes le respondieron.

Rocío estaba sentada sola, apartada del resto, entre dos sillas vacías. Llevaba puestas unas gafas de sol y tenía aspecto de adolescente malhumorada que no perdona el madrugón. No se acercó a ella porque supuso que no sería muy bien recibido.

Richard Vico no estaba a la vista.

Cristina Oller se aproximó a Nacho con un mohín de complicidad en los labios. Mientras se servía un café, largo de leche esta vez, la mujer se arrimó tanto a él que pudo sentir la forma de su pecho rozándole contra el codo. Lo retiró con delicadeza, pero con premura.

—Buenos días. Te escribí un e-mail —dijo ella—. ¿Lo has visto?

—¿Eh? Ah, sí. Gracias.

Lo miró mientras se servía la leche y un vaso grande de zumo.

—Bueno, ¿y...?

—Te agradezco la confianza, Cristina. No debe ser fácil desahogarse así con un extraño.

—Tú no eres un extraño para mí —negó con la cabeza, y Nacho supuso que lo que acababa de hacer enviándole su particular confesión era, sobre todo, un ejercicio terapéutico—. Te conozco. He leído todos tus poemas. Incluso dos inéditos que aparecieron hace unos meses en la revista de la FNAC.

—Ah, vaya. Es todo un detalle por tu parte. Pero... No sé cómo decirte esto, pero me gustaría mandarle tu texto a mi tía y a un amigo. Son de toda confianza; así y todo, quiero pedirte permiso.

Cristina sonrió. La sonrisa acudió a sus labios como quien se precipita a abrir una puerta, aunque en sus ojos casi podía leerse un cartel de «Prohibido el paso». Su cuello de mangosta prematuramente envejecida se movió de un lado a otro.

—Puedes enseñárselo a quien quieras. Ya lo he publicado.

—¿Cómo dices?

—Que lo he publicado. Sólo tuve que cambiar los nombres, y lo publiqué. Me pidieron un texto para un libro colectivo, de varias autoras. El tema era la mujer hoy día. Menuda chorrada, pero pagaban bien. Últimamente me piden muchas colaboraciones en prosa, y trato de aprovechar todo lo que tengo escrito. Estoy pensando incluso que no sería mala idea componer un libro de cuentos. Sobre piratas, o sobre poetas. Total... No descarto dar el salto a la narrativa. Algún día me gustaría dejar de ser una asalariada. Poder vivir de la escritura es el sueño de mi vida. —Soltó un pequeño bufido y encogió los ojos tratando de enfocar la vista—. Estoy harta. Cansada de dar clases y conferencias. Yo quiero ser como Matilde Asensi, y enseñar mi cara únicamente en la contracubierta de mis bestsellers.

—Ah, pues entonces, no hay problema, supongo. Si ya has hecho público el documento...

—Además, confío en tus dotes detectivescas, de modo que úsalo como quieras. —Asió un pastel del crema y apuntó con él a Nacho—. Sólo quiero asegurarme de que sepas de quién estamos hablando, de la clase de persona que era... el muerto.

—Bueno, pero nadie merece morir de esa manera, creo yo. Apuñalado y... Hay otras formas de hacer justicia.

A Nacho le pareció que la Cristina que ahora le hablaba era otra distinta de la que había escrito el documento que acababa de leer. Más prosaica, más ruda y directa si cabía, y eso a pesar de que confesaba que sentía en su corazón la paz de un cementerio, que el asesinato la había dejado tranquila. No daba esa impresión. El odio que sentía por Arjona aún no se había diluido entre el resto de sus emociones, afilándolas con su dosis de acíbar pero también logrando que desapareciese esa pasión infructuosa y dañina igual que un azucarillo que se deshace en el agua. Nacho podía ver ese odio aún atorado en los ojos de la mujer, atrancando la paz de su espíritu.

No le gustó el pensamiento y desvió la mirada.

—Sí, claro. No... ¿Merecía Hitler morir en el búnker donde estaba pasando su luna de miel con Eva Braun, tan ricamente? ¿Y Lenin, merece que no se haya dado cristiana sepultura a sus restos mortales a los ochenta y tres años de su muerte, merece que cada quince meses le den un baño de acetato potásico y cloro de quinina con la naturalidad del que va a ponerse a tono a un *spa*? ¿Y Benito Mussolini, merecía colgar patas abajo, ya cadáver, en una gasolinera de piazzale Loreto, en Milán? ¿Y el asesino de esa niña de siete años, ¡siete años!, cuyo cuerpo apareció violado y desmembrado en un vertedero hace unos meses, mereció morir con el ano desangrado en los lavabos de una prisión? No, no, no me mires así, Nacho. Ya lo sé: pobre-ci-tos...

—En cualquier caso, Cristina, la comparación me resulta un poco exagerada. Fabio Arjona no era...

Cristina lo sujetó con fuerza por la manga. Nacho estuvo a punto de tirar un vaso al suelo.

—Tú no sabes quién era ese hombre. ¡No lo sabes!

Se dio media vuelta y se largó a la otra punta de la inmensa mesa. Nacho se encogió de hombros y siguió proveyéndose de algo para desayunar.

Fernando acudió enseguida a su lado en cuanto se hubo sentado, igual que un perrito faldero que se tumba a los pies de su amo. Nacho se preparó para escuchar una larga diatriba censora contra el mundo y sus demonios nada más empezar la jornada pero, para su extrañeza, el hombre se limitó a murmurar un «buenos días» sofocado y a comer de manera indiferente, con aire aburrido.

Doña Agustina no tardó en hacer aparición.

—¡Buenos días a todo el mundo! —Trató de darle un toque de alegría a su voz, pero hasta los criados se dieron cuenta de que le costaba un gran esfuerzo sobreponerse a la desmoralización y al agobio que se había adueñado del ambiente del cigarral.

—Me gustaría irme a casa —dijo por fin Fernando—, a Nueva York. Allí está mi hogar. Vivo en un apartamento en Coney Island, en Brooklyn, cerca de la playa. Lo compré por cuatro perras cuando por fin murió mi padre, y luego la doble viuda, que al menos no tenía hijos, de modo que no sólo recuperé la herencia de mi madre, sino también la de mi padre y la de aquella señora desconocida que lo entretuvo en sus últimos años. Lo adquirí cuando aún podían hacerse esas cosas. Hoy no podría permitírmelo. Hay tres habitaciones luminosas y un salón con chimenea. Tienes que venir a visitarme algún día. —Cerró la boca y masticó un poco—. Ni siquiera sé qué hago aquí. Esto es el pasado, joder.

Nacho le palmeó la espalda y sintió que el hombre lo agradecía, que reconocía el gesto, el contacto físico, la corriente de empatía. Luego se concentraron cada uno en su desayuno.

Fernando tenía ojeras y el pelo algo grasiento. Por lo poco que lo conocía, Nacho se dijo que el descuido no era habitual en él. No obstante, cuando terminó de sorber su café solo, sintió que revivía a su lado, y el meteorólogo lo celebró; no le gustaba verlo tan lacio y marchito, se convertía en una compañía aún más insoportable que de habitual. Allí callado, más reconcomido que un hueso de jamón de la posguerra.

—¿Te has fijado en Pascual Coloma? Catalina la Grande, como todo el mundo sabe, es de origen inorgánico, pero te advierto que como siga zampando así va a echar más culo que una tele antigua. —Fue bajando el tono de voz hasta hacerlo casi inaudible—: Las teles de plasma de hoy día son culiplanas, han dejado de ser sexys, no sé si te has fijado.

Nacho no pudo evitar reírse a carcajadas, llamando la atención. Todos en la mesa lo miraron fijamente. Se sintió avergonzado, como si acabara de reír un chiste en un funeral, y levantó las manos en señal de disculpa.

—Es culpa mía —dijo Fernando en voz alta—. Acabo de hacerle, a nuestro querido detective poeta, una observación, más que elegante, yo diría que chabacana. Debido a mi obsesión fálica, no siempre digo lo que debo, aunque debo bastante por todo lo que digo y he dicho a lo largo de mi vida. Y en cuanto a mi pensamiento..., ya se lo pueden imaginar ustedes, que seguro que están a la altura. Pido perdón a la mesa y a nuestra ilustre anfitriona, junto a nuestro... *soberbio* y excelso feligrés en la *scala naturae* de nuestra condición de rapsodas.

Se refería a Pascual, pero se levantó a medias e hizo una inclinación afectada en dirección a ninguna parte en concreto. A Nacho le recordó el calambur de Quevedo restregándole por la regia cara a Mariana de Austria que «su majestad es coja».

—¿Soberbio, eh...? —le dijo entre dientes a Fernando—. Vaya, vaya...

Pascual Coloma agitó la gloriosa testa en un aspaviento de negación y continuó masticando a la vez que observaba atentamente su plato.

—Sí, hijo, sí —respondió Fernando cuando por fin pudo resollar entre el apacible murmullo ambiente de la concurrencia sin temer ser oído—. Lo mío es el vituperio. También, y quizás para compensar, la modestia enfermiza. Esta última no la tengo conmigo porque me la he olvidado en NY, en el *frigidaire*, para que se conserve bien hasta mi vuelta. Pensé que, en este escenario, no la necesitaría. El mundo ya se encarga de ponerte en tu sitio y darte guantazos de sobra, no hace falta que uno se flagele en exceso para hacerles una parte de su trabajo a esos cabrones.

—Ya te veo.

—Qué bien, empezaba a pensar que me huías porque no querías ni verme.

—Te noto algo demacrado. —Nacho mordisqueó una tostada—. ¿No has dormido bien?

—Psé. En mi habitación hay una lamparita con forma de pavo real de René Lalique. Los señoritos de la época de Baroja decían que los modernistas eran todos unos pederastas, y yo estoy de acuerdo. A lo mejor es el puñetero pavo real el que no me deja descansar. Me afila los nervios. Un pajarraco, por Dios... Y se le enciende la cola. Impunemente.

—No lo mires, si tanto te molesta. Y, por supuesto, no lo enciendas.

—Sí, pero es que, en cierto modo, me recuerda a mí mismo, el bicho: sólo una mano caritativa y necesitada puede conseguir que se ilumine su interior, aun en salva sea la parte. Se trata de mi estructural carencia de amor. Ése es el problema de mi aspecto cadavérico, si no tenemos en cuenta que, además, tiendo a confundirme con el medio ambiente por mis proverbiales dotes para el camuflaje. —Fernando bostezó—. La falta de amor es la historia de mi vida. Una vida triste, como fácilmente podrás deducir. Ahora que te estoy mirando, pienso que yo a ti podría amarte. Por ejemplo, si tú te dejaras y yo me atreviera... Pero yo no me atreveré porque sospecho que tú no te dejarías. De modo que vamos a hacer una pausa y pasemos a publicidad. Y límpiate la boca, que tienes azúcar en tus bellos morritos de efebo entrado en años.

Doña Agustina se puso entonces de pie y estiró la tela

de su vestido sacudiéndose vigorosamente el halda. Carraspeó con fuerza, y luego alcanzó un vaso vacío y le dio unos golpecitos con un cuchillo para despertar el interés de la concurrencia.

—Ejem. Por favor, señoras y señores...

—Silencio, ah, que doña Agustina tiene algo que decirnos, oigan y escuchen —reclamó Rilke Sánchez, que hizo muy bien en matizar lo de oír y escuchar. Rilke actuó de pregonero, se notaba que con gusto.

—Bueno, queridos amigos... —la mujer se frotó las manos muy despacio—, mi secretario, Teodorico, que no nos acompaña porque una enfermedad se lo ha impedido... La verdad es que no sé cómo me las estoy arreglando sin él, y más en estas circunstancias...

—Lo comprendemos —asintió Rilke, de nuevo a la vanguardia de la opinión pública allí reunida.

—Gracias, querido Rilke, tú siempre tan atento y caballeroso. Como iba diciendo, mi secretario y yo hemos decidido que... Bueno, porque aunque él no está aquí, mantenemos contacto telefónico permanentemente, como podéis imaginar. Hemos decidido que en las actuales condiciones no merece la pena que sigamos el programa al pie de la letra, de modo que hemos pensado que para todos sería un alivio si suspendiésemos la lectura colectiva de las ponencias. —Carraspeó y echó una mirada en redondo, en torno a la mesa, tratando de calibrar la reacción a su propuesta—. Hemos convenido que ya tenemos bastante con... con lo que tenemos, así que, dado que contamos con todas las conferencias en archivos de Word, preparadas para hacer el libro, creemos que será suficiente con que repartamos copias, a cada uno de los presentes, de los trabajos del resto de sus compañeros. Nos ahorraremos así tener que perder un tiempo inapreciable en sus lecturas, ya que cada uno puede leerlas tranquilamente en su cuarto, o en la biblioteca, y aprovechar esos ratos para ello, o para trabajar, dado que la casa favorece el recogimiento, como todos habréis podido comprobar.

Se oyó un murmullo de incomodidad y de ligera protesta.

—¡El recogimiento, dice! —se apresuró a apuntar Fernando—. Eso de que esta casa favorece el recogimiento... Sí, si te descuidas, te recogen con pala y te meten en un ataúd, claro. Pero qué montón de pelotas, por Dios, parece que les acaben de anunciar unas irrigaciones colónicas a base de amoníaco y jabón Lagarto. No sé de qué se quejan, ¿de no tener que oír a Pascual leyendo por adelantado el discurso que tiene preparado desde hace veinte años para el ayuntamiento de Estocolmo? Anda ya.

—A nosotros..., vaya, hablo por mí, pero creo que es el sentir general de mis colegas aquí presentes, e incluso de los que no están presentes, como Richard Vico, que todavía no ha bajado... —habló con autoridad Torres Sagarra. La mujer vestía una blusa con volantes que la hacía parecer más robusta de lo que ya de por sí era—. Decía que hablo en nombre propio, pero que creo que a ninguno nos importa seguir el programa tal y como estaba previsto. No te preocupes por eso, Agustina, por favor.

—Sí, sí. No, no. Desde luego —corearon algunos.

—Para nada, ah, no nos importa para nada. Para eso hemos venido —aseveró Rilke Sánchez—. Para leer nuestra conferencia y comentarla con los demás. Y, ah, sacarle sus conclusiones y todo, si tal fuera posible.

—Sois muy amables, se nota que tenéis en vuestro poder los instrumentos de Shakespeare —dijo doña Agustina.

—Sí, la mismísima caja de herramientas de Shakespeare... Pero también se nota que algunos de los aquí presentes todavía ni la han abierto —susurró Fernando, sin poder contenerse, en dirección a Nacho.

—No os sintáis incómodos, por favor —continuó doña Agustina—. El objetivo de este congreso es que todos estéis lo más a gusto posible. De modo que queda decidido. He hecho unas copias impresas con las ponencias reunidas, y tenéis un ejemplar para cada uno en la biblioteca. Lamento que no esté encuadernado, pero al faltar Teodorico... Me ha parecido, no obstante, que sería una pena que renunciásemos a las visitas previstas a la ciudad, de modo que esta tarde, si os parece bien, visitaremos la catedral, tal como estaba anunciado en el programa. Eso será después del almuerzo y del café, que podemos aderezar con una tertulia, si ello os complace y lo preferís a una siesta.

A la mujer sólo le faltaba un miriñaque para completar su aire de dama del séquito del rey Jorge I. Puso cara de asombro. Nacho se dijo que era como si acabara de enterarse de que alguien había incendiado Troya.

Todos guardaron silencio unos instantes. Rilke asintió, con los ojos cerrados, como si estuviera rezando.

—Bueno, pues no tengo nada más que añadir —concluyó, un poco mohína—. Nos vemos a la hora de comer, aquí de nuevo. Buenos días a todos.

Cuando se disponía a salir por la puerta, el gato apareció bajo el dintel, restregándose contra una jamba, y al pasar por su lado la señora, la siguió al trote.

Después de que Nacho hubo subido a su cuarto a enviar unos e-mails, Fernando y él decidieron que no estaría mal dar un paseo por los alrededores del cigarral, rodeado por los jardines de otras casonas similares (el Cigarral del Pilar, el del Carmen, el de Consuelo, el de Santa Elena...). El día estaba despejado, y la temperatura era agradable, aunque Nacho creía que, superado el mediodía, el panorama podía oscurecerse, incluso caer algunas gotas. Además, dado que los periodistas habían acudido anteriormente en masa hasta la puerta del Cigarral de la Cava, perturbando a sus moradores, doña Agustina logró que se controlara el acceso principal que llevaba a todos los cigarrales de la zona, en el mismo carril de entrada, y desde entonces los plumillas habían desaparecido de la vista, impotentes para saltarse aquella barrera con dos guardias jurados. La policía también había colocado a uno de sus hombres para que custodiara la puerta y tomara nota de las entradas y salidas de personas y vehículos. Si los vecinos de los cigarrales circundantes estaban molestos, no les había quedado más remedio que aceptar la situación resignadamente.

Desde pequeño, Nacho había soñado con inventar una máquina para controlar el tiempo meteorológico y manejarlo a su antojo. Por entonces no sabía que el suyo era un viejo sueño de la humanidad. Cuando tenía catorce años estaba obsesionado con la idea, y empeñado en que algo así era posible, hasta que un día su tía Pau lo sentó delante de la tele para ver juntos una película en un ciclo de cineclub de la segunda cadena. Los protagonistas eran Burt Lancaster y Katharine Hepburn, y contaba la historia, basada en hechos reales, de Charles Hatfield, un buscavidas que en 1915, durante una temible sequía en San Diego, anunció que sería capaz de hacer llover a cambio de diez mil dólares. Dio la casualidad de que a los intentos chamánicos por atraer la lluvia de aquel charlatán siguieron unas furiosas inundaciones. Y al tipo le *llovieron* las demandas.

Después de ver la película, Nacho empezó a pensar que quizás sería mejor tratar de estudiar el tiempo, antes que lanzarse a la tarea de aspirar a dominarlo.

—No parece que hoy vaya a llover —intuyó Fernando.

—Nunca se sabe —dijo Nacho.

Cuando se disponían a salir por el portón del jardín, oyeron unas voces a sus espaldas.

—¡Eh!, ¡vosotros! ¡Esperadme, joder!

Se volvieron y observaron a Miño Castelo, que los seguía haciendo gesticulaciones estrafalarias con las manos.

—Como un guardia de tráfico que ha perdido la chaveta. —Fernando encendió un pitillo y expulsó el humo con extrema lentitud—. Ya tenemos compañía, querido meteorólogo. Y yo que pensaba abrirte mi corazón en la soledad del bosque.

—Tengo la impresión de que tu corazón suele estar más abierto que una farmacia de guardia. Pero sospecho que ni siquiera tienes la precaución de poner una reja antiatraco por si las moscas...

—Veo que ya me vas conociendo, ladrón. —Volvió la cabeza hacia el camino de la entrada—. Que sepas que ese Miño es un coñazo, dicho ahora que no me oye. Y un faltón.

—Habló quien pudo.

—Yo soy un aficionado comparado con algunos de los figuras que nos rodean. Por el contrario, soy un experto en otras disciplinas. Verbigracia: sé mucho sobre sexo. Únicamente tengo algunas lagunas en sexualidad humana. Empero...

Miño Castelo llegó al lado de los dos hombres resoplando.

—Casi os escapáis.

—Tranquilo, no íbamos muy lejos. No teníamos pensado salir del país. Yo, porque no puedo —dijo Fernando, que, de pronto, parecía cansado—. Y éste porque no tiene dinero.

Nacho se rió. Echaron a andar los tres juntos hacia la entrada. Fernando apagó la colilla de su cigarro junto a un macizo de aspidistras y Nacho lo fulminó con la mirada.

—¿Qué quieres, que me coma la colilla?

—No fumes, y así acabas con el problema.

—¡Joder, entonces tendría otro: no fumar!

—¿Adónde vais? —preguntó Miño.

—Nada, a ningún sitio en especial, a andar por aquí. De algún modo tendremos que hacer ejercicio para merecernos la comida —explicó Nacho—. Tengo la sensación de que no movemos las carnes todo lo que deberíamos.

—Si tú no las mueves será porque no quieres. Tus carnes, digo —gruñó Fernando.

Miño Castelo tenía cincuenta años y el rictus de perenne molestia del viejo capataz, con úlcera de estómago, de una fábrica de tornillos. Un bigote que crecía a trompicones le dejaba al descubierto la mayor parte de la cara. Una cara en ciertos aspectos restrictiva, que podría haber sido algo más redondeada, pero no lo era; que podría no haber tenido los pómulos abollados, pero no le había dado la gana; que podría haber disfrutado de una nariz patricia y recta, pero ni siquiera lo había intentado; que podría haberse enorgullecido de unas cejas armónicas, pero ni se le ocurrió; que podría haber lucido unos ojos seductores, pero le dio pereza ponerse a ello. En resumen: su cara tenía el aspecto, más o menos impreciso, de ciertos alimentos que se pueden adquirir en la sección de comidas preparadas de algunos supermercados de barrio.

Miño Castelo era feo, y todo el mundo se daba cuenta de que él se daba cuenta.

Era profesor de instituto, de Filosofía (pero ésa era una asignatura que estaban retirando definitivamente de los planes de estudio, una vez demostrada su inutilidad tras varios milenios de uso inane de la disciplina, así que...), y había conseguido especializarse en subvenciones: becas, premios a la creación, premios a secas, retiros pagados para estimular la «creación de obras artísticas», más becas, protección y difusión de obras artísticas escritas en lenguas minoritarias, más becas, etcétera. Con ello lograba proveerse, de una manera más o menos regular, de un suplemento en metálico que no le venía mal para pagar las facturas de una mujer eternamente insatisfecha, profesora también, ésta de gimnasia, de quien se rumoreaba que tenía tendencia a vivir por encima de sus posibilidades, hasta cuando carecía de posibilidades, y tres hijos ya mayores que —si lo pensaba bien— no le habían resultado una gran inversión, después de todo.

A Miño la vida le parecía triste, y por eso escribía poemas, muy buenos según algunos críticos.

—La vida es una puta mierda —dijo, y le pidió un pitillo a Fernando, que lo miró receloso temiéndose que le fuera a sablear el tabaco.

—No sabía que fumaras. —Fernando sacó la cajetilla y le pasó un cigarro.

—Sólo de vez en cuando.

—Pues mira lo que dice aquí en el paquete: que fumar acorta la vida.

—Bah, yo tampoco quiero vivir eternamente. Total, no hago más que pagar facturas... La vida es la prueba irrefutable de que el *Homo sapiens* está condenado al capitalismo desde el Neolítico.

Merodearon alrededor del cigarral hablando de banalidades hasta que, sin poder evitarlo, llegaron al tema. Allí no había otro.

—Cuando pienso en Arjona... —Miño hizo un alto en mitad del camino y le dio una patada a una piedra—. Menuda diferencia conmigo, os digo.

—Sí, tú estás vivo, y él está haciendo oposiciones para momia del Parnaso.

—No, no me refiero a eso. Quiero decir que menuda

diferencia entre los catedráticos de universidad y los de instituto. Es verdad lo que decía Frank McCourt: los profesores de instituto no tenemos tiempo para escribir melindres ni para el adulterio, al contrario que los de universidad.

Miño hacía al menos diez años que no aparecía por un instituto. De una manera u otra, se había ido librando, acogiéndose a excedencias y salvedades literarias y sindicales, que lo habían liberado de la enseñanza. Pero todavía se acordaba de lo que era entrar en un aula llena de cafres adolescentes a las nueve de la mañana, y continuar así el resto del día, toda la semana, y ese recuerdo le dolía profundamente.

—Pero ¿tú todavía das clase? —quiso saber Fernando—. Yo tenía entendido...

—Bueno, no todo el tiempo... —Miño cambió de tema—. Ahora, también os digo que no lamento la muerte de ese... Se lo dije incluso a la policía. No seré yo quien le llore.

—¡Ja! Pues ya somos dos —se pronunció Fernando.

—¿Y por qué? —quiso saber Nacho.

—¿Por qué? Querrás decir «por qué no». Era un mal bicho.

—Casi todas las personas con las que hablo insisten en ello, sí.

—Acostumbraba a hacer camarilla, y si no eras de los suyos, no comías del grano que él repartía. Un tipo de lo más injusto, que además repartía mucho grano.

—Cuando dices grano... —Nacho levantó la vista hacia el cielo. No hay un pigmento para el color del cielo. Su color depende del resultado de la difracción, refracción o dispersión de la luz en manos de la atmósfera. Se dijo que, para muchos de los presentes en el cigarral, en etapas cruciales de sus vidas, su atmósfera había sido Fabio Arjona. Y que había manipulado a su antojo la luz de cada uno de ellos. Preguntó, como si no lo imaginara—: Cuando hablas de grano, ¿a qué te refieres?

—¿A qué va a ser?

—¿Al dinero, verdad, Miño? ¡A los cuartos! —Fernando le dio un amistoso achuchón en el costado y el otro lo miró un poco mosqueado, como si no hubiese previsto tanta confianza física y le estuviera fastidiando. Fernando notó enseguida su mudo *noli me tangere*, y agilizó el paso hasta llegar a la vera de Nacho.

—A mí me la jugó una vez, bien jugada —comentó Miño con desabrida resignación.

—A muchos se la jugó. No fuiste tú solo.

—Sí, pero lo mío...

—¿Qué te hizo?

—Yo estaba pasando una mala época. Con mi sueldo, y tres chicos que sacar adelante... Mi mujer enfermó de cáncer.

—Vaya, joder, lo siento. —Fernando se sacudió una brizna de hierba de la pechera. Le había aterrizado volando en la chaqueta, como una condecoración que cayera de las nubes. El hombre la rechazó con displicencia de un capirotazo.

—Ya no importa. Lo superó, ¿sabes?, de modo que ya no importa. Pero entonces sí importaba, y mucho. Adela, mi mujer, quería ir a Houston, a un hospital adonde van muchos famosos, para que la tratasen. No se fiaba de los médicos de aquí. Yo le decía que aquí tenemos médicos mucho mejores que los hospitales yanquis, pero Adela siente una profunda aversión por todo lo público.

«A pesar de que tanto ella como tú vivís de lo público», pensó Fernando, pero no dijo nada.

—A mí me daba cien patadas tener que ir a los *States* a buscar medicamentos y cura, porque no me gusta nada el imperialismo, y mucho menos contribuir a él con mis dineros. —Nacho meditó, mientras lo oía hablar, en lo extendido que estaba, en Europa, ese prejuicio contra Estados Unidos; él creía que sin fundamento—. Pero Adela... Yo creía que iba a morirse. Ella también lo pensaba, y de alguna forma llegué a asumir que ese viaje a un hospital extranjero era su última posibilidad de ser feliz, como quien pide un viaje al Caribe antes de despedirse del mundo. Bueno, ella no deseaba ir a la isla Margarita, su objetivo era el Anderson Cancer Center, en Houston, Texas. Hay que joderse. Seguramente sacaría la idea de una revista del corazón. Lee ese tipo de cosas, aunque luego siempre está presumiendo de que tiene los versos de Antonio Colinas en la mesita de noche.

—Yo conozco a un eximio crítico literario al que le ocurre lo mismo que a tu mujer —sonrió Fernando.

—El caso es que yo necesitaba dinero. Quería darle el capricho a mi compañera. La quiero, ¿sabéis? Todavía.

—Qué suerte tienes, muchacho.

—Pedí una beca de creación de dos años. Era un dinerito. Poco, si tenemos en cuenta que debía servir para cubrir los gastos del poeta durante dos años, en los cuales no podía hacer nada más que dedicarse a escribir un libro, pero lo suficiente porque, sumado a mi sueldo de un año, nos daba para ir a Houston a intentarlo, a procurar destruir la mierdosa enfermedad que amenazaba con comérsela por dentro, a mi mujer.

—No me digas más. Ya lo veo venir.

—Sí, le pedí la beca a la junta. Hice todo el papeleo en tiempo y forma. Y hablé con algunos responsables del asunto; gente que estaba en el comité que decidía quién se llevaba la pasta y quién no, y que me conocían de sobra. No es que fuesen amigos míos, pero sí nos habíamos tratado en alguna ocasión, y nos respetábamos lo suficiente.

Pensé que, con hablar con un par de personas, el tema se solucionaría sin más. Confiaba en que ellos comentaran mi situación con el resto de los miembros de la comisión, y me dije que cualquier ser humano normal se compadecería de mi situación y estaría de mi parte.

—Pero te equivocaste...

—Sí, de cabo a rabo. Llegan momentos en que uno se da cuenta de que su vida pende de un hilo, y de que ese hilo lo puede cortar cualquier gilipollas.

—¿Era mucho dinero?

—En realidad, una miseria. Pero para mí suponía una fortuna cobrada por adelantado. Me bastaba para un viaje. Un solo viaje, para contentar a Adela. Para que Adela pudiese visitar el parque de atracciones del cáncer americano, y luego morir tranquila.

—¿Quién se llevó la beca, finalmente?

—Te diré. Dame otro cigarro, anda. —Miño se paró a la sombra de un grupo de álamos negros, alrededor de los cuales revoloteaban los vencejos—. Le dieron el peculio oficial a una joven promesa de las letras.

—¿Él o ella?

—Ella. No diré su nombre porque, desde entonces, que yo sepa, no se ha vuelto a hablar de la chica. Debo reconocer que era mona, y que quizás lo sigue siendo. Tenía una mata de pelo increíble. Quiero decir que yo *no me la creía,* su mata de pelo. Y llevaba lentillas de colores, lo que le daba un aspecto inquietante de aprendiz de Mata Hari de vacaciones en Matrix. Y, sí, tenía también algo de espía y de bailarina exótica, algo en torno a ella que le afilaba los dientes cuando abría la boca. La vi un par de veces en la tele. En esos programas de cultura que ponen de madrugada, cuando se han asegurado de que no queda nadie despierto a quien puedan ilustrar y culturizar.

—Hay que ver.

—La tía estaba buena, para qué negarlo.

—Sí, pero si le faltaba el talento, que, por otra parte, a ti parece sobrarte...

Miño levantó los hombros con indiferencia.

—¿Y qué? Mira, la *Victoria alada de Samotracia* es una de las esculturas más bellas de la Antigüedad, y no tiene cabeza. Muchas mujeres son así, y eso no les resta mérito.

Nacho arrugó el ceño. No hubiera imaginado que Miño era de los que hacían comentarios misóginos en público. Lo suponía más cuidadoso en ese sentido.

—Me parece adivinar quién te impidió conseguir la ayuda, Miño.

—Efectivamente. *Él*. No podía ser otro. Fabio Arjona, que estaba en todas las salsas, y siguió estándolo hasta que, hace unas horas, lo mandaron para ese sitio donde la gente come poco, y por tanto no necesita aliños.

—¿Te enteraste de lo que pasó?

—Sí, mis contactos en el tribunal, porque yo veía aquello como un tribunal de oposición, al que me presentaba con enchufe, me dijeron que Arjona se opuso rotundamente a que me concedieran la beca. Y los demás tragaron.

—¿Por qué? ¿No le contaron lo del cáncer de tu mujer?

—Claro, un funcionario del ministerio, uno de los que habló conmigo, y que presidía el comité, le dijo que mi mujer estaba muy enferma, y que en realidad yo quería el dinero para llevarla a Houston, a un hospital. Arjona respondió: «La gente muere todos los días, es ley de vida; mirad por la tele a los niños africanos, no paran de caer como moscas, y de morir entre moscas... ¿Por qué la mujer de ese fulano tendría que ser más importante que ellos? Venga, vamos a lo que importa, ¡poesía, poesía en movimiento! A ver, qué tenemos...»

—*Joer*, qué capullo.

—Su candidata era la chica. Y fue ella quien ganó.

—¿No reclamaste ni nada?

—¿A quién iba a reclamar? ¿Cómo se hacen estas cosas en las que no hay una vara de medir? Cuando la vara de medir es lo humano, no hay medidas exactas, amigo Nacho.

—Está despuntando un fresquito que... —dijo Fernando, tiritando—. Creo que deberíamos volver al cigarral antes de que nos caiga encima un chaparrón.

Regresaron sobre sus pasos en dirección al cigarral, pero en el camino de vuelta apenas hablaron. Empezaba a correr un molesto viento del norte.

LA ENVIDIA Y LA MENTIRA

Aquí la envidia y mentira
me tuvieron encerrado.

FRAY LUIS DE LEÓN

Entraron por la puerta principal esta vez. Nacho decidió hacerle una llamada a Rodrigo, para comprobar que se había puesto en marcha. Mientras sus dos acompañantes hablaban entre sí, sacó su teléfono y marcó el número del chico, que no atendió la llamada. Le dio a la tecla de rellamada y esperó. Tampoco esta vez. Se pasó la mano por el cabello castaño claro y refunfuñó mirando la pantalla del móvil, hasta que ésta se oscureció y se apagó. Volvió a intentarlo. Eran casi las once de la mañana, hora más que decente para estar en pie, aunque uno sea un jovenzuelo cuyo único sueño es dormir con las epífisis desparramadas por el catre, las vesículas seminales a punto de rebosar y la grasa subcutánea haciendo planes para salir al mundo exterior en forma de granos, barrillos y repugnantes puntos negros.

—¿Sí?—respondió Rodrigo con voz de zombi.

—¿Qué, estudiando, nooo...? —le reprochó Nacho. Su ironía cayó en saco roto.

—Ahora mismo, no. No me he levantado todavía.

—Pues ya va siendo hora, retaco. No sé de qué te quejas, si ni siquiera vas a clase. Estabas estudiando en la universidad a distancia, ¿nooo...?

—Es que me acuesto tarde, ¿sabes? Estoy estudiando una carrera, aunque vaya poco a clase. La gente... de tu edad —lo dijo como si estuviera dirigiéndose a un anciano veterano de la guerra civil, de la república de Roma, la primera o la segunda, daba igual—, la gente de tu edad ya ni se acuerda de lo que significa estudiar. Pues es un coñazo, tío. Hacen falta muchos codos.

—Sí, los necesarios para entrar en los ordenadores de tus profes y robarles las preguntas de los exámenes. No me cuentes batallitas, joven hobbit.

—Eres un incrédulo, como aquel apóstol. San Algo.

—¿Te has puesto las pilas como te dije?

—Bueno.

—Vas tener que encomendarte a san Algo como no hagas lo que te he pedido.

—Cálmate, tío. Pero ¿qué desayunas?, ¿las uvas de la ira?

—Qué gracioso, chaval.

—Je, je... No eres tú el único que lee, dicho sea de paso.

—Vale, venga, dime lo que sea.

Rodrigo hizo un silencio, se le oyó rebullir a través de la línea, y que tiraba algo al suelo. Nacho compadeció a su madre, a todos los padres de adolescentes del mundo, y se alegró de no tener hijos ni esperarlos próximamente.

—Desde mi posición —la voz de Rodrigo había pasado de los tonos graves, ayudada por la tradicional ronquera del despertar de quien ha pernoctado con las nalgas al fresco, a un cascabeleo afilado, más propio de la cantarina voz de una soprano infantil—, repito, desde mi posición, que en este momento es tumbada, puedo decir que el ordenador personal del tal Fabio Arjona fue utilizado anoche, a las 24.05.30. Noche cerrada, tío.

—¿Qué? ¡Pero si está muerto!

—¿Qué quieres que te diga, tío? Yo no concibo el cielo

sin un buen *router* que garantice el envío de datos a cualquier red computacional a través de ondas. Nada de cables. O sea, que el cielo tiene que disponer de Wi-Fi. Y para el infierno debe de ser fundamental, así que... Si ese colega que acaba de palmar está en el cielo, o en el infierno, está conectado. Fijo. El Purgatorio creo que ya no existe. Por allí no debían de estar al tanto de las nuevas tecnologías y desaparecieron del mapa, de la misma manera que si vivías en la Edad de Bronce y no controlabas el tema de la rueda estabas *out*. Totalmente.

—Entonces, ¿localizaste sus IP?

—Sí. ¿Lo dudabas, *amore mio*?

—No he oído nada sobre su ordenador. Supongo que, si era un portátil y lo tenía aquí con él, se lo llevaría la policía. Debió de ser la poli quien lo abrió anoche.

—¿A las doce de la noche? No me consta que la policía trabaje hasta esas horas.

—¿Puedes averiguar desde dónde se conectó?

—Ya no.

—¿Puedes hacer algo al respecto?

—Si vuelve a conectarse, y coincidimos él y yo, puedo averiguar desde dónde lo hace. Puedo intentar saber desde dónde se hace la próxima conexión, pero no la anterior. En ésa, se nos pasó el arroz.

—Pues ya estás en ello.

—¡Eh, oye, cálmate un poco! La policía está haciendo su trabajo, y...

—Y el Club Baskerville debería estar haciendo el suyo, si no fuera porque tú cada vez te estás volviendo más insoportable, perezoso, contestón, ineficaz y picajoso —le regañó Nacho—. ¿Qué hay de aquel placer que sentíamos, que *sentías*, cuando ganábamos por la manga a la poli y averiguábamos qué había pasado antes que ellos? Para unos auténticos sabuesos como nosotros no valen los segundos puestos. No hay medallas de plata. Es la gloria, o la ignominia del olvido. Y tú eliges, enano.

—Jo, tío. Lo pones de una manera...

Nacho retuvo la respiración un instante y procuró mostrarse conciliador con el chico.

—Si te pasa algo, y yo puedo ayudarte para que soluciones lo que sea y vuelvas a rendir como cuando tenías catorce años... Ya sabes que estoy aquí. A tu lado.

Rodrigo guardó silencio, aunque Nacho podía oírlo resoplar con la frustración de su edad; percibió su desaliño y, quizás, también su soledad. La adolescencia era un asco. Lo recordaba vivamente.

—Bueno, no sé.

—¿Qué es lo que no sabes?

—No sé si me pasa algo o no.

—Descríbeme los síntomas.

Nacho salió al jardín de nuevo, donde nadie podía escuchar su conversación, a pesar de que no veía a ninguno de los huéspedes rondando por allí. Fernando y Miño habían desaparecido, y a Carlos lo entrevió a través de la ventana de la cocina, trasteando junto a su mujer.

—Creo... Tío, no sé. No sé.

—Inténtalo. Verbaliza, hombre. Quizás deberías empezar a escribir poemas. A mí me ayudó bastante a tu edad.

—Sí, claro, lo que me faltaba. No me gustaría ser tan relamido y prepotente. «El poeta es soberanamente inteligente, es la inteligencia por excelencia...», bla, bla, bla. —Aquilató su voz, en son de burla, hasta que consiguió sonar igual que Barry Gibb, de los Bee Gees, tratando de acentuar su voz por encima de las de sus hermanos.

—¿Quién dice eso de soberanamente inteligente? No digas bobadas.

—Tío, lo decía Baudelaire. En *Lettres.* Lo he leído, no vayas a creer.

Nacho se quedó de una pieza. No tenía ni idea. Anotó mentalmente la referencia del libro. Tal vez debería leer con mayor frecuencia a Baudelaire.

—Bueno, siempre se exagera un poco la importancia de lo que uno es.

—Joder, exagera...

—Me estabas diciendo que no sabes si te pasa algo o no.

—Vale, pero ése es un tema que no sé si me apetece tratar contigo.

—Tú mismo. Yo no voy a forzarte. Sólo quería asegurarme de que te das cuenta de que estoy contigo. A tu lado. Y que puedes decirme, pedirme o preguntarme lo que sea, porque soy tu amigo, tu colega, tú mismo no paras de llamarme «tío», de modo que no te costará trabajo, en un momento dado, imaginar que soy tu tío. Un tío enrollado y...

—¡Sí, enrollado! ¡Pero si me das una brasa...! Serías..., vaya, de hecho *eres* una madre de manual, *tío.*

—Bien, vale, acepto la protesta. Disculpa si te he apretado un poco las tuercas, pero es que me gustaría resolver este caso. Es un asesinato, ¿recuerdas? Y yo estoy en primera línea de fuego. Nunca antes lo habíamos tenido tan fácil, enano.

Rodrigo volvió a guardar silencio. Cuando habló, las palabras llegaron al oído de Nacho engastadas en esa desesperación que sólo es capaz de sentirse en la pubertad.

—Yo... Me parece. Vaya, no sé. Creo que estoy... Que estoy, er, enamorado. No te rías, joder, tío.

—No me estoy riendo. —Nacho esbozaba una enorme y campante sonrisa de deleite, pero su voz era grave y seria como la de un juez victoriano. Imaginó al chico en un jardín, como el que ahora mismo lo rodeaba a él, envuelto en el aroma de un celindo, sujetando unas bragas con una mano temblorosa y con la otra un libro de Baudelaire. Bueno, bueno, la adolescencia... Qué putada.

—Pues di algo.

—Rodrigo, eso no es ningún problema. Estar enamorado es natural a tu edad. E incluso a la mía.

—Perdona, pero a mí no me parece que sea tan natural. A mí me preocupa, ¿entiendes?

—¿Quieres decir que tu amor no es natural?... —Por un momento, Nacho creyó que el chico tenía inclinaciones hacia su mismo sexo. En ese caso, pensó aliviado, podía pedirle a Fernando que hiciera de consejero—. ¿Me estás diciendo que hay algo en tu amor que no es *natural* en el sentido religioso de la acepción que le daría un inquisidor del Santo Oficio a un capuchino napolitano que llevara la falda del hábito demasiado corta?

—No, no soy gay, si es eso lo que estás preguntando. Mira que eres enrevesado... Lo que digo es que la sexualidad...

«Ah, claro, ahí íbamos.»

—... no es tan natural como pretenden hacernos creer. Yo, por lo menos, estoy un poco confundido.

—¿Y...?

—¡Tío, te estoy diciendo que estoy confuso! Has dicho que podías ayudarme. Tú me ayudas a mí, y yo trabajo para ti, para que resuelvas este caso y te apuntes un tanto. Eres un vanidoso, joder, Nacho. ¿Crees que no me doy cuenta de cómo me utilizas? ¿Crees que sólo soy un crío que pone sus herramientas a tu servicio y no se entera de que la gloria te la llevas luego tú?

—Vaya, no sabía que existiera un problema de rivalidad entre nosotros. —Era sincero, pero se dijo que quizás debería meditar sobre ello—. Tú eres la única persona del club que recibe una, hum, asignación por su trabajo, que sin duda es inestimable. Casi todo lo que sacamos en metálico por la publicidad de la página va a parar a tu bolsillo. Nunca imaginé que vivieras todo esto como un conflicto de competencias entre tú y yo.

Nacho se acercó a un banco de hierro al borde de un sendero y se sentó con aire flemático.

Rodrigo calló, enfurruñado. Al cabo de un rato se decidió a decir unas palabras.

—No estoy diciendo que haya rivalidad exactamente. Es que...

—Hasta hace nada eras menor de edad, en los periódicos ni siquiera podían mencionar tu nombre, y mucho menos sacar tu cara bonita en una foto. Ahora ya has cumplido los dieciocho, la próxima vez que un periodista quiera escribir un reportaje sobre el club, lo pondré en contacto contigo. A mí no me importa permanecer en un segundo plano. Creía que éramos un equipo.

Nacho se hizo el dolido.

—Bueno, sí, somos un equipo, creo yo —concedió Rodrigo, al fin.

—Venga, olvidemos este malentendido. —El meteorólogo imprimió una buena dosis de entusiasmo a su voz, tratando así de contagiárselo al chico—. Haremos una cosa: te pones a trabajar en el caso y, si te apetece, me mandas un e-mail con todas las preguntas y dudas sobre sexo que se te pasen por la cabeza. Así no te sentirás azorado por tener este tipo de conversaciones conmigo por teléfono. Y yo te las iré respondiendo, en la medida en que sepa hacerlo, una por una. Y si te queda alguna incertidumbre suelta, lo hablamos por teléfono. Me das un toque y yo te devuelvo la llamada, para que no gastes saldo. A cualquier hora del día o de la noche. —Tomó nota en su libretita de apuntes de desconectar el teléfono a partir de las doce, no fuese a darle al mozalbete por tener conferencias íntimas de madrugada. Él tampoco era una línea erótica; ni el teléfono de la esperanza—. ¿Te parece un trato justo? Como decía aquel anuncio de la radio: «Si tiene dudas, no lo dude: llámenos.» Siempre creí que pedirle a alguien que tiene dudas que no dude para así poder salir de dudas... es demasiado. Pero nunca se sabe. En todo caso, tú no las tengas, ¿de acuerdo?

Casi pudo verlo asintiendo mudamente una y otra vez con el teléfono húmedo, pegado a la blanda oreja, aferrándolo con tanta fuerza que, cuando terminaran de hablar, parecería que le había sacado lustre a salivazos.

Nacho se rió mientras cortaba la comunicación.

En la biblioteca sólo estaba Mauricio Blanc, con las gafas pegadas en forma de lupa sobre unos folios impresos en una apretada letra Times New Roman, leyendo lo que Nacho supuso eran las ponencias prometidas por doña Agustina.

La mujer de Carlos, Alina, le había dicho que la señorita Rocío y la señorita Jacinta habían aprovechado para ir a la ciudad a hacer unas compras. Carlos las había llevado en el coche personal de la señora, un flamante Jaguar X-Type de color negro que Nacho había visto aparcado fuera, y que, por las noches, Carlos tapaba con una funda de tejido impermeable.

Saludó a Mauricio y se acercó hasta donde estaba sentado en una postura forzada y poco cómoda. El hombre lo recibió con una mueca espantosa que seguramente pretendía ser una sonrisa de bienvenida.

—Ah, hola, ¿cómo te encuentras, joven? —dijo, y dejó las gafas encima del manuscrito.

—Bien, gracias.

Nacho se sorprendió por la pregunta, dado que no había mostrado de momento ningún síntoma de malestar físico o químico de relieve, excepto por su recurrente jaqueca, que había procurado no hacer demasiado pública salvo para sacudirse de encima a Fernando. Entonces cayó en la cuenta de que la pregunta sólo era una evidencia de la repulida manera de hablar de Mauricio.

—No hay mucha algarabía por aquí. Las gentes andan en sus cuartos, o paseando arriba y abajo. Cuando llegue la hora de la comida —comentó con aspecto abstraído a pesar de que su voz sonaba tan incisiva como un cortafríos—, todos surgirán de sus cubículos como carcomas saliendo de la pata de una silla.

Señaló el montón de papel que contenía las conferencias con la mano que sujetaba las gafas.

—Los apologistas del bienquisto poeta Pons no se han mostrado demasiado entusiastas con sus estudios, por lo que he podido leer hasta ahora. Lo que no es raro, teniendo en cuenta que, entusiasmo, lo que se dice entusiasmo, no lo han manifestado ni sus apógrafos. Excepto su señora, a quien no se le puede negar la fe. Además del tiempo y el dinero, por supuesto.

Nacho tomó asiento frente a él.

—El día está tranquilo, por ahora —señaló desconcertado, inclinándose sobre los papeles y pensando que apenas había entendido lo que Mauricio acababa de decir «por el contexto», como aseguraban sus profesores de bachillerato que se aprendía vocabulario leyendo.

—A lo mejor llueve —elucubró Mauricio—, pero, claro, tú sabrás.

—No, yo no lo sé...

—Pues, hijo mío, si tú, que eres meteorólogo, no lo sabes, apañados vamos.

—Quiero decir que, normalmente, necesitamos consultar un montón de datos, de cifras, fotografías de satélites, y... El Instituto Nacional de Meteorología, pues... Bueno, qué más da —concluyó cuando observó la cara de absoluta indiferencia de su interlocutor—. El caso es que no se puede prever el tiempo con un ciento por ciento de posibilidades de acertar. Y si se hace, es a muy corto plazo.

—Ah. —Todo en la expresión de Mauricio declaraba sin ambages: «Lo que me cuentes al respecto me importa un rábano, así que puedes ahorrarte el esfuerzo.»

Nacho se dijo que quizás, ahora que tenían un rato, podría hablar con alguien sobre los tres días del encuentro que él se había perdido (en el trabajo se habían negado en redondo a darle esos días libres, incluso sin sueldo, y tuvo que resignarse a llegar tarde; a su jefe la poesía le importaba tanto como a Mauricio el ciclo vital de una tormenta).

Mauricio era uno de esos hombres apegados a las letras que nunca miran al cielo, aunque el cielo aparezca a menudo en sus poemas en forma de lunas incrustadas en el firmamento como gotas de diamante helado, lluvia que devora el cielo, estrellas como secretos transparentes, agua que cuaja el esmalte del cielo, lagos que reflejan su color, y toda una larga serie de chilindrinas semejantes. A Mauricio, los problemas del cielo le traían sin cuidado, incluidos los agujeros negros que se van tragando el universo a distancias abisales de su escritorio; el otro agujero más cercano, esta vez en la capa de ozono («¿quién demonios puede explicar qué clase de cosa es el ozono sin liarse un poco?»); las tormentas dispersas que echan a perder una tarde de playa y el granizo que arruina las cosechas de los agricultores. Para Mauricio lo único que tenía sentido en esta vida era estudiar la «entención» del autor del *Libro de buen amor*, por ejemplo; el *ars grammatica* del noble don Juan Manuel; el problema del «yo en la conciencia» en las obras de Charles-Humbert La Tour du Pin (*l'amour de soi*, y todo eso), y las pistas sobre la influencia que tuvo en el humanismo del marqués de Santillana la versión de Villena de 1428 de la *Divina Comedia*, etcétera.

Todo lo demás... Brisas, calentamiento global, el dosel

forestal de la selva, el efecto mariposa, la niebla de advección, los desastres naturales... Para Mauricio todas esas cosas, y tantas más, carecían de verdadera importancia. Al menos en su vida, que era lo que contaba. Por eso, hablar del tiempo se le antojaba una pérdida de tiempo.

Mirándolo, Nacho supo que el hombre era omnívoro como un oso pardo, pero sólo con la comida. «Quizás también en el sexo», se atrevió a discurrir, sintiéndose bastante retorcido. Era alto, más que Nacho (que ya medía sus buenos 189 centímetros sobre el nivel del suelo), y tenía un porte tan aristocrático que resultaba decadente. Su cabeza alardeaba de tener la forma de un trapecio, con dos lados paralelos y otros dos en absoluto paralelos. Lucía unas gruesas cejas que parecían más bien la cola de un pequeño lemúrido, pues alternaba franjas de un color blanco canoso con otras de color castaño oscuro. La boca era grande y sensual, contrariamente a lo que uno espera de esos linajudos señores, todos encopetados, de labios tan finos que nadie podría asegurar que los tengan, y cuya insignificancia o clara ausencia a veces esconden bajo un bigote gótico que Nacho siempre sospechaba habitado por auténticas civilizaciones de bacilos y parásitos (las microscópicas pseudomonas temblando de pánico y vértigo, agarradas por cientos de miles a los pelitos que rozan cualquier cosa que se lleven a la boca o que traiga consigo el viento).

Nacho tenía entendido que había enviudado tres veces de señoras que no sólo tenían posibles, sino hasta lo que para el resto de los mortales serían imposibles. Le llamaban, con muy mala intención, *el Verso Cojo*; porque arrastraba una pequeña cojera, casi imperceptible a la vista, supuso Nacho. Sus dedos eran larguísimos y de elegantes movimientos, como si constantemente se dispusiera a dirigir la orquesta del mundo con la apacible dignidad de un dios decepcionado con su obra.

—Mauricio... —lo interrogó Nacho con delicadeza—. Como sabes... —Se le hacía raro tutearlo, pero allí todo el mundo se tuteaba cuando hablaba frente a frente (si hablaba hacia todos los demás tomados como un auditorio, se podía utilizar el «ustedes», aunque Nacho no entendía muy bien esa regla), se suponía que estaban *inter pares*, menos en lo que se refería a Pascual Coloma, que sin duda era el *primus*—. Como sabes no pude asistir a este encuentro desde el primer día...

—Pues te perdiste lo mejor —asintió el otro.

—Me gustaría saber cómo transcurrieron esos días, y he pensado que quizás tú puedas decirme algo interesante, algo que te llamara la atención. Por cierto, ¿cómo era tu relación con la víctima?

Mauricio le dirigió una mirada llena de granizo. Nacho pudo sentir su malestar en un breve calambrazo en la mejilla izquierda del hombre.

—No existía.

—¿No erais amigos?

—No —contestó secamente.

—Pero supongo que hablarías con él.

—No, no hablaba con él —respondió Mauricio—; pero yo no era el único, como imagino que sabrás.

—¿Quién más no le dirigía la palabra?

—Por supuesto, su ex mujer; aunque creo que nunca se casó con ella, estuvieron viviendo juntos unos tres años. Me refiero a esa pobre chica, Cristina Oller.

—Sí, Cristina, ya lo sabía.

—Cuando llegamos, ellos dos ni se miraron el uno al otro. Fue en extremo desagradable verlos juntos. Ese verso... cataléctico que es la pobre Oller, a la que siempre parece que le falta una sílaba en alguno de sus pies. Y el verso amétrico, sin ninguna medida, que era el tal Arjona. —Sus gruesos labios se curvaron hacia abajo de manera fulminante, como una palabra abatida en la página en blanco por una tachadura—. Penoso espectáculo. Yo me limité a ignorar su presencia, aunque Arjona siempre se aseguraba de no pasar inadvertido.

—Entonces... ¿no os hablabais?

—Te lo acabo de decir.

—¿Desde cuándo?

—No lo sé. Desde hacía años.

—¿Muchos?

—Es posible. Yo no lo he echado de menos en todo este tiempo. Y supongo que él a mí tampoco.

—¿Fuisteis amigos en el pasado?

—Jamás.

—Pero... Me he dado cuenta de que Fabio había conseguido hacerse con una buena colección de, digamos, enemigos. Por una razón u otra, bastante gente lo odiaba.

—Y lo seguirán odiando.

—Pero ya está muerto.

—¿Qué más da? El odio no repara en minucias, cuando es vigoroso y sano. Y en este país crece fuerte, como el pelo de rata. Vivimos en la patria de grandes odiadores. Es el canibalismo español, sobre el que ya escribió Azorín.

—Sin embargo, cuando desaparece el objeto del odio, como el del amor..., el odio y el amor terminan por sucumbir al paso del tiempo, creo yo. Se extinguen un día u otro.

—Es posible. Entonces habrá que darles tiempo a los que odiaban a Arjona.

Nacho lanzó una pregunta temerosa:

—¿Puedo preguntarte si tú también lo odiabas?

—No, amigo mío. No tengo tantas energías, aunque me sobren los motivos, y para odiar de verdad es necesario estar provisto de ambos requisitos.

—¿Qué motivos?

—Era un maledicente, y yo fui una de sus incontables víctimas.

Se negó a contar nada más, y Nacho miró hacia los estantes repletos de libros que engalanaban las paredes de la estancia buscando inspiración.

—El odio... —repitió en voz baja.

—Sí, querido joven. País de odiadores natos, el nuestro. Hermano contra hermano y padre contra hijo. ¿Por qué iba a ser una excepción el colega contra el colega? Ésta es la tierra de Pedro I de Castilla, Pedro el Cruel, que asesinó a su hermano Fadrique, y era especialista en eliminar a las madres, hijos y esposas de sus enemigos. Un tipo sanguinario, lujurioso y engreído, si me permites la observación. Y, sin embargo, bajo su reinado florecieron las artes y las letras. También protegió a los judíos. Fue amigo del gran poeta Sem Tob de Carrión. Al carácter hispano nunca le ha hecho daño un poco de sangre, excepto por la sangre en sí.

—De modo que... ¿Cristina y él no tuvieron un encuentro demasiado amigable? —trató de reconducir Nacho la conversación.

—Pues no, no me lo pareció. Cada vez que tropezaba con él su mirada, ella agitaba la cabellera, como una María Antonieta prematuramente encanecida después de dormir en La Conciergerie. Por cierto, yo siempre he sido de la opinión de que María Antonieta no encaneció en su encierro, sino que simplemente mientras estaba en prisión no dispuso de los afeites y pelucas con los que habitualmente disimulaba las canas propias de su edad, y evidentemente...

—¿Y Fabio, cómo se comportaba?

—Bueno, él la observaba de reojo, y en varias ocasiones lo oí quejarse de su presencia a terceros, concretamente a Pascual Coloma, que le respondía con forzados monosílabos, dado que no es muy propenso a hablar si no media un suculento cheque por medio. Por venir aquí lo ha recibido, el cheque, digo, pero debe pensar que, con su presencia y su ponencia (ambos elementos son lo mismo en su caso), ya ha cumplido y no tiene por qué soltar más prenda.

—¿Pudiste oír qué le decía exactamente?

—Bueno, déjame recordar. Creo que oí algo así como: «Esa mujer es veneno. Una trepa que me arruinó.» O algo parecido.

—Pero Cristina Oller fue una niña prodigio. Normalmente a los trepas les cuesta más subir. Quiero decir que, si son trepas, es porque no les queda otro remedio —subrayó Nacho—, y suelen pasarse la vida tratando de escalar. Si todos hubiesen tenido las facilidades de Cristina desde la adolescencia... no serían trepas. No, ni mucho menos.

—Claro. Bueno, supongo que Arjona detestaba a Oller, y viceversa; vivieron juntos y luego dejaron de hacerlo. Sufrieron un mal remate de su relación, según tengo entendido.

—Sí, eso creo.

—Ella, cada vez que nos reuníamos todos y no podía evitar la cercanía de la grosera presencia de Arjona, se erizaba igual que el gato de doña Agustina. Tenía todo el aspecto de un gato escaldado. Y él bufaba y se movía nervioso, con ese núcleo sintáctico que era su enorme barriga temblando de indignación, como si la pobre mujer fuese la mayor perra de la historia de Occidente. —Levantó las cejas y ofreció un aspecto humorístico, a pesar de la solemnidad de su prosopopeya—. Yo estimo que no es para tanto, la verdad. Las buenas maneras se inventaron, precisamente, para evitar esas enojosas situaciones.

—¿Alguien más no le dirigió la palabra a Fabio Arjona?

—La mayoría no estábamos demasiado ilusionados con

su presencia, pero lo toleramos. Incluso la joven Rocío, algo inaudito, teniendo en cuenta que, en tiempos, Arjona fue su padrastro y el asunto tampoco concluyó de manera conveniente y civilizada con su madre.

—¿Qué?

Mauricio asintió, envuelto en un nimbo de gravedad y reserva. Se removió en su silla con tanto afán que dio la impresión de estar escarbando en el asiento con el trasero.

—No me gusta ser chismoso —añadió, y se encerró en un taciturno mutismo.

—¿Fabio Arjona estuvo... casado con la madre de Rocío Conrado...? —Nacho intentó que siguiera hablando.

Mauricio, prudente y serio, se tomó unos segundos antes de responder.

—Liado, más bien. El matrimonio no era la especialidad de Arjona. Él era más partidario de las delicias del amancebamiento. En fin, no quiero hablar demasiado. Aunque no estoy contando nada que no sepa todo el mundo.

—Vaya, pues no tenía ni idea.

—Sí, la propia Rocío puede explicártelo, si le apetece, claro está.

—Quizás deba preguntarle.

—¿Estás tratando de... de resolver este caso? He oído que tienes una página web, o algún invento endemoniado de ésos, en la que tú y tus amigos les hacéis la competencia a las fuerzas del orden. Cosa que no debe de ser muy complicada, ahora que lo pienso.

—Algo así.

—Pues habla con Rocío, ella puede explicarte este asunto mejor que yo. Por otro lado, y ya que me has preguntado al respecto, he de decir que no tuve la impresión de que Rocío guardara rencor a Arjona, a pesar de lo que se dice que pasó.

—¿Qué pasó?

Mauricio negó con la cabeza, inflexible.

—Que te lo cuente ella, si quiere.

—Le preguntaré.

—Pero insisto en que no noté resentimiento por parte de Rocío, todo lo contrario. Lo saludó amigablemente, al tal Arjona. Le estrechó la mano y le dijo que «hacía mucho tiempo», y que se alegraba de verlo con tan buen aspecto. Si la chica lo detestaba, no se puede negar que tiene cuajo. Disimulaba estupendamente.

—Mira por dónde.

—Sí, Arjona tuvo una vida larga e interesante, y el mundo es un pañuelo lleno de suciedad, cursis e inservibles bordados, conflictos de interpretación y signos fracasados. Pero pequeño, diminuto, y por norma general carente de todo indicador de poeticidad o de misericordia humana.

—Fabio conocía a todo el mundo.

—A todos los que habitábamos en su mundo, sí.

Nacho se pasó la mano por el pelo, que notaba seco, tratando de concentrarse.

—Mauricio, hay otra cosa.

—Dime —el hombre echó un vistazo rápido a su reloj, apuntando así claramente que estaba cansándose de tanta charla.

—¿Sabes si Fabio, si Arjona tenía ordenador portátil?

—No tengo ni idea, pero supongo que sí. Presumo que tendría varios, incluso. Mientras yo no he logrado encumbrarme en la escala evolutiva más allá de la pluma de varios cientos de euros, él tenía fama de estar al tanto de cualquier invento tecnológico que se produjese. Pero debo decir que mis plumas son más caras que los ordenadores de algunos que conozco. Incluso las colecciono. Tengo verdaderas joyas antiguas. Lo digo pavoneándome, muchacho, con tu permiso. Estaré anticuado, pero estarlo me cuesta una *pasta*, como decís ahora.

—¿Viste si llegó al cigarral con un ordenador?

—No. Cada uno llegó a una hora distinta. Eso sí, todos antes del mediodía.

—Entonces no sabes si viajaba con uno de esos maletines para transportar computadoras portátiles...

—No, pero puedes preguntarle a doña Agustina. Ella nos recibió a todos en la puerta, a cada uno de nosotros. Supongo que si Arjona trajo algo así en su equipaje, se fijaría. Además, la policía también te informará con gusto. Se llevaron todas sus cosas. Si había un ordenador entre ellas, estará en la comisaría.

—Sí, es posible.

Mauricio se levantó.

Nacho hizo lo mismo. Salieron de la biblioteca y fueron hablando sobre una pluma que había adquirido Mauricio, a través de una subasta en la que pujó por teléfono. Una estilográfica de tinta sólida de la factoría de Slavoljub Eduard Penkala, fabricada en la Croacia de los años veinte del siglo XX.

—Preciosa —dijo Mauricio—. Más preciosa que la infección del petrarquismo. Que una vida *in sonetti, in canzoni, in madrigali*... De manera más o menos regular, me reúno con algunos otros tullidos como yo, aficionados a lo mismo, y presumimos de nuestras adquisiciones además de compartir la...

Cuando entró en su habitación, Nacho se lanzó sobre la cama, se sacudió los zapatos, que fueron a parar detrás del biombo, se amoldó al colchón no sin esfuerzos y abrió el teléfono móvil. Marcó la tecla asignada al número de su tía, que respondió inmediatamente.

—Estaba esperando tu llamada, querido niño —bromeó la tía Pau—. Tengo noticias frescas.

—Yo también. He mantenido una charla interesante con Mauricio Blanc, uno de mis colegas.

—Ah, sí. Lo conozco. Blanc. Uno de los trece que te acompañan.

—¿Lo conoces? ¿Tú conoces a Mauricio Blanc, tía? Vaya, vaya. ¿De qué? De oídas, supongo. O de leídas.

—Ja, ja. Eres un listillo. Lo conozco personalmente, y no veo por qué te sorprende tanto. Vino a dar una charla al club de lectura de la biblioteca antes de que me jubilara. Hace unos años. —La tía Pau suspiró con nostalgia—. Un tipo elegantísimo. Con una ligera cojera que le daba un aire como... como de veterano de guerra, de héroe.

—¿Del I Batallón de Fusileros de la guerra de la Independencia? —Ahogó una risita.

—No seas impertinente.

—No creo que Mauricio Blanc haya batallado nunca con nada que no sea su estilográfica o la rima oxítona de alguna comedia de Cervantes. —A Nacho le gustó el estilo que estaba adquiriendo en el hablar. Apenas llevaba horas en aquel sitio y notaba que su expresión y personalidad ampliaban sus horizontes por momentos. No había nada como disponer de la compañía adecuada para que uno refinara el espíritu y el lenguaje, se dijo, complacido.

—A mí me gustaron especialmente su porte, sus modos... Todavía lo recuerdo. Un caballero, sí, un auténtico caballero, de los que ya no quedan muchos. Todas las señoras del club de lectura y los dos varones que siempre nos acompañaban sin decir ni mu se quedaron encantados con su charla.

—Pues tampoco aparenta sentir una gran estima por el difunto Arjona. Aunque he sido incapaz de sacarle el motivo de su enojo hacia él. Y es evidente que lo siente.

—Bueno, quizás yo pueda ayudarte en eso. He estado curioseando por ahí. —El alborozo de la tía Pau se escapó como un arrullo entre sus dientes de canicas perladas en una estupenda clínica dental—. He estado navegando por la red, y me he acercado también a la Biblioteca Nacional. Por cierto, qué horror tener que ir a la capital. Está lejísimos de casa. Cada vez que voy a Madrid tengo la sensación de que he de atravesar dos husos horarios hasta que llego a mi destino.

—¿Fuiste en taxi?

—No, en monopatín. ¿Tú qué crees?

—Bueno, bueno...

La tía Pau no sabía conducir, y Nacho sólo quería asegurarse de que no había ido en autobús. A su edad... Aunque, por otra parte, la mujer estaba sana y lustrosa. Tampoco le ocurriría nada por usar los transportes públicos. Así se ganaría una buena dosis de contacto humano, que falta le hacía.

—Ya que has sacado el tema de Mauricio Blanc, te diré que quizás su animadversión por Fabio Arjona se deba a que este último lo bautizó con el mote por el que todo el mundo lo conoce: *el Verso Cojo.*

—Yo creía que le llamaban así por su ligera y elegante cojera de héroe de la guerra contra las tropas francesas de ocupación, como tú decías antes.

—*Nah.* No tiene nada que ver —aseveró la tía Pau—. En una revista literaria de hace veinte años, *Nuevas Letras,* se cuenta con pelos y señales cómo en un café literario, donde al parecer se reunía la flor y nata de la intelectualidad del momento, muchos de los cuales siguen siendo flores y natas de la intelectualidad de hoy, Fabio Arjona avergonzó a Mauricio Blanc delante de todo el mundo.

—Sí, por lo que voy viendo era especialista en vilezas. O al menos, eso me están contando. Supongo que ya leíste la... *pieza* que te mandé por correo electrónico, escrita por su ex mujer.

—En efecto, la leí. Pobre mujer, se nota que está muy resentida. Le vendría bien pasar página; aunque las páginas de su historia, por lo que cuenta, deben de estar pegadas por culpa de las lágrimas y moqueos que les ha derramado encima. Bueno, espero que se recupere algún día. Bien, a lo que iba, pues Mauricio Blanc lleva gran parte de su vida, si no toda ella, labrándose una reputación de erudito a prueba de bombas. Y de erratas, y de posibles humillaciones. Es miembro de la Real Academia de la Lengua Española, y lo era ya por entonces, hace veinte años.

—Ingresó relativamente joven, ¿no? Un tierno cincuentón. Tengo entendido que eso no es nada fácil.

—No, no lo es. Y cuando entró aún no era ni siquiera cincuentón. Lo de la Academia depende mucho de los tiempos, y de los sillones que queden libres; del viento de cada época, no sólo literario, sino también político. De las camarillas, ya sabes... Pero, en fin, con eso no le quiero restar méritos, porque los tiene de sobra en lo suyo.

—No lo dudo, tía Pau.

—Ha sido varias veces premio Nacional de Traducción. Y es miembro de la Accademia Nazionale dei Lincei, una de las academias más ilustres y antiguas de Italia, y de toda Europa. Tiene su sede en el Palazzo Corsini de Roma. Su nombre, literalmente traducido, quiere decir Academia Nacional de los Linces. Y en verdad que está llena de ellos, de auténticos linces, tanto en ciencias experimentales y naturales como históricas, morales y filológicas. Mauricio es uno de sus miembros extranjeros. Cuenta con cien, de todo el mundo. Nunca ha dado clases en la universidad, supongo que porque puede permitirse no hacerlo y ganar su prestigio de erudito dedicándose a sus investigaciones tranquilamente, sin ser esclavo del sistema de enseñanza.

—Claro, es rico.

—Riquísimo. Tres veces rico, porque ha enviudado tres veces de otras tantas señoras ri-quí-si-mas... —La tía Pau volvió a inspirar con tanto anhelo que el teléfono le envió a Nacho una especie de repiqueteo rumoroso hasta la oreja.

—¿No me digas que te gusta? Desde luego, es un buen partido. Te doy mi aprobación, tía. Adelante, yo...

—No digas tonterías.

—Bueno, por si acaso.

—Él es tan aficionado al matrimonio como yo a la soltería. Y, además, tiene una inquietante tendencia a quedarse viudo. No creo que me convenga, amiguito.

—Como tú veas.

—Hace veinte años, cuando tuvo lugar ese episodio irritante con Fabio Arjona del que hasta dan cuenta las crónicas, Mauricio Blanc ya era lo que es hoy día. Quiero decir que no ha progresado en su reputación, que desde luego era mucha en aquella época. Y, aunque tampoco ha perdido crédito, la verdad es que se me antoja que podría haber conquistado más si no fuese porque se quedó trabado con aquello. Como si hubiera perdido pie y ya nunca hubiese sido capaz de recobrar el equilibrio. —Un silencio respetuoso—. He dicho lo del pie sin intención de hacer burla de su cojera. Faltaría más.

—¿Qué ocurrió exactamente?

—Todo él, todo su mundo, toda su nombradía y sus merecimientos se mantienen hoy día, y se asentaban entonces, en que es un erudito, *capici?*

—Por ahora, sí.

—He dicho que me da la sensación de que aquello supuso un punto de inflexión en su vida de intelectual porque, repasando concienzudamente su biobibliografía, me he dado cuenta de que desde entonces no ha hecho grandes avances. Sus libros importantes son de hace más de veinte años. Sus honores y reconocimientos, también. Excepto su vida matrimonial, todo lo demás se paralizó para él en esas fechas, y no ha vuelto a despegar.

—Cuando tengas a bien contarme lo que pasó...

—A eso voy. Fue algo que para ti o para mí seguramente no tendría demasiada importancia, excepto por la momentánea sensación de ridículo, que además sólo entenderían unos cuantos, con lo que el bochorno sería razonablemente llevadero. Pero tengo la sensación de que para Mauricio Blanc fue determinante.

—¡Tía...!

—Ya voy, ya voy... Te leo, espera que encuentre mis gafas.

Nacho soltó un gruñido de impaciencia.

—¿Ves? Aquí lo tengo. Hice una fotocopia. Estamos hablando de julio de 1987, aunque como la revista era mensual, se supone que lo que se relata ocurrió durante el mes anterior, es decir, en junio. El artículo..., déjame ver, sí, incluso está fechado. Efectivamente, junio de 1987. Dice así: «... y allí estábamos cuando el todavía joven y brioso Fabio Arjona, de quien se dice que pronto será nombrado subsecretario de Estado para la Cultura, fulgurante carrera la suya, si tenemos en cuenta que se trata de un ayudante de universidad cuyo nombre no sonaba demasiado en los cenáculos...», bla, bla, bla. Bueno, esto no es. A ver, demonios, ¿dónde está? Sí. Aquí. Continúa: «... se levantó de su asiento en el café Gijón y, puesto en pie como un pregonero del viejo Imperio romano...» Se refiere a Arjona, claro, «... puesto en pie... Arjona le reprochó a Mauricio Blanc que su estudio sobre *Las Pónticas*, de Ovidio, y la consiguiente traducción que acababa de ser publicada por la editorial Gredos, parecía escrito y versionado, respectivamente, por un bachiller en artes, porque cometía varios errores de traducción propios de un escolar que no supiera distinguir *imminutio* y *corruptio*, y que además, en una revista muy reputada, había leído Arjona un artículo de Blanc que le hizo partirse de risa, porque llorar no le apetecía, cuando descubrió, por arte y gracia de la pluma de Mauricio Blanc, que Arnobio era discípulo de Lactancio, cuando hasta un niño de pecho analfabeto sabía que era al revés. La concurrencia prorrumpió en una sonora carcajada. Camilo José Cela, allí presente, murmuró un "¡increíble, increíble este Mauricio, menudo atrevimiento, el tío, porque la ignorancia siempre es un atrevimiento!". Rafael Alberti, que daba un sorbo tembloroso a su café frío, agitó su majestuosa melena como un león embestido por un ataque de hilaridad selvática, y...», bla, bla, bla. Luego sigue: «Aunque Mauricio Blanc aseguró, pálido como cera en casa de beata, que aquello no eran más que errores de imprenta, que fácilmente subsanaría en un futuro no muy lejano, Arjona le espetó con gracia: "Que no, Mauricio, que el lince está cojo. ¿No vas tú dándotelas de lince italiano? Pues parece más bien que seas un verso, y tan cojo como el lince que eres." El jolgorio fue indescriptible, pues todos los presentes estaban de acuerdo en que no hay nada más grotesco que un erudito adventicio y fingido que acaba cometiendo tales yerros de rusticidad, y que un académico como Blanc, que escribe libros en los que las notas a pie de página son más voluminosas que el propio texto "porque le encanta dar por saco con todo lo que sabe", como apuntó Cela, debería cuidar su...»

La tía Pau se quedó en silencio, y luego preguntó:

—O sea, ¿qué me dices, sobrino?

—Pues que llevas razón: yo no me hubiese enfadado tanto como Mauricio. —Lo pensó un instante—. Aunque, quién sabe... A nadie le gusta hacer el ridículo.

En la amplia antesala del comedor, la mayoría de los convidados estaban ya reunidos alrededor de unas mesas bajas de té. Al faltar la lectura de las ponencias, el programa se había quedado más cojo que Mauricio. No había mucho que hacer, y sin ponerse de acuerdo, casi todos los poetas bajaron a tomar el aperitivo. Cuando Nacho llegó, Miño conversaba con Pedro Charrón y Rilke Sánchez. Torres Sagarra y Rocío Conrado hablaban a través de sus respectivos teléfonos móviles. Evidentemente, la última ya había vuelto de su excursión para hacer compras en la ciudad junto a Jacinta. Mauricio se examinaba las uñas y bebía una copa de jerez a traguitos cortos y melindrosos. Pascual Coloma estaba sentado al lado del balcón, a la luz oscurecida del mediodía —se avecinaba una tormenta— y, o mucho se equivocaba Nacho, o contemplaba extasiado el escote de Jacinta Picón, que se movía por la estancia revisándolo todo con interés —los cuadros, las cortinas, las lámparas de lectura, los espejos— y llevaba un par de libros de pequeño formato asidos con desgaire en una mano. A Richard Vico no se lo veía por ninguna parte desde la noche anterior, y Fernando Sierra les estaba soltando un discurso apasionado a Cecilia Fábregas y a Cristina Oller, que lo escuchaban con distintos grados de atención y total indiferencia, respectivamente. «Menudo es Fernando. El tío no se calla ni así lo amordacen —receló Nacho—; su lengua parece la aguja de un tocadiscos.»

—¡Vaya, meteorólogo! —lo saludó Fernando—. Toma una copita y asiento a mi lado —le señaló un sillón, pero Nacho prefirió una silla, algo más alejada de ellos, donde su espalda estaría tiesa. Tenía la sensación de que no hacían otra cosa más que comer, y el paseo le había sabido a poco. Precisaba sin falta un poco de ejercicio físico.

—Pues, a mí, Gómez de la Serna me parece que no tiene gracia, que es de una abundancia sosa, un sinsorgo, como dicen en Bilbao. —Pedro Charrón levantó la voz, y se fue iniciando una pequeña tertulia.

En realidad eran palabras textuales de Pío Baroja, que en sus memorias repartía estopa entre sus colegas de profesión con un exceso de generosidad, y la que le sobraba para la crítica era la misma que le faltaba a la hora de reconocerles algún mérito.

—¡Hombre, hombre, sinsorgo...! ¡Y más todavía! —Miño se frotó las palmas de las manos, como dispuesto a arrancarles unos aplausos quisieran ellas o no.

—Y el tal Rubén Darío era uno de esos rastacueros clásicos que nos endosó América —añadió Torres Sagarra, también parafraseando a Baroja.

Jacinta Picón dejó de contemplar la finura de las líneas de un buró femenino Christian VIII de caoba que adornaba la estancia y se revolvió como si la mirada penetrante de Pascual Coloma acabase de darle un pellizco en el trasero con su punzante intensidad.

—Pero... ¿quién...? ¿Cómo te atreves a decir una blasfemia de esa categoría? ¡Rubén Darío, por favor! No te atrevas a insultarlo en mi presencia, Margarita —la reprendió Jacinta, aunque con una sonrisa cautivadora.

Torres Sagarra hizo un mohín de desagrado. No le hacía gracia que la llamasen *Margarita.* Invariablemente, tenía la sensación de que se lo restregaban por la cara.

—¿Sabéis lo que escribió Baroja de Rubén Darío? —preguntó Fernando Sierra, levantando la voz, que resonó con ecos lóbregos y sepulcrales, como si la hubiera untado con pez antes de permitir que saliera de su garganta—. Pues le dijeron una vez: «Don Pío, ¿sabe usted lo que cuenta Rubén Darío de usted?», y el otro respondió: «Pues no, ¿qué dice?», y se lo refirieron: «Pío Baroja es un escritor de mucha miga, ya se conoce que es panadero.» Y Baroja, imperturbable, respondió: «¡Bah!, no me ofende nada. Yo diré de él que Rubén Darío es un escritor de buena pluma. Ya se conoce que es indio.»

Todos se echaron a reír, menos Rilke Sánchez, el aclamado poeta latinoamericano allí presente, que aunque no dijo ni pío (nunca mejor dicho), no consideró que la cita fuese de muy buen gusto, pero no supo si responsabilizar de ello a Baroja o a sus portavoces, y optó por callarse. Pascual Coloma respiró agitadamente, como si estuviera hiperventilando. Nacho se preocupó por su salud durante un instante antes de darse cuenta de que quizás el gran hombre también se estaba riendo.

—Ya sabéis que don Pío se hizo cargo de la tahona de una tía que le había dejado el negocio a su familia porque detestaba su profesión de médico, prefería ser panadero —apuntó Fernando, con lágrimas de risa cuajando sus ojos.

—Pues hablando de criticar a otros escritores —dijo Miño Castelo, tirando nerviosamente de las solapas de su chaqueta de terciopelo—, ahí tenéis a Jorge González Castillo, el último novelista bestseller del horizonte nacional que se está forrando, el muy descarado. A mi modo de ver, pedantesco, poco conceptuoso y nada inteligente. Un mal novelista que todavía me debe diez mil pesetas que le presté hace veintitrés años, cuando andaba chupando tintas por las redacciones de los periódicos de Madrid, a ver lo que pillaba. De él se puede advertir, como bien señalaba Machado en *La guerra literaria*, que sus libros sólo se ven en manos de sus amigos o de sus enemigos. ¡Y que tiene muchos de ambos bandos!, ¡joder, si hasta yo he estado en los dos, ja, ja, ja...!

—No sé qué es peor, si tener muchos amigos o muchos enemigos —murmuró Rocío a la vez que jugueteaba con su móvil—. Por estos pagos...

—Baroja siempre se quejó de que a él lo ponían verde, y que en cuanto se le ocurría defenderse se le tiraba todo el mundo al cuello tachándolo de ofensivo. Qué poco hemos cambiado desde entonces —apuntó Mauricio Blanc con una sonrisa triste, enseñando sus dientes blanquísimos como si les estuviera buscando comprador.

—Baroja dejó dicho por escrito que la Pardo Bazán —Fernando miró a Torres Sagarra con precaución, y ella le devolvió la mirada inerte de un par de ojos de cristal— no le interesó nunca ni como mujer ni como escritora. Decía: «Como mujer era de una obesidad desagradable, y como escritora todo eso del casticismo y del lenguaje no he tenido muchas condiciones para sentirlo.»

—El viejo Pío, ah, tiraba a dar, el muy pendejo —dejó escapar Rilke Sánchez.

—Conozco a un académico, un mallorquín chueta, porrón como él solo, que publicó un estudio sobre las reprobaciones e invectivas que recibió Baroja a su vez. Son unas cuantas, por cierto —intervino Mauricio después de sorber su jerez.

—Hombre, quien da, recibe tarde o temprano.

—Pues hablando de dar —dijo Miño—, conozco a uno que te sacude cada vez que tiene oportunidad, Fernando.

—¿A mí?

—Al mismo que viste y versa.

—¿Quién?

—¿No te lo imaginas? ¡Qué poco imaginativo eres para ser poeta!

—Pues no, no caigo. Se me ocurren tantos candidatos que... Y ya sabes que yo estoy muy retirado de todo esto. De los palacios de la vanidad. Viviendo en Estados Unidos no molesto a nadie —confesó Fernando—, o al menos lo procuro.

—Pues Raúl Hazar, ¿quién si no?

—¿Raúl Hazar? ¿Y quién es ese tío?

—Ya sabes. Crítico y antólogo. Autor de varias antologías de enorme peso, en ninguna de las cuales te ha incluido a ti, por cierto. Y también poeta. Se metió a poeta hace tres años, ya talludito. Dijo que llevaba escribiendo versos desde los nueve añitos, pero que le había dado reparo publicar.

Fernando musitó varias veces el nombre entre dientes, más bien tratando de mascarlo.

—¡Ah, joder, sí! Ya sé de quién estás hablando. ¿Y me arrea, dices...?

—Escribe en una revista en la que te menciona cada dos por tres. Siempre mal.

—Pero si lo he leído y todo. Alguien me mandó un librito suyo a Nueva York.

—Lo último que escribió sobre ti, que yo sepa, venía a decir que eres poco digestivo; o sea, que tu verbo es indigesto. Pero te ha llamado cosas mucho, muchísimo peores, que rayan en la difamación personal. Ah, ¿no lo sabías? —A Miño se le iluminó el semblante al saberse portador de tan malas nuevas—. En fin, el caso es que asegura que tus versos pueden producir cefaleas, y que eso es así porque no te has alimentado con los verbos adecuados. Que estás echado a perder por las malas lecturas, vamos.

Fernando dio un brinco que a punto estuvo de hacerle salir disparado.

—¡Qué mamón! ¿Indigesto yo? Pero si yo a ése lo he leído. ¡Indigesto, dice! ¡Yo! Yo escribo una poesía... —Fernando escrutó el techo buscando inspiración—, una poesía... emoliente, antiinflamatoria, calmante... Mi poesía es como la malva y el llantén. No jodamos. Mientras que, por lo que recuerdo de ese pájaro, es un poeta abominable, porque leí el puñetero librito, que si llego a saberlo lo tiro por la ventana... Y eso que seguramente lo escribió en posición de firmes, convencido de que estaba haciendo algo tan importante como lo de Moisés dictando el Deuteronomio. En caso de que lo dictase, claro. O como Newton redactando los *Principios matemáticos de la filosofía natural*. Ese tío..., la poesía que escribe provoca atascos de circulación en la corriente de sentimientos del alma. Y dislexia. —Respiró agitado y se abanicó con su propia mano—. ¡Ya lo creo que estoy contaminado por las malas lecturas. ¡Si hasta lo leí a él! Tengo que tomar nota de su nombre, para que no se me olvide otra vez, no vaya a encontrármelo en algún sitio y lo salude como si tal cosa. Porque estos capullos luego se encuentran contigo por ahí y se te acercan a darte la mano, como si fuesen colegas tuyos de toda la vida. Tengo tendencia a olvidarme de quiénes son esos don nadies, así que he decidido apuntármelo —explicó Fernando, y luego sacó una libreta y un lápiz diminuto—. ¿Cómo dices que se llama?

Doña Agustina entró en el salón con paso decidido, acompañada de su gato, que avanzaba pegado a las paredes y a los muebles igual que un agente federal en una serie de televisión americana, rodeando la casa de un psicópata.

—Me alegra ver que estáis disfrutando —dijo con un toque de ánimo en la voz que contrastaba con la sequedad de sus ojos. Echó un vistazo en derredor, como contándolos a todos—. La comida ya está lista. Pero, hum, a ver... aquí falta Richard Vico. ¿Dónde está el adorable Richard? Fernando, a ti, sin embargo, siempre te veo mire donde mire.

—Se prodiga mucho —opinó Torres Sagarra con la vista fija y osada de un joven pistolero.

—¿Quién, yooo...? —Fernando levantó las manos por encima de la cabeza, escandalizado—. ¿Que me prodigo yo? ¡Pero si salgo menos que Bin Laden!

—Esta mañana no ha bajado a desayunar —comentó Rocío sin levantar los ojos de su aparatito—. Hablo de Richard, claro.

—Carlos... —doña Agustina llamó al criado—. Sube a su habitación y dile que baje a comer. —Se volvió de nuevo en dirección a los poetas—: Está muy delgado.

Nacho se puso en pie y se acercó a la vieja señora, mientras todos sus compañeros se dirigían al comedor.

—Doña Agustina, espere... —Carraspeó un poco y prosiguió—: Tengo una curiosidad, quizás usted me la pueda satisfacer... —No sabía si estaba eligiendo las palabras correctas, pero normalmente le ocurría que, cuanto más pensaba en cómo decir las cosas, más dificultades tenía para decirlas. Por eso le gustaba escribir poesía: era la única manera que había encontrado de sentirse libre con el lenguaje. Y libre en todos los sentidos—. Me gustaría saber si Fabio Arjona trajo ordenador cuando llegó a esta casa.

La mujer permaneció impasible, escudriñándolo con tanta intensidad que lo hizo sentirse inseguro.

—¿Ordenador?

—Sí, ya sabe. Un portátil. Un ordenador de mano. Como el que usted misma tiene.

Doña Agustina se dio media vuelta pesadamente y echó a andar detrás del resto de los comensales. Nacho se fijó en que tenía unos brazos tan delgados como los de un niño enfermo.

—No, no lo creo —habló la señora. Nacho tuvo la impresión de que le costaba pronunciar las palabras.

—¿No lo vio con un maletín cuando llegó? O a lo mejor vio a la policía llevárselo...

—No, los policías me dieron una relación de los efectos personales que se llevaron, por si había entre ellos algo que perteneciera a la casa, y no recuerdo que en esa lista se incluyera ningún ordenador.

Alzó los ojos hacia Nacho, que la sobrepasaba en altura casi medio metro. Desplegó una radiante sonrisa. Como el cartel luminoso de *Bienvenidos a Las Vegas*. Pero también como si dispusiera dentro de ellos de una cortinilla de plástico con la que en cualquier momento podría taparlo.

—Lo siento. ¿Tienes algún interés especial en...?

—No, es simple curiosidad. Muchas gracias.

La dama suspiró y prendió el brazo del hombre igual que si se dispusiera a entrar en un salón de baile.

—Vamos a comer, que ya es hora.

Pero no, no llegaron a almorzar, o por lo menos no lo hicieron sentados todos juntos a la mesa.

Cuando se estaban acomodando, cada uno en su asiento más o menos asignado ya por la costumbre (el derecho consuetudinario de los encuentros literarios; en el cigarral no había tarjetas con los nombres de cada uno frente a las sillas), Carlos entró en el comedor con aspecto agitado.

Su presencia vino precedida del sonido de un trueno lánguido y lejano. Una de las cosas que más le había gustado aprender a Nacho en la escuela —la asignatura de Ciencias Naturales era su favorita, en la que sacaba mejores notas— fue calcular la distancia a la que se encontraba una tormenta. Bastaba fijarse en la luz del relámpago y luego contar los segundos que tardaba en oírse el trueno. Después se multiplicaban esos segundos por la velocidad del sonido y se obtenía la distancia en metros a la que había caído el relámpago. Así se sabía qué trecho le faltaba por recorrer a la tempestad hasta situarse encima de su cabeza, si el viento no se la llevaba en otra dirección, claro.

A aquel trueno siguió otro, más brioso; pero aún no se distinguía la luz de los relámpagos por ninguna parte. La tronada estaba todavía lejos. Tapada por los montes de Toledo, quizás. A lo mejor no había superado la sierra de las Guadalerzas. Pero debía de ser potente, si su eco se presentía hasta en la ciudad.

El hombre, Carlos, indiferente a los manejos del cielo, se retorcía las manos, las llevaba luego a sus mejillas y se las restregaba nerviosamente. Ofrecía un aspecto sudoroso y lastimero, y figuraba haber empequeñecido aún más de tamaño.

—¡Señora, señorita! Porfavorsito, señora. No he podido... —dijo Carlos, o más bien gimió—. No puedo, señorita.

Doña Agustina arrugó el ceño y lo interrogó severamente con sus ojos azules de perro.

—¿Qué pasa, Carlos?

—El señorito, señora. ¡El señorito! Está dormido o, no sé, y no lo puedo despertar. Porfavorsito, señora. Vaya usted. Mírelo usted, si le parece, señorita... Yo no he conseguido nada, señorita. Por favor...

Doña Agustina se puso en pie dando un respingo. En la mesa cayó de pronto un silencio sepulcral, cubriéndolos a todos con una suerte de mantel de hielo.

—¿Qué estás diciendo? Cálmate —doña Agustina rodeó el comedor y se acercó hasta Carlos, que había empezado a llorar quedamente.

—Vaya usted, señora. Yo no puedo... —sollozó. Hizo un puchero que le afeó la cara porque dio la sensación de que sus rasgos se desbordaban y no cabían en tan poco espacio.

Rocío se llevó las manos a la boca y reprimió un chillido. Luego salió corriendo detrás de doña Agustina, que ya se disponía a subir la escalera hasta la primera planta de la casa, donde se encontraba el dormitorio de Richard.

Nacho también se levantó de su silla y siguió a las dos mujeres dando grandes zancadas. Al pasar al lado de Torres Sagarra, sintió que le daba sin querer un golpe con el codo en todo el cuello. Gritó un apresurado «¡perdón, Margarita!», y salió del comedor sin mirar atrás.

Apenas unos segundos después, los poetas que se habían quedado sentados en el comedor pudieron oír el alarido de dolor de Rocío. Con su vehemencia, retumbó por toda la casa, a pesar de que era enorme.

—¡Nooo...! ¡No, Dios mío, no, por favor! —La voz de la joven sonó como una cuchillada que rasgara el aire; un aire tan agitado y turbulento que casi tenía la densidad del agua. Del agua sucia.

Richard Vico yacía de medio lado sobre la cama de su dormitorio. Estaba desnudo y, por una vez, tenía el pelo enredado, apelmazado por un sudor frío. En la habitación en penumbra, pues las cortinas estaban corridas y las contraventanas cerradas, se respiraba un olor fuerte y amargo. Su cuerpo delgado, con el estómago plano, el pene pequeño, macilento y arrugado y las piernas laxas extendidas de cualquier manera por la cama revuelta, bajo la poca luz del cuarto, le daban el aspecto del borrón hecho rápidamente a carboncillo de un bocetista desganado. O de un Jesucristo de tamaño natural que acabara de desprenderse de su cruz encima de la cabecera del tálamo.

Doña Agustina encendió la luz, situada cerca de la puerta, en la entrada, y la escena cobró relieve a la vez que el grito de Rocío llenaba la habitación y se expandía por la casa como el humo de un incendio arrollador.

Nacho se acercó al cuerpo, que no mostraba ningún signo de vida ni de movimiento, y pudo ver la jeringuilla todavía pegada a la vena de Richard, en el muslo izquierdo, muy cerca de la femoral. Su brazo izquierdo presentaba unos cortes paralelos, aún frescos, como si no hiciera mucho que se había tajado allí con algo.

—No debemos tocar nada, por favor —sujetó a Rocío, que hizo ademán de precipitarse sobre Richard.

Doña Agustina recostó la cabeza en la pared y cerró los ojos. Con voz quejumbrosa dijo:

—Santa María, Madre de Dios...

Rocío se echó a llorar y se escurrió hacia el suelo, donde se acurrucó sujetándose las piernas con los brazos y golpeando la cabeza una y otra vez contra las rodillas.

A los pies del muerto Nacho vio un trozo de papel arrugado. Se aproximó para examinarlo mejor y pudo leer unas palabras escritas por un pulso sin duda tembloroso:

Perdóname, R.

El papel era fino, y no parecía tener nada más escrito al dorso, pues se hubiera transparentado. Nacho no lo tocó.

La dueña de la casa recuperó entonces el dominio de sí misma y se reunió con él. Le echó un vistazo también al papelito, y después volvió a sujetarse del vigoroso brazo del meteorólogo, igual que un guacamayo que se encarama a su percha.

—¿Cómo era aquello que decía Paul Éluard? —preguntó suavemente la vieja señora—. Ah, sí: hay otros mundos, pero están en éste. Bien, yo diría que no es así. Yo diría que hay otros mundos, pero que no salimos de éste.

Nacho señaló los restos de Richard Vico con la mirada.

—Pues yo me atrevería a asegurar que él ya lo ha conseguido. Que ha conseguido escapar de éste —dijo, también en voz baja—. Eso parece, al menos.

—Creo que ya nos podemos hacer a la idea de que no vamos a recibir pasado mañana la visita del ministro —suspiró doña Agustina, y Nacho la observó de arriba abajo, perplejo.

Mientras el juez procedía al levantamiento del cadáver, y la policía hacía su trabajo, el grupo de poetas se reunió en la biblioteca para no molestar, después de haber declarado ante los dos inspectores que ahora rondaban la casa con el gesto preocupado de unos agrimensores de abismos.

Doña Agustina les confesó que, si por ella fuera, clausurarían el encuentro en ese mismo momento y cada uno podría irse a su casa, incluso ella misma, que pensaba abandonar la propiedad en cuanto le fuera posible, pero que el comisario de la policía científica, el comisario general de la policía judicial y los dos inspectores que llevaban el caso de Fabio Arjona, lamentablemente, no eran de su misma opinión.

—Prefieren, ya habéis oído todos al inspector Gámez Osorio, que nos quedemos aquí un poco más por si necesitan interrogarnos de nuevo o... No sé, o algo. De todos modos, el encuentro aún no ha finalizado, según teníamos previsto —les dijo con los ojos segados por la pesadumbre y el cansancio—. Todo indica que esta muerte no es como la de Fabio Arjona. Pero aun así resulta de lo más espantosa. Richard... sin duda ha muerto por una sobredosis de heroína o de... No sé, no entiendo mucho de drogas. Pero, en todo caso, es el forense quien debe decir la última palabra. Y hablando de palabras, ya lo habéis oído: es mejor que ninguno de nosotros hable con la prensa, en caso de que alguien de los presentes reciba la llamada de algún periodista. Mi secretario, Teodorico, cree que sería conveniente hacer público un comunicado. Él mismo se encargará, desde su casa, a pesar de su enfermedad, de enviarlo a varias agencias. En resumen, vendrá a decir que lamentamos mucho los hechos luctuosos que han tenido lugar en esta casa en los últimos días, por las víctimas y por sus familias, y que respetamos la investigación policial y el secreto de sumario, con lo que no tenemos nada más que añadir, a la espera de que concluyan las indagaciones puestas en marcha por la policía. Supongo que lo recibirán a tiempo de recogerlo en los periódicos de mañana.

Pascual Coloma no se hallaba presente, se había retirado a su habitación poco después del descubrimiento del segundo cadáver y tras obtener permiso de la policía, alegando una terrible jaqueca. Nadie dudó de que dijera la verdad.

—¿Creéis que Richard se suicidó? —preguntó Jacinta Picón—. La nota y todo eso, no sé, da la impresión de que...

—¿Estáis seguros de que era su letra, de que la letra de esa nota de... supuesta despedida es de Richard? —Miño tenía el ceño arrugado y un gesto que decía a las claras: «Para mí, todos vosotros sois sospechosos, de esta muerte y de la otra, y de las que se puedan producir en un futuro inmediato.»

—¿Cómo está Rocío? —volvió a inquirir Jacinta—. ¿Qué ha dicho el médico?

—Está en el hospital Virgen de la Salud. La médica que la atendió dice que tiene un shock postraumático. Le han dado un calmante fuerte, y pasará allí la noche, en observación. Probablemente pueda regresar mañana. Ver así a Richard la ha conmocionado. Pobrecilla. Lo quería mucho. Cuando entró en la ambulancia, camino del hospital, no dejaba de repetir eso, que ella lo quería mucho, mucho, mucho.

—Pero ¿había algo entre ellos, o no? —la pregunta indiscreta partió de los labios de Fernando y se quedó revoloteando como una polilla alrededor de un fluorescente.

—No tengo ni idea. —Rilke sacudió la cabeza, desconcertado, pensando que él, en realidad, los acababa de conocer a los dos hacía poco más de cuatro días.

—Ellos sabrán. Bueno... ella. Rocío, la chica... —dijo Cecilia Fábregas con la cara demacrada y rastros de tristeza que le punteaban el cutis de rodales mortecinos como un maquillaje caducado—. ¿Habéis leído la prensa? Cielo santo, yo... Hablan de que todos nosotros somos *sospechosos* de asesinato. Están sacando lo que ellos creen que son los trapos sucios de nuestras vidas, y aireándolos sin el menor pudor y con toda la inexactitud posible, para que tenga morbo. Cuando esta muerte, la de Richard, llegue también a oídos de los medios de comunicación... ¿Qué más van a decir de nosotros? Es como si este encuentro estuviera maldito. —Y repitió, crispada—: Maldito, maldito...

Doña Agustina, con la inestimable ayuda de su secretario ausente por enfermedad (Nacho sospechaba que, simplemente, el hombre se había quitado de en medio porque no le apetecía lidiar con tan egregia compañía), había preparado un dossier de prensa sobre el asesinato de Fabio Arjona, que estaba a disposición de los invitados en la biblioteca, junto a las ponencias y las publicaciones semanales, pero Nacho aún no había tenido tiempo de enfrascarse en su lectura con tranquilidad. Se prometió que no tardaría en hacerlo.

—La verdad es que... sí. Yo nunca había tenido tanta notoriedad —gruñó Pedro Charrón con una sonrisa socarrona—. Ni siquiera cuando lo de mi libro, que se vendió hasta en las panaderías. ¡Incluso los periódicos que me tienen vetado hablan de mí! Perdona, Cecilia, pero yo, sin embargo, estoy encantado... Como decía Cela, ¡que hablen de mí aunque sea bien! ¡Cuando pienso en lo que estaré dando que decir en mi pueblo...!

—No seas tan frívolo, Pedro —lo reconvino Fernando.

Pedro soltó un taco y, casi atragantado de la risa, le respondió:

—¡No me des lecciones de solemnidad, querido amigo! ¿Cómo te atreves? Tú, que usas esas camisas...

—¿Y me lo dices tú, apreciado consocio, que cuando te levantas no eres capaz de calzarte dos zapatos del mismo color?

—Oh, vamos, dejadlo ya, por favor... —los reconvino alguien.

Jacinta Picón casi tropezó con Nacho cuando salían de la biblioteca. Torres Sagarra le marcaba el paso, siguiéndola con asombrosa desenvoltura, a pesar de su tamaño.

—¡Ay, perdona, hombre! Te he pisado, lo siento.

—No es nada, no te preocupes.

Jacinta le dedicó una sonrisa sugerente. Estaba tentadora con aquel vestido de cóctel con reflejos dorados de Jovani, y Nacho pensó que tenía mejor escote que la chica del tiempo de su trabajo. Y eso ya era decir mucho.

—He descubierto un lugar encantador, al otro lado de la parcela —le susurró Jacinta a media voz—. No se ve desde la casa, de modo que no es un lugar muy transitado. ¿Quieres venir a tomar un té? Alina nos ha llevado allí unos bocadillos. Yo estoy muerta de hambre. No sé por qué todo lo que tiene que ver con la muerte siempre me abre el apetito. Una vez leí un libro de la marquesa de Maillé, *Les cryptes de Jouarre*, y mientras lo devoraba, aunque no sé si ésa es la palabra correcta, engordé dos kilos.

—Cómo lo siento —dijo Nacho, e inmediatamente se sintió estúpido.

La tormenta se estaba cerrando encima de ellos, y ahora sí podían distinguirse los relámpagos, que invadían las estancias del cigarral con la desfachatez de gigantescos faros de policía.

—Está empezando a llover, Jacinta —dijo Torres Sagarra—. Si no nos damos prisa nos vamos a empapar.

—Hay paraguas en el hall de la entrada —explicó doña Agustina, que pasó al lado de los tres sin mirarlos, como un convicto recién salido del confesonario que se dirige, resignado, a cumplir con su destino.

—Vamos.

La luz que envolvía los jardines era metálica y acalambrada, dotaba al espacio de una apariencia de limbo azulado en el que abundaban los fenómenos. Tomaron uno de los muchos senderos de la parcela andando uno detrás de otro, como una hilera de hormigas jubilosas y decididas. Jacinta abría el paso.

Se trataba de un bonito invernadero, oculto tras un grupo espeso de cipreses, pinos piñoneros y albaricoqueros en flor.

—¡Qué belleza! —alabó Nacho cuando Jacinta se plantó delante de la puerta indicándola como una guía turística que se atribuyera el mérito de la catedral que señala con su vibrante paraguas rojo.

El meteorólogo se refería con su exclamación tanto al rincón del jardín, que verdaderamente era hermoso rotulado por la incipiente lluvia, como a la mujer, que sonreía igual que una niña excitada por su descubrimiento.

—Lo encontré el primer día, cuando llegamos —explicó con la cara encendida de satisfacción. Un relámpago le apagó y le inflamó el rostro en un instante—. Tú aún no habías venido, claro.

—¿Podemos pasar ya? —protestó Torres Sagarra—, ¿o nos quedamos aquí fuera a hacer el picnic? Pronto anochecerá, y...

—Oh, vale, entremos —cedió Jacinta—. ¿Qué hay de tu espíritu aventurero, de tu afán poético, Margarita?

—Te lo diré cuando me ponga a resguardo ahí dentro. Quizás lo he dejado en mi habitación, pero rebuscaré en mis bolsillos.

—¡Aaah! ¡Qué mujer!

—Y no me llames Margarita.

En el invernadero había una escuálida bombilla que

pendía en la mitad del techo y ofrecía una luz enfermiza, propia de un desván o de un granero.

—Este sitio no está pensado para disfrutarlo de noche.

—Sí, pero no me digas que no tiene su encanto. Desde luego, no es igual que el de los Kew Gardens, pero no está nada mal. Ojalá yo pudiera tener algo parecido en mi casa. Y el ambiente es superior. Los truenos y los relámpagos, la luz misteriosa que se cuela aquí procedente del exterior entenebrecido y palpitante, el olor de las flores, esta bombilla que podría iluminar un velatorio de principios del siglo pasado... —Jacinta se paseó entre las macetas con soltura—. Ah, aquí están las viandas...

Alina había dispuesto unos vasos y unos bocadillos tapados con papel de cocina encima de una bandeja, en una mesita de hierro pintada de blanco, de aspecto no muy sólido, que normalmente servía para apoyar las regaderas. En el suelo había una nevera portátil con bebidas. Una botella de vino, refrescos y un par de cervezas de lata.

—Menudo banquete —se relamió Jacinta—. Hoy no es el caso pero, a veces, cuando tengo mucha hambre me da por pensar que la vida ha sido en vano. En cuanto como un poco se me pasa la depresión —explicó, animada—. Sentaos, buena gente, tomad acomodo. Vamos a disfrutar por una vez del efecto invernadero...

Nacho rió de buena gana.

Mientras se repartían las provisiones y luego daban buena cuenta de ellas, contaron historias de miedo, de mansiones encantadas y de muertos que pasean su putrefacción entre las tinieblas de los cementerios, reclamando a los vivos un ajuste de cuentas mientras el viento sopla entre las tumbas y los fuegos fatuos alumbran los camposantos con su luz fosca y amenazadora.

—Los fuegos fatuos son un gran invento para solucionar el problema de la energía. ¡Con lo caro que sale el recibo de la luz! —se rió Jacinta.

El meteorólogo la contempló con placer. La comida frugal y sencilla, de bocadillos de queso manchego en aceite regados con vino de la tierra, le estaba sentando de maravilla después de tantos atracones aparentemente exquisitos servidos sobre manteles entorchados de orlas y ribetes de seda bordada.

—Eh, escuchadme —dijo Jacinta.

Torres Sagarra la miró con los ojos entornados. A la luz amarillenta del invernadero, daba la sensación de que alguien había vaciado sobre su pelo un cazo lleno de ceniza.

—Yo creo... —continuó Jacinta—, creo que deberían cambiarle el nombre a este cigarral. En vez de llamarse Cigarral de la Cava deberían ponerle La Cripta de los Poetas. ¿No os parece? ¿Y bien?, ¿quién creéis que será el próximo de nosotros en caer? —Soltó una risita inane, y Nacho creyó percibir una nube de miedo cruzando por sus vivarachos ojos.

El hombre se encogió de hombros. La lluvia comenzó a golpear con furia el techo de cristal del invernadero. Oyeron caer, cerca de ellos, una gotera en un cubo de metal estratégicamente situado. Furiosa, torrencial, el agua bajaba del cielo espesa como sangre, y Jacinta sintió un escalofrío que hizo que temblara todo su cuerpo.

—¿Tienes frío? —le preguntó Torres Sagarra—. Esos vestidos tan monos que te pones no son lo más adecuado para este tiempo.

—No, no tengo frío. Ha sido un repullo, nada más. A veces los siento, sin venir a cuento.

—No creo que haya más muertes —dijo Nacho.

—¿Cómo lo sabes? —preguntó Torres Sagarra.

—¿Acaso eres tú el asesino y por eso estás tan seguro? —Jacinta habló dulcemente, siseando como una víbora.

—Te recuerdo que yo no estaba aquí cuando asesinaron a Fabio Arjona. Tengo una coartada magnífica: a esas horas estaba trabajando, en San Sebastián de los Reyes, a más de setenta kilómetros del lugar del crimen. En unos estudios de televisión. Me vieron al menos cuarenta personas. Sin embargo, sin embargo... creo que ninguna de vosotras dos puede decir lo mismo. Je, je.

—Ah, vale, si te vas a poner así...

—Hablando en serio, creo que lo que está ocurriendo aquí gira únicamente alrededor de la figura de Fabio Arjona. Lo de Richard... Ya veremos si tiene o no algo que ver con su asesinato.

—¿Tú qué crees? —Aún no lo sé con certeza, aunque tengo mis sospechas, de momento todas sin confirmar.

—Lo que me ha sorprendido es la aversión que todo el mundo en esta casa parece sentir por el muerto. Me refiero a Arjona. —La voz de Nacho casi quedó solapada por el ruido de la lluvia golpeando el techo y las paredes del invernadero.

—Sí, claro, porque a Richard todo el mundo lo quería —asintió Torres Sagarra.

—Sí, ya lo creo. Tan frágil, tan dulce, tan grande por dentro. —Jacinta hizo un movimiento con la mano que delineó una cabriola en el aire, y luego cruzó los brazos, con aspecto de sentirse aterida de frío—. Me ha conmovido mucho su muerte. Muchísimo, podéis creerme.

—A propósito... —quiso saber Nacho—, ¿alguna de vosotras dos estaba en el baño que compartimos en la segunda planta a primera hora de esta mañana, sobre las siete?

Las dos mujeres se miraron y negaron con la cabeza a la vez, mientras cerraban y abrían los párpados con la diligencia de unos pequeños parabrisas.

—No sé, es que me pareció oír... —Nacho recordó los

gemidos femeninos, en los que no había vuelto a pensar hasta ahora, y recapituló que si ninguna de las dos mujeres que tenía enfrente había sido la autora, en caso de que le dijeran la verdad, las otras aspirantes a dama desconsolada al amanecer eran Rocío y Cristina Oller. Siempre que nadie más, procedente de otra planta (como Cecilia Fábregas, que ocupaba un dormitorio en la primera) se hubiese introducido en el aseo, quizás huyendo de sus compañeros de piso. Doña Agustina tenía su propio baño, y Nacho no creía probable que se dedicara a ir visitando lavabos ajenos a horas intempestivas para descargar unas lagrimitas, pudiendo hacerlo con tranquilidad en el de su alcoba—. Bueno, no tiene importancia. ¿Vosotras dos también lo aborrecíais?, a Fabio Arjona, claro.

Torres Sagarra y Jacinta Picón se miraron de nuevo durante un instante y se contrajeron a la vez en sus incómodos asientos de mimbre casi podrido, que crujieron acompasándose al ritmo de la lluvia.

—¿Quién no tenía una cuenta pendiente con él? —admitió la mujer mayor.

—Era una buena pieza. Pero de ahí a asesinarlo... No sé. La brutalidad del arma blanca, un puñal clavado en el corazón... ¿Quién es capaz de algo así? Hacen falta motivos muy poderosos para eso —asintió Jacinta.

—Yo me las tuve tiesas con él hace años. Todavía no lo he olvidado, ni creo que lo haga nunca —confesó Margarita Torres Sagarra.

—Ah...

—Sí. Trabajamos juntos durante unos años en el mismo departamento de la universidad. Él se convirtió, en cierta medida gracias a mí, en uno de los catedráticos. Siempre le encantó ser el amo del corral, y aunque había otros que le hacían sombra, no dejaba de estirar el cuello en su intento desesperado de dejarlos por debajo de él. Ya sabéis lo que decía Unamuno del carácter español, que hay en el fondo de nuestra alma una propensión a no creernos ricos sino en proporción a la pobreza de los demás. En eso, Fabio era profundamente español. No le bastaba con estar arriba, que lo estaba. Muy alto. Necesitaba vernos a los demás arrastrándonos por abajo, donde él pudiese confundirnos con cualquier insecto, con cualquier gusano.

—Yo creo que, en el fondo, tenía un monumental complejo de inferioridad —dijo Jacinta acariciándose un brazo lentamente, mimándoselo con las yemas de sus dedos entumecidos.

—A mí me robó una... —Torres Sagarra observó a Nacho con ojillos juguetones—. No, no, ya sé lo que estás pensando, y te equivocas.

—¿Qué, qué estoy pensando? —Nacho volvió la cabeza oteando a su alrededor, como si sus pensamientos se hubieran encarnado y miraran por encima de su hombro, igual que observadores indiscretos alrededor de una mesa de jugadores de ruleta rusa, y él pudiera espantarlos de un manotazo.

—Crees que soy lesbiana y que me quitó alguna novia. —La mujer rió de buena gana—. No soy lesbiana. Mira, no suelo hablar de estas cosas, pero el vino me habrá soltado la lengua y... bueno, allá va. Soy asexual, chico, no pongas esa cara, ¿vale?, pero no voy por ahí repitiéndolo porque eso sí que es algo que nadie entiende. Nadie entiende que alguien pueda carecer de interés por el sexo. En este mundo absurdo dominado por los apetitos, la codicia, los excesos y la avidez, se ofrece comprensión, clínica y hasta social, a los mayores pervertidos sexuales, hijos de perra, que imaginarse pueda. Siempre hay algún experto dispuesto a explicar (lo que es una manera de justificar) sus aberraciones echando mano de polvorientos manuales y la habitualmente desgraciada historia personal del depravado en cuestión. Pero si dices que no te interesa el sexo... Amigo, no esperes que nadie te tome en consideración y te ofrezca su hombro, o una página web a propósito de lo tuyo. Te conviertes inmediatamente en un proscrito. Una sociedad en estado de perenne excitación, sexual y de todo tipo, no tiene espacio ni tiempo para ocuparse de una memez semejante, de modo que opta por ignorarla.

—Yo no he dicho en ningún momento que pensara que tú eres, esto..., homosexual —musitó Nacho muy serio, conteniendo el hipo y empezando a sentir el efecto del vino en su estómago y en sus venas, al tiempo que se decía que la mujer llevaba mucha razón, porque exactamente eso era lo que pensaba hasta hacía un instante: que Torres Sagarra era lesbiana. Pardiez.

«Qué tía más rara.»

—Vale, es igual. El caso es que Fabio me robó. Una vez, y luego otra. Por dos veces. Abusiva y despóticamente.

—Caray.

—Sí. Por entonces yo era una doctoranda y él aspiraba a una cátedra. Pero publicaba poco, y aunque contaba con los apoyos necesarios, le faltaban investigaciones de empaque en las que respaldar su ascenso. El viejo Arnés, que lo atrancó como a una puerta durante sus muchos años de ayudante en la universidad, todavía seguía dando guerra, y Fabio necesitaba presentar investigaciones que lo avalaran, y de las que escaseaba, para impedir que Arnés, que continuaba teniendo mucha influencia, volviera a bloquearlo.

—Ya te veo —dijo Jacinta, y sorbió el vino mientras miraba en derredor con cara aprensiva, desconcertada por la luz de los rayos que estallaban a su alrededor con un fulgor irritado y que tan decorativos le habían parecido hacía un rato.

—Yo había escrito un estudio deslumbrante, porque así lo calificó mi director de tesis, sobre *El filósofo autodidacto,* de Abentofail. No quiero aburriros con los detalles académicos de por qué mi estudio era tan bueno, pero lo era, creedme. Y sigue siéndolo, lo podéis leer cuando queráis, está publicado. Conseguí que se publicara hace pocos años una versión de la tesis. Bueno, a lo que iba... Fabio se enteró de que la tesis existía antes de que yo la leyera, incluso de que la acabara, porque le llevé un capítulo para someterlo a su consideración con vistas a publicarlo como artículo en una revista que él controlaba, dado que era director del consejo de redacción. Yo necesitaba publicarlo; pensaba sacar al menos cinco buenos artículos de aquella tesis que aún no había terminado de escribir.

—Y a Fabio, el artículo le encantó.

—Por supuesto. Y se le ocurrió que merecía ser publicado por todo lo alto. No en su revista, sino en una americana de hispanismo, de esas que te dan un montón de puntos para añadir al currículum y te convierten de la noche a la mañana en una investigadora de primera.

—Ah, pues...

—Todavía no he acabado. —Torres Sagarra levantó la mano y su voz enronqueció con un deje autoritario—. Me dijo que lo mejor —sonrió con tristeza y una extraña palidez le enjalbegó el rostro—, que lo mejor sería que firmásemos el artículo los dos, él y yo. Al fin y al cabo, yo era una perfecta desconocida; por muy brillante que fuese el artículo, nunca conseguiría que lo aceptaran en una revista de primera categoría. Pero él era conocido en el mundo del hispanismo, y tenía sus contactos, y... Al principio no dije nada, me sentía tan ofendida que no conseguí articular palabra. Pero él... Bien, el caso es que me lo pintó de tal manera que le dije que lo pensaría.

—¿Y lo consultaste con alguien, con tu director de tesis?

—No, Fabio me pidió que tomara una decisión por mí

misma, pensando en mi futuro. Aquello podía ser un gran paso para mí en la universidad, y si lo andaba contando... Bueno, las personas con las que lo hablara quizás no se mostraran demasiado objetivas, y no pensaran tanto en mí como en perjudicarlo a él. «Ya sabes que no carezco de enemigos», me dijo Fabio.

—Y decidiste que aceptarías su propuesta.

—Sí, lo hice. Le dije que adelante. Me sentía esperanzada, creía que de verdad sería un buen salto hacia arriba en mi carrera. Era joven, tenía fe, y creía que mi trabajo merecía esa oportunidad.

—El artículo se publicó, entonces.

—Sí. Pero mi nombre figuraba en segundo lugar, como si yo hubiese sido la simple ayudante de Fabio, dadas nuestras posiciones académicas, y él el investigador responsable que me había concedido la gracia de dejar que mi nombre apareciese en un trabajo suyo porque quizás, estas cosas hay quien las cree, yo le había llevado los cafés mientras lo materializaba, o le había echado una mano con las fotocopias.

—¡No! Claro, además tú eras la mujer. Las mujeres siempre pasamos por las secretarias de los tíos —se quejó Jacinta.

—¿Y no protestaste, no fuiste a verlo para decirle lo que pensabas?

—Claro que lo hice. Nada más recibir la revista por correo me fui a la universidad y lo busqué hasta detrás de los rodapiés. Cuando conseguí dar con él y le dije lo que pensaba, se ofendió mucho.

—Encima.

—Incluso me gritó, llamándome ingrata, soberbia e histérica. Le encantaba la idea de la histeria femenina. Decía que por algo la palabra proviene del griego «útero». —Suspiró con resignación—. Levantó la voz y se estiró igual que uno de esos payasos que vienen dentro de una caja, impulsados por un muelle que hace que salte violentamente su cabeza cuando abres la tapa. Me asustó. Empecé a pensar que igual llevaba razón. Que tal vez me estaba pasando, que en realidad quizás debía agradecerle humildemente el favor y largarme de su presencia arrastrando el trasero por el suelo que él acababa de pisar.

—No me digas que eso fue exactamente lo que hiciste... —Jacinta la señaló maliciosamente con la mano—. Las mujeres no tenemos remedio.

—Más o menos. Le pedí disculpas y traté de calmarlo. Tenía un carácter bastante colérico, y yo no me encontraba en posición de desafiarlo. Me tragué mi resentimiento, y le pedí perdón.

—Eso. Hala...

—No volví a verlo durante meses, y todo quedó así entre nosotros. Continué escribiendo mi tesis, pero en un viaje a Sevilla, para consultar un mapa del Archivo de Indias que me hacía falta para completar un trabajo de rutina que me habían encargado sobre Fernando de Magallanes, fui a visitar varias veces a un anciano sacerdote, tío de una amiga mía, consumado bibliófilo, amante de la poesía árabe, sobre la que yo tanto había trabajado. El hombre era encantador, y nos hicimos incluso amigos. Murió hace diez años, y lo lloré como a un padre. Tenía una biblioteca espectacular que, por supuesto, no era suya, sino de la Iglesia católica, como todas sus posesiones en este mundo. Había sido párroco en un pueblecito cercano a Sevilla, en unos tiempos en los que se demolían viejas iglesias para levantar monstruos de ladrillo visto con cruces abstractas de hierro de aspecto soviético, porque la restauración salía más cara que la demolición. El hombre consiguió rescatar del trapero, o de la lumbre, casi todos los libros que se habían acumulado en la casa del cura, aneja a la iglesia, durante cientos de años, antes de que echaran abajo la parroquia. Aún los conservaba en la casa que entonces compartía con otros religiosos jubilados. Allí, curioseando en la biblioteca del tío de mi amiga, que fue jesuita en su juventud antes de convertirse en sacerdote, fue donde lo encontré. —Margarita Torres Sagarra hizo un esfuerzo para que su voz no sonase turbada, sin conseguirlo.

—¿Qué, qué encontraste?

—Los textos de Abul-Beka.

—Ah, pues qué bien.

—Eran una delicia. Y no me parecía que fuesen conocidos. A Abul-Beka, un poeta árabe nacido en Ronda en el siglo XIII, se lo conocía por *El libro sobre las leyes de la rima*, y unos cuantos versos sueltos, pero yo al menos no tenía noticia de que hubiera escrito nada semejante a lo que encontré citado en aquel viejo centón del cura.

La lluvia empezaba a amainar, y el golpeteo sobre el invernadero fue haciéndose suave y calmado, como los andares de una partida de gatos presumidos vagando por el tejado.

—Le pedí prestado el libro al sacerdote, una edición del siglo XVIII que aún conservaba sus tapas de tafilete y el aspecto sólido, atractivo e ineluctable de los libros hechos para durar. La traducción del árabe era bastante chapucera, pero por fortuna venía acompañada de ¡la versión original y la francesa! El libro se titulaba *Cento Litterae para la educación de niños de cualquier edad y damas cuidadosas de su hogar*, de autor e impresor desconocidos. Estaba al lado de unos ejemplares amorosamente encuadernados en un solo volumen del periódico *Efemérides barométrico-médicas matritenses*. Al principio ni sospeché lo que tenía entre las manos.

Nacho caviló un momento antes de decir:

—Pero espera... Ahora me acuerdo. En la biobibliografía de Fabio Arjona se le atribuye a él el mérito de ese descubrimiento que mencionas. Lo leí en la Wikipedia, creo.

—Pues claro. Así ha quedado para la historia, y así quedará. Basta con repetir una mentira el suficiente número de veces para que la ilegitimidad se convierta en legítima, como quizás dijo Montesquieu.

—Se me escapa de qué va todo esto —dijo Jacinta, que con su ligero vestido en medio de la noche desapacible parecía un triunfo humano sobre el mundo físico. Fuerte, arrebatadora (Nacho empezaba a creerlo así), valiente. Con buen gusto para la lencería (le asomaba el sostén de encaje lila por el descocado descote).

Sintió deseos de acariciarle los labios con los dedos. Cuando se inclinaba para dejar el vaso sobre la lastimosa mesa, Nacho notaba que su mente era igual que un niño montado en un columpio.

Había dejado de llover.

—¿No lo entiendes? —preguntó Torres Sagarra—. Me llevé el libro a Madrid, aún no sabía qué podía sacar de todo aquello, pero esos versos me sonaban con un eco conocido. Los traduje del francés, y le pedí a un compañero que daba clases de árabe que intentara traducir el original. Cuando tuve las dos versiones me di cuenta de que aquello tenía ecos de las *Coplas a la muerte de su padre*, de Jorge Manrique, con la diferencia de que el árabe había escrito sus versos más de doscientos años antes. Hice una traducción, basada en el francés y en el árabe que me había trasladado mi colega. Sonaba más o menos así: «¿Dónde están los monarcas poderosos del Yemen? ¿Dónde sus coronas y diademas? Reyes y reinos han sido como vanas sombras que soñando ve el hombre». —Torres Sagarra tomó aliento, impulsada por un arrebato—. Ahora bien, si a aquellos versos literalmente vertidos de otras lenguas se les aplicaba la misma estructura métrica de las *Coplas* de Manrique, ya que el motivo era el mismo (la vida y la muerte, la fama y la fortuna, ese estoicismo que ya estaba presente en el Eclesiastés y en Marco Aurelio; el *tempus fugit*, el *vanitas vanitatum*, el *ubi sunt*...), el resultado era francamente sorprendente.

—Vas a decirnos cómo quedaron esos versos.

—Claro. Mi traducción final quedó así: «Con sus cortes tan lucidas, del Yemen los claros reyes, ¿dónde están? En dónde los sasánidas, que dieron tan sabias leyes, al Islam...» El parecido con las coplas manriqueñas era meridiano. Jorge Manrique escribió: «¿Qué se hizo del rey don Juan? Los infantes de Aragón, ¿qué se hicieron? ¿Qué fue de tanto galán, qué fue de tanta invención como trujeron?...» —Sonrió débilmente, como vencida—. Pensé que había descubierto que uno de los pilares de nuestra literatura estaba basado en algo más que coincidencias con una obra olvidada de un poeta *infiel* medieval. Jorge Manrique, al fin y al cabo, no había compuesto nada igual de hondo, de reluciente y genial, que las *Coplas*. Su poesía cancioneril no vale mucho, aunque tal vez a él le sirvió para seducir damiselas. No, su gran obra son las *Coplas*. Y yo acababa de darme cuenta de que aquella infinita ternura de su ópera magna quizás no era más que...

—Es muy interesante. No tenía mucha idea sobre ese asunto.

—Dejé aparcada mi tesis doctoral y me dispuse a escribir sobre el asunto de Jorge Manrique y Abul-Beka. Trabajé febrilmente. Por entonces no tenía despacho en la facultad, sólo una mesa en las oficinas del departamento, que afortunadamente estaba cerca del radiador, por lo que en invierno no pasaba demasiado frío.

—Dios mío, qué lloricas sois los funcionarios —se quejó Jacinta, bromeando.

—Bueno, el caso es que un día recibí la visita de Fabio en *mi mesa*, mi despacho, a todos los efectos. Hacía tiempo que no hablaba con él, aunque a veces lo veía por los pasillos, o en la cafetería. Ni él ni yo teníamos muchas ganas de entablar charlas distendidas, ni de hacernos confidencias, ni de invitarnos el uno al otro a una cena íntima. Además, yo no soy precisamente el tipo de mujer que a él le gustaba.

—No te subestimes, Margarita, querida... —sugirió Jacinta.

—Aunque esté muerto, prefiero no subestimar a Fabio, con tu permiso —dijo Torres Sagarra, y luego prosiguió—: Sospecho que Fabio tenía un fabuloso instinto para detectar todo aquello de lo que podía sacar algún provecho. Era un verdadero depredador. Olisqueaba la carne, o la carroña en caso de no haber nada mejor a mano. De algún modo debió enterarse de que yo andaba metida en un asunto interesante. Tal vez mi colega del departamento de árabe comentó cualquier cosa por ahí al respecto. A lo mejor me vio enfrascada con mis papeles en la biblioteca, o en mi mesa abarrotada de volúmenes ajados y folios garabateados. No sé. El caso es que una mañana se plantó delante de mí mientras yo trataba de aislarme del ajetreo que tenía lugar a mi alrededor y concentrarme en mi trabajo. Me distrajo un rato con una charla insustancial sobre uno de mis libros de poemas, del que yo casi me había olvidado porque no lo tengo en mucha consideración. De hecho, me avergüenza un poco porque... Bueno, el caso es que Fabio, con esa cualidad suya para averiguar qué era lo que causaba turbación, temor o arrepentimiento en los demás, estuvo una buena hora dándome la brasa sobre ese libro con una excusa absurda, y por supuesto falaz: me dijo que tenía a una estudiante que quería hacer la tesina sobre él, sobre mi patético libro, pero que no encontraban un ejemplar por ninguna parte. A regañadientes, accedí a conseguirle uno. «Lo necesito hoy mismo, la chica se va dentro de unas horas a Italia, a estudiar un semestre con un colega mío en Florencia», me dijo. De modo que me obligó a ir a buscar el dichoso ejemplar a mi casa. Tampoco quería dejar pasar la oportunidad, por mucho que no me agradaran esos poemas, de que se hiciera un estudio sobre mi obra. Me puse a recoger la mesa, pero él me detuvo con una mano de guardia de tráfico. «Si no te vas pronto, no volverás a tiempo», me aseguró. Le dije que podría mandarle el libro por correo, pero se negó en redondo. La joven no estaba dispuesta a perder ni un solo día de trabajo, porque tenía un tiempo limitado, y si no disponía del material, buscaría otro tema nada más llegar a Italia. Le pregunté que por qué no había ido la estudiante a pedírmelo en persona, y afirmó que había sido una decisión de última hora, que lo había hablado con él por teléfono y que todavía no había llegado a la facultad. Me levanté, remisa y un poco deprimida a pesar de que la noticia no era mala, guardé mis libros y mis apuntes en uno de los cajones sin llave de mi mesa, cogí mi abrigo y el bolso y salí de allí con la intención de estar de vuelta en menos de una hora. Resolví que iría y volvería en taxi, aunque no podía permitírmelo.

Ahora el viento silbaba su partitura de gemidos por encima de los árboles del jardín. Los tres escucharon atentos durante unos segundos antes de que Margarita continuara con su relato.

—Cuando volví a la universidad, Fabio no estaba. Fui a buscarlo a su despacho, pero estaba cerrado con llave. Pregunté a los administrativos que rodeaban mi mesa si lo habían visto por allí, pero se encogieron de hombros y dijeron que ni se habían fijado. Entregada al desánimo, colgué de nuevo mi abrigo en una percha cercana y volví a mi mesa con la intención de seguir trabajando un par de horas más.

—No me puedo creer lo que vas a contar ahora... —avanzó Jacinta, mordiéndose los labios enrojecidos por el vino y el frío del ambiente.

Torres Sagarra asintió con la cabeza. Los ojos se le llenaron de lágrimas, pero contuvo la emoción cerrando los párpados como si fueran las pequeñas compuertas de un dique.

—Cuando abrí los cajones me di cuenta de que faltaba mi libro, bueno, el libro que me había prestado el sacerdote; y mis notas, todas ellas; mis cuadernos, al menos un par, con anillas y la tapa de color negro. Le había dado tiempo a hacer una selección precisa de lo importante. No se llevó nada que no tuviera que ver con mi investigación. Estuve segura de que había sido él desde el primer momento. Pregunté a mis compañeros si habían observado que Fabio se llevaba unos papeles y unos libros de mi mesa, pero me respondieron que se había sentado allí a esperarme y no le habían hecho mucho caso. «Nosotros estamos trabajando, Torres», me dijeron. Y que, además, cuando llegó a verme llevaba unas carpetas en la mano, de modo que no sabrían decir si cuando se fue se había llevado algo más «por equivocación».

—Qué ladrón.

—Sí, con todas las letras de la palabra. A partir de ese día desapareció de la facultad, y no respondía al teléfono en su casa. Nadie sabía cómo ponerme en contacto con él, decían que tenía previsto un tiempo de *encierro* para preparar la oposición a cátedra, que lo habían eximido de dar clase por tal motivo, y que era normal que no hubiese manera de localizarlo. Ni siquiera el viejo Arnés pudo ayudarme a dar con él. Y eso que movió cielo y tierra intentándolo.

Los tres volvieron a quedarse silenciosos por unos momentos. Torres Sagarra respiró con aire derrotado.

—¿No le contaste a nadie lo que ocurrió, tu versión de los hechos?

—Sí, se lo dije a Arnés, que estaba a punto de jubilarse y que no tragaba a Fabio desde que lo conoció como estudiante suyo, porque decía que lo consideraba una persona de «moral distraída», y él, Arnés, era de la vieja guardia, ya sabéis... Me creyó a pie juntillas, pero ambos estuvimos de acuerdo en que era difícil probar aquel robo, o intentar hacerlo público sin correr el riesgo de hacerme pasar por una difamadora malintencionada.

—Pero habría alguna solución, no sé... Podrías haber conseguido otro ejemplar del libro antiguo y reanudar la investigación. ¿No tenías copias de tus traducciones?

—Pues claro que tenía copias, al menos, dos docenas, pero Fabio se las llevó. Estaban todas juntas en mi mesa. Ese día aprendí la lección, y desde entonces tengo varios escondrijos. Por aquella época yo ni siquiera usaba ordenador, era una tecnófoba de cuidado. Nunca he sido capaz de presumir de mi ignorancia y mis prejuicios, de modo que no empezaré a hacerlo ahora, pero vaya... Escribía a máquina y usaba aquellos papeles de calco que me dejaban las manos como un calamar. Parecía la incompetente y bigotuda secretaria de Menéndez Pelayo. Pero, de todas formas, lo de las copias era lo de menos porque yo me sabía los poemas de memoria, y las traducciones también. Y porque mi colega de árabe tenía la fotocopia del texto original, que yo le había dado y que no me había devuelto. No, eso era lo de menos. Lo importante era que me había quedado sin la fuente, sin el libro del párroco donde se citaba el texto, y sin todo el trabajo escrito, de literatura comparada, que había realizado con meticulosidad y un mimo exquisito, descuidando mi tesis.

—¿Y... eso, el libro del cura? ¿No conseguiste otro ejemplar?

—Lo intenté con verdadera desesperación. Arnés me ayudó. Puso a mi disposición a dos becarios para que buscaran en las bibliotecas y en las librerías de viejo por todo Madrid. Pero fue inútil. Por entonces no existía la posibilidad de rastrear un título en uno de esos portales de Internet que sirven para vender libros viejos y descatalogados, como Iberlibro.com y todos ésos. Ahora sólo tienes que teclear un título o un autor para saber al cabo de un segundo si hay una librería en Lugo, o en Santiago de Chile, que dispone de un ejemplar. Pero en aquel tiempo no cabía esa posibilidad. Y, de cualquier manera, cuando existió lo intenté y no pude localizar otro por ninguna parte. A veces estas cosas ocurren. Probablemente el libro era un raro superviviente de una tirada reducida, o bien sus hermanos están sepultados bajo una encuadernación defectuosa que les atribuye otro título, o... vaya usted a saber.

—Qué faena.

—Y, por si fuera poco, al cabo de un par de meses el trabajo por el que yo me había partido el alma, ¡firmado por Fabio!, con algunos retoques de su cosecha, con la impronta de su particular estilismo, salió publicado en la revista americana donde poco antes él y yo habíamos compartido la autoría de mi artículo sobre Abentofail. Más o menos por esas fechas, Arnés se jubiló y pasó a ser catedrático emérito. Fabio Arjona no tardó en hacerse con la cátedra que tanto deseaba y por la que tanto había luchado, conspirado y hasta robado.

—Digamos que la *víctima* no hizo muchos méritos en vida para resultarte simpático. —Nacho trató de sonreír, pero a Margarita no le hizo ninguna gracia.

—Lo odiaba con todo mi ser —soltó muy despacio, como si fuese consciente de que sus palabras podrían mancharle la boca.

Se puso en pie de repente y se sacudió la ropa.

Nacho se rebulló desazonado en su crujiente sillón.

—Chicos, se hace tarde. Me voy a dormir —dijo Torres Sagarra, y antes de que los otros dos pudieran darse cuenta se encaminó decidida hacia la puerta del invernadero, sorteando con paso firme varias hileras de macetas.

—¡Espera, Margarita! Vamos contigo... —casi gritó Jacinta.

Pero la mujer ya no estaba.

Mucho después, cuando Nacho rememoró lo sucedido aquella noche, cuando Jacinta y él se quedaron solos, se dio cuenta de que no recordaba bien cómo había llegado a ocurrir.

Su memoria había atrapado algunas sensaciones confusas en las que el espacio y el tiempo no estaban concordados. Del resto, no tenía ni idea. Por ejemplo, se acordaba de que Jacinta y él habían salido al jardín después de guardar como mejor pudieron los restos de la comida y dejarlos encima de la mesa. La mujer se torció un pie y se rompió el tacón del zapato mientras avanzaban entre la verdura fuliginosa del vergel, yendo de un camino a otro sólo guiados por las luces de la casa, que se distinguían hacia el norte, en dirección al río. Ella se quitó el zapato y, pensándolo mejor, se descalzó los dos pies. El suelo estaba húmedo después de la tormenta y el ajetreo de los ruidos nocturnos quería colarse dentro de él. Cuando Nacho la vio descalza, salpicada de motas de hierba y de barro hasta los tobillos, se acercó a ella y le susurró:

—¿Qué haces? Qué bonita eres, ¿lo sabías? Estás loca. Estás loca... —Puso la boca sobre la de Jacinta y los labios de la mujer se hincharon como brotes de soja rociados con agua fresca.

La rodeó por la cintura. Su vestido era tan ligero que se

le escurría entre los dedos. Le vinieron a la memoria unos versos de Manuel del Palacio (¡qué daño le había hecho la biblioteca de su tía Pau!), y mientras la besaba los recitó para sí: «De la lisonja al arrullo, entre sedas ha crecido, tu cuerpo, qué envidia da. Pero no muestres orgullo, que un gusano te ha vestido, y otro te desnudará.» Intentó alejar aquellos fúnebres versos de su cabeza y se concentró en la piel de Jacinta, helada a esas horas. En su cuello, que latía al ritmo de una secreta coreografía que bombeaba sangre desde su corazón.

No recordaba en absoluto cómo habían terminado en su habitación (la entrada en la casa, la subida por la escalera hasta la segunda planta del cigarral, ¿dónde había quedado todo eso?). Sin embargo, se sentía avergonzado porque Jacinta hubiese visto su ropa interior desperdigada a los pies de la cortina, y el desorden de la cama.

Cuando la vio desnuda, enterró la cara entre sus senos y sólo fue capaz de murmurar: «Cuánto tiempo, mi cielo, cuánto tiempo...»

Abrió los ojos sobresaltado por el timbre de su teléfono móvil. Le costó encontrarlo entre la ropa de Jacinta y la suya, que cohabitaban, igual que sus propietarios, pero en el suelo, a un lado de la cama.

Jacinta dormía cerca de él, respirando apaciblemente. Antes de adormecerse a su lado, le había dicho a Nacho: «Las camas compartidas son la fosa común del matrimonio.»

Por fin pudo abrir la tapa del condenado electrodoméstico y responder, bajando la voz todo lo posible para no despertar a la mujer.

—Diga... joder. —Ni siquiera había comprobado en la pantalla quién llamaba.

—Pues... joder —respondió Rodrigo—. ¿Te vale?

—Qué gracioso, el niño. ¿Sabes qué hora es?

—He mandado varios mensajes, a tu correo y a tu teléfono, pero no me has respondido. Estaba preocupado. Primero me metes una prisa que te cagas, y luego te olvidas de mí —le reprochó el chico—. A ver si te aclaras.

—Lo siento. He estado... Bueno. Muy ocupado.

—Sí, lo creo. Qué remedio.

—Bueno, ¿y qué?

—¿Has visto mis mensajes? Te mandé mis dudas, como me dijiste, y estoy esperando...

—¿Me estás diciendo que has perdido el tiempo en hacer una lista de las retorcidas incertidumbres que manifiesta tu atormentada, lacrimosa, pueril e inexistente vida sexual y te has olvidado de lo que nos traemos entre manos?

—Tío, no sé cómo te soporto, te lo digo como lo siento —se defendió Rodrigo.

—Vale, vale, perdona... —susurró Nacho.

—¿Tienes tu ordenador a mano?

—Sí. —Se acercó arrastrándose hasta el biombo, a cuyos pies reposaba, y sacó el aparato de su funda.

—Pues ponlo en marcha, tío. Y mira mis mensajes, ¿vale?

Nacho comprobó que tenía dos cuyo remitente era Rodrigo.

Con su manía de no rellenar las casillas del «asunto», no sabía cuál abrir primero. Optó por hacerlo por orden de recepción. El primero de ellos era sencillamente patético, y puso al meteorólogo de muy malhumor. Allí estaba él, desnudo y con una mujer hermosa tumbada en su cama, a la que podría estar acariciando, o simplemente observando, o durmiendo agarrado a su talle, y se veía obligado a perder el tiempo cuchicheando por teléfono con un arrapiezo hiperhormonado y desobediente...

De: rgabriel@gmail.com
Asunto:
Fecha: 18 de abril de 2007 11.37.47 GMT + 02.00
Para: Ignacio.aran@telefonica.net

Eh, capullo, cómo va eso.
Aquí tienes mi lista, tal y como TÚ me pediste. Me dijiste que te llamara a cualquier hora del día o de la noche, pero ya te he llamado dos veces y ni caso. Bueno, no me enrollo más.

DUDAS (SON ÉSTAS, DE MOMENTO, PERO TE MANDARÉ MÁS):

1. ¿Qué es la identidad sexual? ¿Tengo que tenerla, o no es algo estrictamente necesario para funcionar normalmente? Y, en caso de que sea estrictamente necesario, ¿es como un carnet o algo así? ¿Dónde puedo conseguirlo? (¿Necesito llevar fotos?)

2. ¿Cómo puedo saber si le gusto a una chica? NOTA: He probado a preguntárselo, pero no funciona. Algo en su cerebro les dice a las chicas que no respondan con sinceridad a esa pregunta. Y a ninguna otra que un tío les pueda hacer.

3. ¿Cómo puedo estar seguro de que mi miembro viril ha terminado de desarrollarse por completo? Y en caso de que pueda estar seguro, ¿quién me dice que su tamaño es el correcto, el homologado, digamos?

4. ¿Qué debo hacer si soy virgen y no tengo esperanzas de dejar de serlo en un futuro próximo? Sé que me dirás que al menos así estoy seguro de no haber contraído enfermedades venéreas, pero no me vale esa respuesta porque tampoco me fío mucho de mí mismo.

5. ¿Cómo hago para encontrar novia en el plazo de una semana? Tengo una fiesta para entonces y me gustaría ir acompañado para joder a mis colegas. Y tengo otra fiesta dentro de un mes y..., lo mismo.

6. ¿Crees que si encuentro una novia solucionaré algunas de mis dudas, o que mis dudas aumentarán en número y gravedad?

Respóndeme enseguida, por favor. R.

Nacho estuvo a punto de estrellar el ordenador contra la pared, pero se contuvo.

—Eeeh, esto... Las contestaré mañana en cuanto pueda, ¿vale? Una por una —dijo, tragándose el malhumor.

—Ten en cuenta que me corre muchísima prisa.

—Supongo que casi tanta como a mí el trabajito que te encargué, ¿verdad? —apuntó Nacho maliciosamente.

—Ah, eso. Sí, casi se me olvidaba. Me ha costado lo suyo, no creas que todo es pan comido.

—¿Y...? —El hombre sintió la esperanza crecer en su pecho como uno de esos pelitos tan molestos y pertinaces que se abren paso, resplandecientes los condenados, a través de un lunar.

—He usado varios programas de software. Y, bueno, un lío. Al final he encontrado uno de código abierto, porque no ando tan bien de pelas como tú y no puedo permitirme estar comprando programas por ahí en Internet, en universidades americanas o vete a saber dónde. En las islas Pescadores. Además, no me fío de usar mi tarjeta de crédito en según qué sitios. Y tampoco me has dado tiempo a hacer mi propio programa.

—Ya, ya, ya...

—He encontrado uno que puede modificarse. Creo que trabajaré en él cuando tenga un rato. Es divertido, ¿sabes? Quizás consiga que desarrolle un sistema de localización por GPS. ¡Podría patentarlo y me forraría! Imagínate la de gente que hay por ahí a la que le han robado el portátil y daría lo que fuera por localizarlo...

—Sí, sí, sí...

—Bueno, eso. Que he puesto en marcha el programa después de hacerle unos ajustes y, tío, tío... —La pasmada voz adolescente de Rodrigo sonaba embriagada. «Me encanta la gente que disfruta con lo que hace», pensó Nacho—. Tío, como un sabueso en busca de un oloroso hueso de mamut... Enseguida ha empezado a enviar datos a un servicio de servidores de San Diego. Así que ya tengo en mi poder la última dirección utilizada y los datos de los *routers* que se han usado últimamente para conectarse desde el ordenador del, este..., del muerto. Mañana puedo localizarlos y decirte su ubicación exacta.

—¡Genial! —masculló Nacho; no quería despertar a Jacinta y hablaba bisbiseando y haciendo los ruidos de un roedor atragantándose con una nuez de hilos y pelusa debajo de la cama—. Buen trabajo. Repito: bu-en tra-ba-jo...

—Pero eso no es todo. Mientras trabajaba en el tema... alguien se conectó a la red desde ese portátil. Entré a echar un vistazo y, ¡bingo!, el cacharro tiene webcam incorporada. Es un aparatito encantador, un modelo nuevo de Macintosh que salió a la venta hace pocos meses. Así que... Le hice una foto al usuario a través de ese agujerito tan simpático que tiene esa preciosidad en lo alto de la pantalla. Era usuaria, más bien. Una tiparraca espantosa, si puedo decirlo. Te la he mandado por mail. Si abres el otro correo que te he enviado, podrás verla en todo su antifotogénico horror.

—¿Qué estás diciendo?

—Lo que oyes. Rodrigo Bond al servicio de su majestad. Te estoy diciendo que le he hecho una fotografía (no muy buena, pero tengo más, si te apetece verlas, otras dos más) a la persona que está utilizando ahora mismo el ordenador de un señor que está criando malvas con un cuchillo clavado en el pecho como si fuese un clavel en el traje. ¡Qué pillina, eh, la espécimen esta!

Nacho notó que le temblaban los dedos cuando pinchó el segundo mensaje del chico y lo abrió.

La foto era un documento adjunto y tuvo que teclear sobre él, de nuevo, para desplegarlo en pantalla.

El corazón le latió con más intensidad que un rato antes, mientras hacía el amor con Jacinta, porque el rostro contraído, arrugado y algo deformado por la cámara web llenaba toda la pantalla: doña Agustina Pons parecía saludarlo desde allí, con el ceño fruncido y los incisivos de raposa al descubierto, como tronchados mondadientes.

TERCER DÍA EN EL CIGARRAL

—

Gota de humilde rocío
delicada,
sobre las aguas del río
columpiada.

ENRIQUE GIL Y CARRASCO

LAS RELACIONES PELIGROSAS

Cuando despertó, Jacinta ya se había ido. Nacho palpó la cama a su lado, pero las sábanas estaban frías, y el hueco del cuerpo de la mujer se veía cincelado en algodón a la media luz de la mañana; semejaba la voluta de humo de una pipa. Dúctil, menudo, lleno de curvas.

Se le atragantó un bocado de aire cargado de emoción, y un hormigueo le recorrió el estómago al recordar las sensaciones de la noche pasada.

Reconoció que la echaba de menos a la manera en que sólo se puede añorar a alguien con quien hemos compartido una intimidad de las que logran traspasar las pieles.

La vería más tarde. Tenía que ducharse y afeitarse. Se alegraba de haber llevado una buena provisión de colonias caras y de ropa interior. Eran casi las siete y media, había dormido mucho para lo que era su costumbre. Y la hora evidenciaba que Jacinta había dejado su habitación antes del amanecer, quizás temerosa de que los sorprendieran juntos.

Cogió su bolsa de aseo y se arriesgó a ir al cuarto de baño. Todavía no era su hora, pero quería ir adelantando tiempo.

No había nadie, de modo que se aseó y volvió a su habitación. Terminó de vestirse —se había paseado por el pasillo solitario pertrechado tras una toalla a modo de basto taparrabos—, leyó la prensa electrónica en su ordenador (un picoteo por los titulares de las cabeceras más importantes, y algunos confidenciales que echaban chispas con el reciente crimen en el cigarral) y se dijo que estaría bien bajar a la biblioteca antes del desayuno, para echar un vistazo a aquel dossier de prensa de papel que doña Agustina iba engordando poquito a poco con las noticias publicadas respecto al asesinato de Fabio, a las que ahora se añadirían las referentes a Richard. El ámbito de la música pop estaba conmocionado por la noticia de su muerte. En *Noticias Digitales* recogían una serie de testimonios de profesionales, compañeros y amigos del cantante verdaderamente lacrimógenos.

A él mismo se le hizo un nudo en la garganta al pensar en Richard, en que había desaparecido del mundo para siempre. Reflexionó un momento y comprobó que quizás ni él mismo era consciente todavía de que el hombre había muerto. ¿Cómo era aquello que había dicho Torres Sagarra sobre Jorge Manrique y que tanto le había gustado? Ah, sí: «su infinita ternura.» Richard, en muchos sentidos, era igual que las *Coplas* de Manrique, poseía esa infinita ternura que, de repente, se había esfumado definitivamente del universo. Cierto: quedaban sus libros de poemas, su música. Pero él ya no estaba, y el planeta había amanecido un poco más innoble, más desdichado y más desamparado que el día anterior.

Requiem eternam.

Cuando bajó, Carlos y Alina ya estaban en la cocina, con caras de haber visto una aparición. La tez cobriza de la mujer presentaba mal aspecto, y su mirada distraída decía a las claras: «Nadie logra respirar perpetuamente.» Su marido, por su parte, apenas saludó a Nacho con un «bu ías», que el meteorólogo tradujo por «Buenos días, ¿quiere usted un café?».

—No, gracias... No tomaré café ni ninguna otra cosa —dijo Nacho con toda seriedad, a pesar de que ninguno de los dos le había ofrecido nada—. Puedo esperar y esperaré al desayuno. Sólo he entrado en la cocina para saludar. Así que... hola. Y adiós, luego nos vemos.

Nadie le respondió.

La biblioteca presentaba un primoroso aire de recogimiento. La larga mesa había sido limpiada, incluso le habían sacado brillo, y los periódicos del día reposaban cuidadosamente ordenados en una mesita auxiliar, junto con unas pequeñas pilas de papeles que Nacho identificó como los dossiers pendientes. Las conferencias estaban apiladas y dispuestas en un estante bajo, que sobresalía de los demás, para que fuesen bien visibles. Quedaban cuatro por recoger, los otros poetas ya habían hecho los deberes y se las habían llevado a sus cubículos. Nacho era uno de los cuatro informales que aún no habían cumplido. Calculó que otros dos serían el difunto Richard y Rocío. Y el cuarto, a lo mejor Fernando. Al meteorólogo le daban espasmos sólo de pensar en leerlas, y lo había ido posponiendo, aunque tendría que hacerlo tarde o temprano.

Hojeó las fotocopias y recortes de prensa que hablaban del crimen de Fabio. Leyó algunas cosas de interés en *La Vanguardia*, en *El Ideal* y en *La Voz de Galicia*, más o menos atinadas y tibiamente ajustadas a la verdad, pero que él ya conocía de primera mano. Y un reportaje titulado «Sangre entre los cipreses», del *Lanza*. En el panfleto *La Fiera Literaria*, a pesar de la gravedad de los hechos (se había cometido un crimen, no era conveniente olvidarlo), aullaban de puro pitorreo en cada línea de su «número extra». *El Periódico de Catalunya* seguía diariamente el asunto con una atención casi forense, y nunca mejor dicho. En *El Mundo* tiraban a matar (si podía decirse así, teniendo en cuenta su estado) sobre la figura de Arjona, e insistían en sus relaciones «oscuras y enigmáticas» con el poder cultural durante los últimos veinte años, insinuando que el muerto había salido siempre a flote a pesar de la animadversión generalizada que solía despertar. Hacían especial hincapié en las malas relaciones que Fabio mantenía con algunos de los poetas presentes en el cigarral a la hora en que fue cometido el crimen; malas relaciones, aseguraban, conocidas por todos en el «mundo literario».

A Nacho se le antojaba una expresión presuntuosa esa del «mundo literario» (o el mundo del deporte, el mundo de la música...), que da por sentado que un grupito de personas dispares, por el mero hecho de tener algún interés común, ya forman un mundo por sí solos. ¡Qué desprecio metafórico a la excelencia del mundo *real*, a su belleza, a su complejo esplendor!

En fin. Continuó leyendo.

Un artículo del diario *La Razón* despertó su interés. Estaba escrito por un crítico literario del periódico. Que Nacho recordara, ese hombre no había publicado ni una sola crítica demoledora de ninguno de los libros que venía reseñando en el suplemento desde hacía años. Nacho apreciaba ese gesto. Prefería a los críticos que estimulaban a la lectura, no a los que alejaban a la gente de los libros recordándoles lo malos que eran. Ya había pocos lectores, la cosa era no contribuir a que hubiese todavía menos (aunque a él le daba en la nariz que llegaría un día en que los analfabetos funcionales superarían abrumadoramente en número a las personas letradas, con o sin la ayuda de los críticos literarios). Sin embargo, en su fuero interno reconocía que él mismo había disfrutado sádicamente leyendo algunas críticas literarias feroces y varilargueras, de esas que ridiculizan un libro sin piedad hincando la cuchilla como si se tratase de un toro en la suerte de varas al que no se deja en paz hasta que brota el chorro torrencial de sangre. Libros de otros autores, por supuesto. Afortunadamente, él en la vida había sido pasto de las iras de un crítico, y esperaba no serlo en un futuro inmediato. Nunca, a ser posible. (No sabía cómo reaccionaría ante algo así. Quizás mucho peor que Cecilia Fábregas.) Se consoló pensando que era improbable que él llegase a ser lo bastante importante en el «mundo de la poesía» como para merecer los rabiosos zarpazos críticos de algún preboste pistolero de suplemento literario, con la sílaba caliente y juguetona y el asta biliosa. Esa idea lo entristeció un poco, pero no lo suficiente como para desear tener alguna vez una mala crítica. «Por otro lado —casi murmuró para sí—, el arte del insulto es una cosa tan española, tan nuestra, tan de aquí... El insulto ha sido literaria, política y hasta científicamente productivo de toda la vida: aunque los resultados sean en algunos casos inciertos, al menos obliga a unos y a otros a esforzarse. Quizás sea mejor cultivarlo, tal como se viene haciendo hasta la fecha, que intentar erradicarlo, inútilmente además.»

El crítico había escrito un largo artículo que hacía una semblanza bastante aguda, sin llegar a malintencionada, de ciertos poetas que en ese instante descansaban en sus cuartos, bajo el mismo techo que Nacho. Se notaban sus esfuerzos por ser delicado, pero aun así, sus capacidades retóricas eran insuficientes para lograr encubrir la realidad, o asearla un poco. Después de leer el texto, Nacho se enteró, por ejemplo, de que parecía probado que Fabio Arjona prestó una cantidad respetable de dinero al laureado poeta latinoamericano Rilke Sánchez, y que sin duda cuando lo hizo le constaba que este último no sería capaz de devolvérsela jamás, pero Rilke era miembro permanente de un prestigioso premio literario en su país de origen, uno de los más importantes en lengua española a ambos lados del océano, al que casualmente Fabio Arjona se había postulado con un librito de poemas «que no era lo mejor de lo suyo». Arjona no logró alzarse con el codiciado galardón, ni el año del préstamo ni los tres siguientes. Cuando se resignó a la idea de que no lo conseguiría por más que lo intentara todos los años, contó a todo el mundo lo del préstamo que le había hecho a don Rilke, que montó en cólera al enterarse y, a la pregunta de un joven espectador, que entre irónico y avergonzado comparó su situación con la deuda externa de algunos países latinoamericanos, Rilke juró ante un auditorio de más de trescientas personas, mientras participaba en una mesa redonda en el Centro Cultural de España en Lima, que algún día le devolvería a Fabio, «a golpe por céntimo», cada uno de los dólares que había recibido del madrileño. Acto seguido calificó a su acreedor de «guataca» y «mojón rítmico», y el público estalló en nerviosas carcajadas.

Por su lado, Pascual Coloma no le había perdonado nunca al difunto Fabio Arjona que no apoyara una solicitud de candidatura oficial al ayuntamiento de Estocolmo para que le fuese concedido el Premio Nobel de Literatura (Nacho se preguntó si eso de la concesión del Premio Nobel funcionaba de manera parecida a lo de los Juegos Olímpicos). Una candidatura que, sin embargo, tuvo un apoyo multitudinario y suscribieron incluso varios futbolistas del Real Madrid, que hasta entonces no habían brillado públicamente por su afición a la lírica.

A propósito de Coloma, Fernando le había dicho a Nacho: «Pero si Pascual... ¡hasta se ha casado dos veces con traductoras suecas! Bueno, vale, miento. En realidad, primero se casa con una sueca y luego la convierte en traductora. De su obra, faltaría más. Así combina con naturalidad y sencillez la vida familiar con su carrera hacia el Nobel, asegurándose de que los miembros de la Academia sueca puedan leer sus obras en su propio idioma.» Nacho supuso que Pascual Coloma le habría tenido guardado el agravio a Fabio Arjona desde entonces; bien guardado y a salvo, en la sección de rencores de su magistral pecho.

En cuanto a Jacinta Picón (sintió un ciempiés de caramelo paseándose por su estómago cuando leyó su nombre), había sido acusada por Fabio Arjona, por escrito y no hacía mucho, de ser «la Barbara Cartland de la poesía española. Ella no lo sabe, pero todos esos mordiscos sensuales y coitos placenteros de los que hablan sus versos son pura literatura rosa disfrazada de misticismo clásico, que además está cortada con una regla de medir versos rencos porque el caletre no le da para escribir una novela de quiosco. Debería volver a trabajar como ayudante de notario, así utilizaría ropa que le impediría resfriarse con frecuencia. O bien dedicarse solamente a la televisión, que es un medio lo bastante frívolo y badulaque para venirle como anillo al dedo, dicho en los términos del género literario que ella cultiva, uno de cuyos fines es alcanzar el altar cueste las páginas que cueste. Sí: no poner sus impúdicos versos sobre la pureza de la poesía y concentrarse en la tele le vendría fenomenal a doña Jacinta; a ella y a su tontería sentimentaloide, y a su escote. Aunque, en aras de ser justo, no me cuesta nada añadir que la señora está de muy buen ver, a pesar de su edad, y que todavía tiene un escote espléndido».

«Fiuuu...»

Nacho imaginó que, si Fabio Arjona estuviera todavía vivo, después de leer eso él mismo se hubiese encargado con mucho gusto de partirle los morros.

Sobre Pedro Charrón, el crítico había recogido la noticia, documentada por un periódico de provincias, que aseguraba que el hombre, un misántropo que habitualmente procuraba mantenerse alejado del ruido fatuo de la mundanidad y el relumbre de los círculos sociales, había retado en duelo (¡en duelo, como Pushkin!) a Fabio Arjona y que el encuentro, a pistola y a muerte, estuvo a punto de tener lugar, aunque afortunadamente fue parado a tiempo por la Guardia Civil, alertada por un vecino del pueblo de Pedro. Ni la autoridad ni los allegados a Pedro Charrón pudieron sonsacarle nunca el motivo de la disputa. Fabio Arjona también se lo calló («ahora para siempre», decía el crítico de *La Razón*, de manera poco afortunada). De modo que nadie sabía por qué los dos hombres estuvieron un día a punto de matarse, aunque se rumoreaba que había sido por un «asunto de honor».

«Vaya, vaya, vaya...»

De repente, doña Agustina entró en la biblioteca y, mientras la miraba, Nacho recordó su cara fotografiada por la webcam del ordenador de Fabio. Se le pusieron los pelos de punta.

—¡Aaah...! —no pudo evitar exclamar.

—Perdona, muchacho, ¿te he asustado? —La voz de la señora era dulce, pero aun así el meteorólogo se sintió acorralado por fuerzas que ni siquiera era capaz de comprender—. Te has levantado muy temprano, ¿no? Creía que los jóvenes teníais la costumbre de dormir a pierna suelta. Al menos, en mis tiempos solía ser así. Yo ahora duermo poco.

«No me extraña», conjeturó Nacho, algo resacoso.

Se armó de valor y decidió preguntarle a la mujer por el ordenador de Fabio. Sabía que no podía decirle por qué medios había averiguado que era ella quien lo tenía en su poder; no sin confesar que Rodrigo y él, que era el instigador, habían cometido una ilegalidad. No le gustaba dar una imagen de sí mismo como uno de esos tipos sin escrúpulos que creen que el fin justifica los medios. A pesar de sus jugueteos electrónicos (la policía los calificaría sin darle demasiadas vueltas de pura y simple piratería) y de lo que se traían entre manos, no creía pertenecer a esa calaña de gente. No, *él* no, por supuesto.

Miró a su alrededor, pero aún no habían bajado el resto de sus compañeros, y Carlos y Alina seguirían en la cocina, preparando el desayuno. La casa estaba en calma, apenas se oían ruidos de pájaros provenientes del exterior. El día había amanecido claro y despejado, con tan sólo alguna nube extraviada y subrepticia explorando a sus anchas el cielo. El gato de doña Agustina estaba varado cerca de la puerta, acariciándose la cara con una patita con los movimientos de un viejo que trata de quitarse los anteojos.

—Siéntese, doña Agustina, me gustaría hablar un momento con usted —pidió cortésmente.

La señora se dejó caer sobre una silla.

—¿Tienes algún problema con tu habitación? ¿Necesitas algo? Carlos puede...

—No, estoy bien, no es eso. Muchas gracias.

—Pues entonces, tú dirás —su voz sonó como un graznido apagado.

Nacho tenía la impresión de que la mujer había encogido en los últimos dos días. Su cuerpo delgado crujió como un tallo seco al sentarse. La cara, por lo común recta, firme y vivaracha, se veía abatida, como si alguien la estuviera desmontando por las noches, poquito a poco. Delataba su cansancio. Tenía la mirada distraída, marcada por una expresión huera.

—Doña Agustina... Verá, creo... No sé cómo decirle esto, pero estoy seguro de que el ordenador que vi a su lado cuando llegué el otro día, ¿se acuerda?, un ordenador portátil que usted mantenía abierto mientras hablaba conmigo, pues... Creo que se trata del ordenador del difunto Fabio Arjona.

La dama irguió la espalda y aguantó la respiración un segundo, pero no dijo nada.

Nacho hizo un esfuerzo por seguir hablando. De repente pensó que quizás se equivocaba, que tal vez Rodrigo, impulsado por él mismo al mandarle la información, había confundido las IP de Fabio Arjona con las de doña Agustina. O que quizás habían errado desde un primer momento: a lo mejor Arjona había enviado sus e-mails desde el ordenador de la mujer. Tenía entendido que mantenía buenas relaciones con la fundación que ella presidía. Tal vez habían partido de una premisa equivocada y ahora todas sus conclusiones eran incorrectas. Le costaba hacerse a la idea de que aquella anciana, tan atenta y capaz, de aspecto inofensivo, fuese...

—Sigue —lo apremió ella entornando los ojos.

—¿Qué?

—Continúa con lo que estabas diciendo, por favor.

—Bueno, yo... Eeeh... Decía que me parece que tiene usted el ordenador de Fabio Arjona. Que el señor Arjona llegó aquí provisto de un ordenador que no encontró la policía...

—La policía registró no sólo la habitación de Fabio, sino todo el cigarral. Se llevaron todo, *todo* lo que creyeron necesario, y precintaron las zonas de la casa, incluido el dormitorio del finado, que consideraron que no debíamos tocar o pisar.

—¿Ese ordenador es suyo, es de usted, entonces?

La mujer se llevó las manos al regazo y bajó la cabeza. Nacho no sabía si se sentía ultrajada o abochornada. Mirarla, ver su aspecto derrotado de anciana, lo conmovió profundamente, incluso más que contemplar el cadáver desnudo de Richard.

Se hizo un incómodo silencio que el meteorólogo no se atrevió a romper, aunque seguía esperando una respuesta. Era fácil. Ella sólo tenía que declarar que «sí», y él casi estaba dispuesto a creerla. No pasaba nada si se habían descaminado desde el principio y habían seguido la pista del ordenador de la mujer en vez del supuesto ordenador de Arjona.

Nacho ya no sabía qué pensar. No le gustaba ver a aquella anciana con aire extraviado y esa enorme tristeza que parecía que alguien le había introducido con un calzador dentro del alma. Pensaba en su tía Pau, y en el respeto que le inspiraban las señoras mayores. Para él eran las guardianas de la especie, viejos ángeles custodios de la sensatez en un mundo desesperado.

Doña Agustina sólo tenía que reprenderlo por su atrevimiento, decirle que el ordenador era de su propiedad, y punto. Él casi aceptaría que así era. Ni siquiera le pediría que se lo enseñara. Pero doña Agustina no dijo nada. Continuó mirándose las manos, arrugadas y acartonadas como unas viejas zapatillas de ballet. Sus uñas lucían una buena manicura que empezaba a perder sus efectos.

De pronto Nacho se dio cuenta de que la señora estaba llorando. Había inclinado la cabeza y hacía girar su anillo de boda sobre el dedo anular con una obstinación infantil, como si deseara desenroscarse el dedo del resto de la mano y el anillo fuese la clave.

Nacho estaba tan azorado que apenas se atrevía a respirar para evitar ahogarse.

—Yo no quería... —balbuceó—. Lo siento.

Doña Agustina levantó por fin la mirada y sus ojos hirvieron como dos trocitos de invierno ártico.

—Yo no lo maté. No maté a Fabio Arjona. Mírame, Ignacio, ¿quieres? Soy una vieja. No tengo fuerza física ni para acabar con un borracho como él. Y no, tampoco envié a nadie a que hiciera ese trabajo por mí, si es lo que estás pensando. Apenas tengo el vigor necesario para organizar eventos como éste. Maldita sea la hora... —Se secó disimuladamente las lágrimas con un pañuelo que llevaba en la manga, detalle que a Nacho le pareció adorable y anticuado.

Asintió modosamente.

—Pero sí le robó su ordenador...

La señora cabeceó, asintiendo. De repente irguió la cabeza y el ambiente dejó de ser plácido entre los dos. El meteorólogo tuvo la clara percepción de que ahora eran igual que dos niños extraños y desconfiados que se observaran en mitad de un patio sucio de colegio. El momento de empatía se había desvanecido en la nada.

—Cuando descubrí su cadáver, entré corriendo en la casa para llamar a la policía y dar aviso al resto de las personas reunidas aquí, pero lo pensé mejor. No había nadie a la vista, y yo no sabía lo que hacía, me sentía nerviosa, mareada y enardecida por el miedo, de modo que fui hasta su habitación y la registré de arriba abajo antes de llamar a la policía. Tardé un cuarto de hora. No encontré nada, excepto un par de botellas de whisky, unos libros sin importancia, y su ordenador... Lo abrí y estaba encendido, en reposo. No necesitaba introducir ninguna contraseña para acceder a él, así que... lo metí dentro de su funda, me lo eché al hombro y salí de allí. Fui a mi dormitorio y llamé a la policía. Cuando registraron la casa debieron de pensar que era mío, porque ni siquiera me preguntaron por él cuando lo descubrieron en mi habitación. Abierto, tal y como tú lo viste el día que llegaste aquí, con ese salvapantallas repitiéndose sin cesar.

—¿Qué estaba buscando usted?

—No lo sabía con exactitud.

Nacho la escrutó con gesto de incredulidad.

—¿No lo sabía? Y entonces..., ¿por qué tuvo la ocurrencia de hurgar en sus cosas, en las pertenencias de un hombre recién asesinado?

Doña Agustina volvió a inclinar la cabeza y fijó la mirada en el gato, que dormitaba a sus pies.

—Fabio llevaba casi dos décadas chantajeándome.

Nacho enarcó una ceja.

—Si me permite la pregunta... ¿Con qué objeto? Quiero decir..., ¿cuál era el motivo, o la excusa, para hacerle chantaje?

—El pasado de mi difunto marido, que en gloria esté. Ése era su chantaje. Durante lustros me amenazó con hacer públicos documentos que probaban, según él, la amistad de mi marido con el conde Ciano, el yerno de Mussolini, que terminó siendo ejecutado por orden de su suegro, como sabrás. Y la connivencia de Alberto, de mi marido, con el fascismo italiano cuando Hitler intentaba convencer a Franco de que se uniese a su guerra, de que entrara en la Segunda Guerra Mundial luchando a su lado. Fabio me había dicho que tenía testimonios que demostraban que mi marido había participado en la conferencia que tuvo lugar en Bordighera, el 12 de febrero de 1941, entre Mussolini y Franco, que estaban acompañados por sus respectivos ministros de Exteriores, Ciano y Serrano Súñer. Fabio me dijo que mi marido estaba entre el séquito que los acompañaba.

—Vaya...

Doña Agustina asintió con aire rendido.

—En ese encuentro, Mussolini hizo de intermediario de Hitler, que no lograba arrancarle un sí a Franco, e incluso pensaba que el general español le estaba tomando el pelo, siempre dándole largas. Mussolini negoció la entrada de España en la guerra mundial, pero con cierta desidia. Mussolini no era Hitler, y en cualquier caso, no convenció a Franco, que no había tenido jamás ninguna intención de unirse a la guerra. —Doña Agustina suspiró con la emoción de una penitente—. Es cierto que Alberto fue amigo del conde Ciano, que era casi de su misma edad, un tipo exuberante, un niño mimado, contradictorio y apasionado, como dijo de él Serrano Súñer. En vida, Alberto me enseñó las fotos y las cartas que probaban esa amistad íntima y fraterna. —Miró a Nacho con gesto desafiante—. Esas pruebas ya no existen. A la muerte de Alberto las quemé todas, una por una, en la chimenea de esta misma casa, ayudada por mi secretario, el buen Teodorico. Los dos convinimos en que era lo mejor. Yo llevo..., cielo santo, llevo toda mi vida luchando por el legado de mi marido, porque su figura esté donde se merece; no me siento muy propensa a consentir que nadie lo denigre o mancille su nombre denunciándolo públicamente como fascista. Yo conocía bien a Alberto: era un hombre bueno. No lo puedo tolerar. Creo, creo... que tú también eres un buen hombre, y que me guardarás la confesión, pero en caso de que sintieras la tentación algún día de reproducir lo que ahora mismo te estoy diciendo, en unas circunstancias tan difíciles como las actuales para todos, te aseguro que no sólo negaré que sea cierto lo que dices, sino que te perseguiré hasta el último rincón del infierno judicial que alberga la burocracia de este país, y te lo haré pagar. Te haré pagar que hayas traicionado la confianza que estoy depositando en ti, obligada por mi situación, y te haré pagar al contado la mendacidad y la insidia respecto a la memoria de mi marido.

Nacho tuvo un sobresalto que le hizo dar un brinco en la silla.

—Señora, no es necesaria la amenaza —rezongó con un estremecimiento. No dudaba de que la mujer cumpliría su palabra—. Aún no me he decidido a ejercer el oficio de delator, ni el de chantajista, por muy sustanciosas que sean las ganancias.

Doña Agustina rió de buena gana. Estaba recobrando su presteza, y un lustre de color remotamente parecido al cereza, aunque exangüe, empezaba a teñirle el rostro. El meteorólogo imaginó que, en cierto modo, se sentía aliviada después de hablar con él y compartir su secreto.

—Las ganancias, sí... Fueron muchas, para Fabio. La fundación que presido le ha pagado generosamente su silencio durante todos estos años —dijo meneando nerviosamente la cabeza, igual que si estuviera desconcertada después de atravesar a ciegas un largo túnel—. Cualquier excusa era buena para enviarle un cheque. Los necesitaba a menudo, y yo se los mandaba puntualmente. Dios mío... Nadie, excepto mi fiel Teodorico, sabe cuánto he sufrido con este asunto, y lo mucho que me alegro de que haya acabado.

—¿Encontró algo en su ordenador?

Doña Agustina negó con vehemencia con la cabeza; parecía que le estuvieran azotando la cara.

—Nada, nada, nada... ¿Te lo puedes creer? —dijo la mujer, casi gimiendo—. Él presumía de tener toda su vida dentro de su ordenador. Supuse que allí encontraría documentos escaneados, cartas, no sé, cualquier cosa que le hubiese servido para su chantaje. Pero tanto Teodorico, a quien le envié por correo electrónico muchísimos documentos de su disco duro, como yo, que no he parado de revisarlo desde que me hice con él, no hemos encontrado nada en el aparato. Nada. He llegado a conjeturar que simplemente Fabio intuía la verdad, y aunque carecía de pruebas, me la restregó por la cara y yo me lo creí a pie juntillas por eso, porque decía la verdad, y la verdad asusta.

Se quedó callada un momento.

—Es gracioso. Sin embargo... —añadió al cabo, en voz muy baja—, la ponencia que nos envió para este encuentro, sobre la figura literaria de mi marido, es excelente. De todo punto excelente. Me consta que no la escribió él, mandó que la redactaran tres de sus becarios, a los que les llevó seis meses concluirla, pero es un trabajo admirable, y le estoy muy agradecida.

—Siguiendo con lo del chantaje... ¿No cree que quizás

tenga esas pruebas que usted teme en su casa, guardadas en un cajón? O en su despacho.

La dama volvió a negar, esta vez con menor ímpetu.

—No, no me parece posible. Ahora no me lo parece. Antes sí, antes estaba convencida de que era así, pero, en cualquier caso, una vez desaparecido él, ya no importa. Cualquiera que pudiese encontrar algo comprometedor para nosotros entre sus papeles ni siquiera sabría de qué se trata. Y aunque lo supiera..., ¿qué?, ¿para quién es importante, excepto para mí? Y para Fabio, que ya está en un lugar donde nada importa demasiado.

—¿No tiene familia que vaya a hacerse cargo de sus pertenencias? No sé, parientes cercanos, o lejanos... Alguien será su heredero.

—No, no tenía familia, que yo sepa. Era hijo único, y no tuvo descendencia. Jamás se casó. —La señora hizo memoria—. No sé si tenía algún tío que vivía en el extranjero, en Canadá o por ahí. Pero quizás su tío, que a estas alturas sería muy mayor, ya haya muerto. No sé nada al respecto. Ignoro si Fabio ha dejado testamento. Pronto lo sabremos. Además, normalmente siempre andaba emparejado, pero ahora no tenía una mujer a su lado. La soledad no le estaba sentando bien, y sospecho que por eso bebía más que de costumbre. En el último año, las veces que me encontré con Fabio, noté que empezaba a perder un poco el norte. Él, que siempre había sido una apisonadora, estaba distraído, atontado, y bebía mucho, como te digo. A veces, mientras estaba hablando conmigo, sonreía estúpidamente y cerraba los ojos unos segundos. Yo era muy consciente de que se quedaba *dormido.* ¡Se quedaba dormido mientras hablaba y ni siquiera se daba cuenta! No era tan viejo como para que le ocurriera eso, y yo pensaba que era mal síntoma. Nunca le dije nada. Prefería hablar con él lo menos posible.

—Doña Agustina —dijo Nacho—, ¿le puedo pedir un favor? ¿Me dejaría echarle un vistazo al ordenador de Fabio? Tengo un amigo que... Bueno, no sé. Se me ha ocurrido que quizás podamos encontrar algo.

—De todas formas, querido Ignacio, me consta, porque así me lo dijo Fabio en vida en varias ocasiones, que el disco duro de su ordenador está duplicado en el de su despacho de la facultad, además de las copias de seguridad que tenía en su casa. Era muy maniático con eso. La policía ya los habrá revisado cuidadosamente.

—Bueno, pero nunca se sabe...

Cuando vio aparecer a Jacinta en el comedor, a Nacho se le esclareció el gesto y sintió un vuelco en el corazón. Pequeño, sí, pero profundo, como si alguien le hubiera lanzado dentro una piedrecita. Sonrió a la mujer y se levantó para acercarse a ella.

Estaba a punto de llegar a su lado cuando cayó en la cuenta de que Jacinta no le había devuelto la sonrisa, ni siquiera un ademán que evidenciara que lo había visto. Aun así, no se arredró y se dijo que quizás estaba cansada después de lo de la noche anterior (más tarde, pensándolo con calma, se reprochó haber caído en esa trampa tan masculina y tan idiota de creer que las mujeres se dejan agotar por los hombres, como si el mundo no contara con fuerzas más poderosas capaces, ellas sí, de consumir sus ánimos).

—Hola, preciosidad —le susurró casi al oído.

Jacinta no le respondió, pero lo escrutó de arriba abajo y Nacho se vio envuelto de pronto en un clima frío, seco y ventoso, más propio del círculo polar ártico, a 66,5 grados de latitud norte.

Se quedó tan trastornado que estuvo a punto de caerse

después de tropezar con una mesita de té. «La vida subsiste a duras penas en la Antártida —pensó como un tonto despistado—, y eso solamente en las zonas más templadas de la costa.» Le dio por recordar que, si se fundiera todo el hielo de la Antártida, el nivel de los mares del mundo se elevaría sesenta metros.

Pero... ¿qué le ocurría a aquella mujer? Ni siquiera se había fijado en él. Miró a un lado y a otro, pero sus compañeros habían comenzado a desayunar y apenas le prestaron atención. Quizás había pasado a otra dimensión sin darse cuenta, volviéndose invisible. O tal vez nunca había existido en realidad. «No somos más que espacio vacío —reconoció con pesar—, tal vez por eso ella no puede verme.»

Permaneció parado un momento en medio de la habitación, admirando el ir y venir de los comensales, y de Carlos y Alina, que revoloteaban alrededor de la mesa tristemente, como almas en pena sin los papeles de residencia al día.

Jacinta se sentó entre Torres Sagarra y Rilke Sánchez, de modo que perdió la oportunidad de acomodarse él mismo a su lado y estar a su vera mientras desayunaban. Decidió aproximarse a ella y pedirle que lo acompañara para hablar con él.

Así lo hizo.

Jacinta apretó los labios, se levantó y lo siguió en silencio hasta el pasillo.

En cuanto estuvieron solos, Nacho fue a abrazarla, pero ella lo detuvo en seco, interponiendo un brazo estirado que parecía una barrera de guardarraíles tan afilados como una hoz.

—No me toques, por favor —le pidió Jacinta.

—¡¿Queeé?! —Nacho no conseguía salir de su asombro.

«¿No me toques?» ¿Qué diablos quería decir con eso? Ella, a la que había tocado la noche anterior con la naturalidad de quien explora su propio cuerpo, porque así se lo había rogado la propia Jacinta, ¿le pedía ahora que no la tocara? ¿Qué estaba pasando?

¿Acaso había hecho algo mal? Valoró esa posibilidad, pero aunque no quería ser arrogante consigo mismo, se le antojaba harto improbable, porque estaba relativamente seguro de ser capaz de satisfacer sexualmente a una mujer. Había aprendido con un libro, sí, pero el tiempo le había brindado más de una oportunidad de poner en práctica la teoría, y hasta la fecha no había recibido quejas ni querellas amorosas al respecto de ninguna de las mujeres con las que había salido. El libro se titulaba *Cómo hacer bien el amor a una mujer*, de Régine Dumay. Se lo regaló, en 1986, su tía Pau, camuflado entre otros muchos (manuales de meteorología y poesía modernista, creía recordar), justo cuando empezaba a tener las mismas dudas que ahora aquejaban al joven Rodrigo. Hasta había pensado que podría utilizarlo todavía para tomar unos apuntes y responder a las preguntas del chico. Lo conservaba como oro en paño. En su momento, a Nacho ni se le había pasado por la cabeza hablar de sus aprensiones amorosas con su tía, pero ella debió de intuir algo, y... No, no podía ser que Jacinta se sintiera contrariada con él por tu torpeza amatoria. Aunque con las mujeres nunca se sabía.

¿Qué les pasaba a las mujeres? Sobre todo a las occidentales. Nacho tenía la impresión de que carecían de sentimientos. ¡Y pensar que no hacía tanto, tras conocer los testimonios de Cecilia y Cristina, pensó que quizás las féminas eran las víctimas propiciatorias de los desalmados de su mismo sexo! Pues no, nada de eso.

¿Es que se estaban volviendo despiadadas, como los hombres? ¿No encontraban otro modelo mejor que seguir que el de los machos sañudos y promiscuos de su especie? ¿Qué hacía él mal para que todas concluyesen rompiéndole el corazón? La última había sido una ayudante de producción que trabajaba en la tele con él. Era alta y pelirroja, y llevaba el pelo enredado con rastas artificiales que, cuando estaban juntos, se le metían por la nariz y por la boca y le hacían estornudar. Ella lo dejó plantado un día, sin la menor explicación. Le partió en pedacitos su pobre corazón enamorado y fue regando las migas por los platós con el mismo entusiasmo que un Pulgarcito catódico. Y ahora Jacinta, Jacinta... Nacho había pensado que... Creía...

A veces le daba por rumiar si no sería una buena idea echarse una novia oriental. Tenía entendido (un compañero suyo, casado con una taiwanesa, se lo había asegurado así) que eran mucho más complacientes que las occidentales. «La decadencia de Occidente, Nacho —le había asegurado su colega— es culpa de las mujeres occidentales, que han acabado con los pilares de nuestra sociedad, con la familia y con el cabeza de familia. Ellas han descabezado la institución familiar con sus ideas sobre la liberación de la mujer; se han hecho esclavas de sí mismas y de su propia necedad al intentar imitar a los machos; después de eso, todo se ha venido abajo.»

Jacinta lo miró a los ojos y él pensó que no podría sostenerle la mirada.

—Lamento que —tartamudeó la mujer—, que hayas pensado que... Lo que pasó anoche... Bueno, en fin. Por mí es como si nunca hubiese ocurrido. Espero que no lo hayas malinterpretado.

—¿Malinterpretado? —Nacho se preguntaba qué había sido de la dulzura y la gracia de la Jacinta de los días anteriores, de la noche pasada—. ¿Crees que lo que pasó entre nosotros se presta a múltiples interpretaciones? Eres una exégeta de primera, si piensas así.

—Mira, Nacho, ya tengo bastantes líos en mi vida, me viene... —En ese momento Alina salió al pasillo y los miró fugazmente, pero siguió andando con pasos medrosos en dirección a la cocina. Jacinta bajó aún más la voz—. No me viene bien un lío más en mi vida.

—¿Un lío más? ¿De qué estás hablando? ¿Quieres decir que yo soy para ti *un lío más*? ¿Es eso lo que estás diciendo? Me hubiera gustado saberlo anoche, antes de...

—Lo siento, Nacho.

El meteorólogo asintió con lentitud. De repente, los ojos de la mujer, que la noche anterior lo habían cautivado con su luz, ahora se le antojaban dos pasadizos entenebrecidos. La decepción lo había dejado sin palabras, ni siquiera con fuerzas suficientes para sentirse enfadado.

—Está bien —logró decir—. Yo también lo siento.

Notaba flojas las piernas, y el estómago ardiendo.

Se dio media vuelta y entró de nuevo en el comedor. Creyó oír a Jacinta llamarlo: «Espera, Nacho, yo...», o algo similar, pero decidió seguir avanzando y no volver la vista atrás.

No pudo probar bocado, aunque se sirvió un zumo y le fue dando tranquilos sorbitos desganados mientras los demás desayunaban. No volvió a posar la vista en Jacinta.

Fernando se mostró gruñón e impertinente, aunque Nacho dedujo que se había dado cuenta de que algo no marchaba bien entre Jacinta y él y que, quizás para distraerlo, parloteaba sin cesar de cualquier tema.

Le confesó entre dientes que empezaba a estar más que harto y quería largarse cuanto antes a su casa. Estaba allí por dinero, y por deferencia hacia doña Agustina, que a lo largo del tiempo se había portado con él de maravilla. No olvidaba la vez que lo becó, hacía mil años, para escribir un libro de poemas, cuando él estaba pasando más hambre que el perro a dieta de un ricachón. Ella se enteró de su situación y lo salvó de la anemia y el fracaso. Justo a tiempo. Y de tener que abandonar Nueva York, algo que no le apetecía «ni un carajo».

Las caras del resto de los presentes también denotaban fatiga y falta de horizonte. Torres Sagarra lucía taciturna una blusa de volantes negros que a cualquier otra le hubiese servido de falda. Su gesto era mohíno. Hasta la elegante cabeza de estatua de Pascual Coloma presentaba una pátina sofocada, como si le hubiesen cagado encima una bandada de palomas.

Pero Jacinta... —Nacho se fijó con todo detalle cuando hablaba con ella—, Jacinta estaba resplandeciente, la muy zorra.

Echó de menos la presencia vibrante de Rocío, sus vestidos de joven e insolente viuda siciliana, y la hosquedad traviesa de su mirada.

—¿No ha vuelto Rocío del hospital? —le preguntó a Fernando con un hilo de voz.

Antes de que el hombre tuviera tiempo de contestar, doña Agustina, que lo había oído, se le adelantó.

—Hace unos minutos acabo de hablar por teléfono con el hospital —respondió. Había recuperado en gran parte sus modales resolutivos y la seguridad de sus manos, que ya no temblaban—. La traerán sobre las doce del mediodía. Creo que la acompañará la policía. He hablado también con el inspector Gámez Osorio, y... En fin, cuando vengan ya veremos qué cuentan.

—Pero ¿la chica está mejor, más serena? —quiso saber Mauricio Blanc.

—Oh, sí, sí... Se ha calmado, ha pasado la noche durmiendo de un tirón, según me ha dicho la enfermera jefe de la planta donde está ingresada.

—Si Dios quiere, esto no afectará a su salud. Es joven y podrá... —asintió Mauricio.

Fernando se sacudió en su silla con fastidio.

—¿Dios? ¡Ya estamos! —exclamó irritado.

Mauricio enarcó las cejas; todos los presentes miraron a Fernando con atención.

Cecilia Fábregas se limpió los labios con la servilleta y dejó los cubiertos al lado de su plato, como disponiéndose a disfrutar de la ceremonia de una rabieta más de Fernando.

—Déjame que te diga una cosa, Mauricio... ¡Dios no existe! —rezongó Fernando.

Alina, que le estaba sirviendo una fuente con trozos de naranja en rodajas, la dejó sobre la mesa, junto a una taza de café, y se santiguó dos veces.

—¡Dios no existe! —insistió Fernando, ceñudo—. Dios es como el Ratoncito Pérez: no existe pero sirve para que los niños crezcan pensando que el mundo es lo contrario de lo que es.

—Si tú lo dices... —le concedió Mauricio, flemático.

Jacinta gruñó que tal vez no deberían hablar de Dios, sino de la Diosa. Y Fernando, que había tirado la servilleta al suelo mientras despotricaba con vehemencia, se agachó a recogerla y aprovechó para asegurarle a Nacho por lo bajo: «*Dios mío*, cómo detesto ese discurso vaginal...»

Nacho no respondió.

—Este encuentro está siendo tan largo e inquietante como el estriptís de una momia... —se lamentó Miño Castelo.

A su lado, Pedro Charrón y Rilke Sánchez asintieron con frenesí mientras masticaban algo.

—Bueno... —suspiró Cristina Oller—, yo no sé si hay otra vida, querido Fernando. Nadie lo sabe. Pero, en cualquier caso, espero que Fabio... Espero que ahora que Fabio ha muerto... Bien, lo que quiero decir es que confío en que le haya mejorado el carácter.

El inspector Gámez Osorio era un tipo corpulento y no muy alto, que no debía de estar aún en la cuarentena. Tenía el pelo cortado al cero y, visto en según qué ambientes, habría pasado mucho antes por un delincuente de poca monta recién salido del *maco* que por un *madero*. No sonreía a menudo, por lo que se podía ver, y a pesar de su aspecto rudo y sus modales desabridos, sus ojos del color de la albahaca embarrada, de un verde cenagoso, refulgían de inteligencia y sutileza. Nacho pensó que no le gustaría tener que vérselas con él mano a mano, a pesar de que lo sobrepasaba en estatura. Se preguntó qué diría aquel hombre si supiera que doña Agustina les había escamoteado una prueba, el ordenador portátil de la víctima, y que él mismo era cómplice de la ocultación, pues ahora mismo el aparato dormía plácidamente en estado de reposo electrónico en el fondo de una baqueteada maleta de mano, en su habitación.

Lo acompañaba un hombre a sus órdenes, con aspecto de magrebí, pero cuyo acento no dejaba la menor duda de su origen local, llamado Juan de Dios López Aguirre, para más pruebas. Claro que a lo mejor era adoptado.

Formaban una pareja de esas de las que uno saldría huyendo en caso de encontrárselos en un callejón oscuro, y a la que nunca se le ocurriría solicitar auxilio. «Dos tipos duros, madre mía», pensó Nacho, y se mordió los labios.

Habían venido acompañando a Rocío, que presentaba un aspecto como ido, encogida bajo una chaqueta con estampados grises de camuflaje que a todas luces alguien le había prestado y que le quedaba demasiado grande. La chica temblaba igual que un conejo acorralado por una alimaña. No había dejado de repetir que se sentía bien, que todo estaba bien, pero nadie se lo había creído. Ni siquiera los policías, uno de los cuales le prestaba su brazo como apoyo, y de vez en cuando le lanzaban miradas furtivas.

El inspector Gámez Osorio les arrojó una mirada penetrante que a Nacho le produjo un escalofrío en la espalda. Estaban reunidos en el salón, todos con aire grave y formal. Apenas se oía en ocasiones una tos o el crujir de una silla.

—Pueden irse —les dijo el policía—. Todos ustedes. Si los necesitamos, ya sabemos dónde localizarlos. Este caso está resuelto. Quizás alguno de ustedes tenga que declarar si se celebra un juicio, aunque es posible que el juez sobresea la causa.

Un murmullo de sorpresa recorrió la estancia.

Fernando se pegó a Nacho.

—Pero yo tengo que volver a mi casa, a Nueva York —le dijo—, ¿también me podrán encontrar allí fácilmente?

—No te preocupes —lo calmó Nacho, y le pidió que guardara silencio.

Acababa de sentir un inequívoco estremecimiento de decepción que hizo que se le cayera al suelo un bolígrafo Bic que había estado mordiendo durante las últimas dos horas. ¡El Club Baskerville había perdido la oportunidad de resolver un caso de lo más jugoso! La policía se les había adelantado. Casi podía ver la cara de chasco de la tía Pau y de Rodrigo cuando les diera la noticia.

—Pero... no comprendo —doña Agustina habló con su pulido acento de gran dama—. ¿Dice usted que han resuelto el caso? No sabíamos nada. Pensé que tardarían ustedes mucho más tiempo en obtener algún resultado.

El policía se volvió lentamente hacia donde se encontraba sentada la dueña del cigarral.

—Normalmente, señora, estas cosas van más lentas, en efecto. Hay que hacer pruebas biológicas que tardan semanas, la autopsia, estudios forenses, las comprobaciones de

ADN de los restos en el escenario del crimen, de alrededor de la herida incisa y del arma... Pero alguien allá arriba... —el inspector señaló al techo como dando a entender que el propio Dios (¿el Dios de Mauricio?) o algún otro capitoste se encontraba embozado en el cielo raso— ha decidido que este caso corría mucha, muchísima prisa.

Su actitud de disgusto traslucía que no aprobaba el diferente trato dado a las víctimas *importantes* y al resto de los pobres desgraciados.

—Pero ¿quién lo hizo? ¿Quién, ah, terminó con la vida de, este, del señor Fabio? —preguntó Rilke Sánchez.

—Sí, ¿quién mató a Arjona? ¿Quién fue? —inquirió Pedro Charrón, sin duda urgido por el avasallador deseo de conocer el nombre de la persona que había terminado un trabajo que a él ni siquiera le dejaron empezar en su día.

El inspector se atusó la barbilla, punteada de una barba incipiente, y reflexionó antes de responder.

—El caso está todavía bajo secreto de sumario, y aunque los detalles no saldrán a la luz, no tardará en hacerse público el desenlace de la investigación —dijo—. Las marcas biológicas no dejan lugar a dudas. Tuvimos que mandar el material a un laboratorio de Zurich para tener los resultados en un tiempo récord. Algo que no solemos hacer... jamás, pero como les decía, nos han *forzado* para que nos diésemos prisa... Lo cierto es que la gente del laboratorio suizo encontró restos del ADN del señor Richard Vico Montalbán en el cuerpo de don Fabio Arjona y en el arma que sirvió para acabar con su vida.

Rocío, que llevaba unos minutos llorando sordamente, ahogó un grito llevándose una mano a la garganta, si bien todo en ella sugería que ya le habían dado la noticia, quizás en el camino de vuelta al cigarral.

—Vico se hizo un corte en el antebrazo izquierdo. Uno de los forenses cree que hubo un forcejeo, que aunque no duró mucho sirvió para que el homicida se rasguñase a sí mismo. Trató de limpiar el arma, pero no fue muy concienzudo, porque incluso la dejó incrustada en el cuerpo; probablemente tenía prisa por abandonar el escenario del crimen. Lo suyo fue una auténtica chapuza, si no se ofenden por la expresión. —Respiró hondo y continuó hablando—. Para examinar las muestras se utilizó lo que los expertos llaman «técnica de bajo número de copias», capaz de detectar indicios de fluidos corporales, sangre o saliva, por pequeños que sean. Aunque, en realidad, no hacía mucha falta, porque el cuerpo del difunto Arjona estaba literalmente plagado de huellas biológicas y restos del ADN de Vico. Arjona había bebido, mucho, según consta en los análisis forenses. Y Vico llevaba al menos un año consumiendo con regularidad heroína y sulfato de anfetamina en polvo, según los primeros resultados de la autopsia.

Nacho, que oía al inspector *entre líneas*, se hacía una clara idea de lo que estaba insinuando bajo aquella apariencia grave y pericial: un borracho y un yonqui se encuentran en la hora bruja, ¿qué se puede esperar?

—Pero no lo entiendo... —Cristina Oller levantó la mano para pedir permiso para hablar—. De todos los que estamos aquí, si exceptuamos a Nacho y al servicio doméstico, quizás Richard Vico fuese el único que no tenía cuentas pendientes con Fabio. Richard vivió siempre en otra esfera, era un músico, una figura mítica del pop, su vida había transcurrido lejos de los tentáculos de mi ex. Del señor Arjona, quiero decir. No veo por qué razón iba a pelearse con Fabio hasta el punto de llegar a apuñalarlo. No sé cuál pudo ser el *motivo*.

—Nosotros tampoco lo sabemos, señora. Es verdad que hay zonas dudosas en ese punto, pero es evidente que Richard Vico asesinó a Fabio Arjona. Los homicidios no siempre ocultan un motivo —dijo como de mala gana—.

A veces la gente se enzarza en una discusión que sube de tono y... si hay un arma por medio y los... ánimos están caldeados... —cuando hablaba de *ánimos*, el inspector probablemente pensaba en el *caballo* y el whisky, corriendo enloquecidos por las venas de los dos hombres ahora muertos—. Mucha gente pasa su vida deseando acabar con la de otra persona, y no por eso da el paso y comete un asesinato. Las fantasías son libres, incluso cuando son tan terribles. Mientras que otros, que jamás habrían soñado con matar a nadie, caen en una mala hora presas de un arrebato y se llevan por delante a quien sea.

—¿Y Richard, entonces..., se suicidó? —preguntó tímidamente Jacinta. Nacho miró para otro lado y royó un poco más el capuchón del bolígrafo.

—No tenemos ningún motivo para sospechar que no fuese así. Dejó una nota de despedida, creemos que dirigida a la señorita Rocío Conrado, aquí presente, con la que mantenía una relación... —echó un vistazo a Rocío, que asintió de mala gana, dándole su aprobación para que continuara hablando—, algún tipo de relación sentimental, platónica o no.

Rocío arrugó los labios, asqueada.

—Era su letra. Y se metió un pico que hubiese servido para llevar al otro barrio a una docena de hombres más recios que él. Según sus informes, los forenses están convencidos de que él mismo se perforó la vena, que nadie lo hizo por él. Llevaba buena parte de su vida pinchándose. Era un yonqui experimentado. Sabía calcular las dosis. Pero padecía sida en un estadio bastante avanzado y, si bien con la medicación actual la enfermedad le habría permitido vivir veinte años más, una dolencia así no es fácil de sobrellevar según qué día. Y acababa de cometer un homicidio, posiblemente no lo soportó. Aunque parezca mentira, hay hombres que tienen conciencia. También pudo sentirse acorralado, debió darse cuenta de que no había hecho las cosas bien, de que lo había dejado todo regado de evidencias. No era ningún idiota, ningún ignorante. Sabía lo que había hecho y cómo lo había hecho.

—Dios mío —murmuró doña Agustina, como si rezara—. Dios mío...

—Aun así —el inspector dudó un instante antes de proseguir—, aun así..., hay cosas que no cuadran, es verdad. Es muy cierto que del encuentro entre dos hombres con sus facultades mentales... trastornadas por alguna sustancia tóxica... Bueno, he visto muchos episodios de ese tipo, y soy capaz de creer cualquier cosa, pero... Si no nos hubiesen metido tanta prisa para cerrar este caso, quizás... Pero los de arriba quieren que todo cuadre, y rápido. Cuando uno corre mucho no es capaz de disfrutar del paisaje, y además se le escapan los detalles. Quizás habríamos averiguado qué pasó realmente entre ellos de haber tenido algo más de tiempo. La señorita Rocío Conrado, aquí presente, ha declarado que el señor Vico no le contó nada, y tampoco se confesó con nadie más, según los testimonios del resto de ustedes. No dejó ninguna nota aclaratoria, ni nada que explicara por qué lo hizo, no habló con nadie por teléfono, en el exterior de esta casa, a quien le refiriese lo sucedido. Hemos interrogado una por una a todas las personas con las que habló por teléfono en esos dos días. No fueron muchas. En resumen: no tenemos nada a lo que agarrarnos. Nada —enseñó las palmas de las manos, abiertas hacia arriba—. Continuamos sin saber muchos porqués que arrojarían luz sobre todo este asunto, y por lo que a mí respecta, el caso sigue abierto, aunque la investigación oficial haya concluido.

Se dirigió hacia su compañero y le hizo un ademán. Cuando ambos se disponían a abandonar la habitación, lo pensó mejor.

—Hay otra cosa —dijo.

Los presentes lo miraron, alertas.

—No hemos encontrado un ordenador portátil que —doña Agustina cerró los ojos con fuerza mientras Gámez Osorio hablaba—, según consta en una factura de su departamento en la universidad, compró hace pocos meses Fabio Arjona para su uso personal, con dinero del departamento en cuestión. Un compañero de la víctima en la facultad ha atestiguado que eso no es nada raro, porque en los últimos dos años el difunto catedrático presentó dos denuncias falsas en la comisaría más cercana a su domicilio por el inexistente robo de otros tantos ordenadores que, aseguró, le habían sustraído en el aeropuerto y en la estación de Atocha, respectivamente.

—Todo el mundo en la universidad sabía que Arjona no gastaba ni un chavo de su bolsillo en comprar ordenadores o *gadgets* electrónicos de cualquier tipo —asintió Torres Sagarra—. No si podía evitarlo y pagar las facturas con el dinero de la universidad.

—Según dijo el compañero de Arjona, la víctima denunciaba un robo falso, regalaba el ordenador supuestamente robado a algún estudiante, por lo general de sexo femenino, a cambio de algún trabajo académico que pudiera firmar con su nombre, y luego le reclamaba a la facultad la compra de otro aparato, de último modelo. Hemos comprobado las denuncias, y fueron presentadas, efectivamente.

—Sí, Fabio siempre fue muy cuidadoso con su economía doméstica —asintió Cristina Oller—. Y estaba a la última en informática.

—Bueno —concluyó el policía—. En su casa de Las Rozas tenía al menos dos portátiles más, un ordenador de sobremesa y varias unidades zip y de disco duro, todos actualizados el mismo día y a la misma hora en que salió de su casa para llegar hasta aquí. Pero me preocupa la desaparición de ese chisme, me gustaría saber qué ha sido de él. Quizás volvió a regalarlo a cambio de algún favor, o quizás no. Aquí no lo encontramos, y si hemos de creerlos, nadie de ustedes lo vio usarlo o comprobó que llegase con uno al cigarral. Pero si..., si de ahora en adelante recuerdan algo más al respecto, les agradeceré que me llamen. A veces, pasados unos días, uno rememora detalles, y...

Los dos policías se despidieron cortésmente y se encaminaron a la salida.

Se hizo un silencio incómodo que duró justo hasta que doña Agustina soltó un suspiro que sonó como un tiro en la quietud de la habitación.

Rocío ni siquiera abrió la boca.

LA DESPEDIDA

... yo sé que te hubiera enternecido
si me vieras, Amor; mas eres ciego.

LUIS CARRILLO Y SOTOMAYOR

Doña Agustina les dijo que podían quedarse cuanto quisieran, pero la mayoría de los invitados optó por marcharse del cigarral aquella misma tarde.

—Lo menos que puedo hacer es ofreceros mi hospitalidad —insistió la mujer en vano.

Nacho se despidió de todos, menos de Jacinta, a quien no pudo hallar por ninguna parte, y a quien igualmente no tenía intención de estrechar la mano. Más tarde supo por Carlos que se había escabullido del cigarral como una forajida, a lomos de una moto de gran cilindrada conducida por un tipo que ni siquiera se quitó el casco para saludarla mientras ella se acomodaba detrás de paquete. Había dejado su equipaje en la casa, y la orden de que lo guardaran hasta el día siguiente, en que mandaría a alguien a recogerlo.

Carlos hizo un par de viajes a la estación de tren de Toledo con el coche de la señora, cargado con algunos de los poetas.

A Pascual Coloma, por el contrario, lo recogió un chófer que conducía un imponente «Be Eme Doble Uve», como señaló Fernando, en cuyo asiento trasero podía atisbarse la rubia y agitada melena de una dama preocupada y atractiva de mediana edad. «Sueca —como bien dedujo Fernando—; parece que las saque del IKEA.»

El venerable Coloma fue dando la mano uno por uno a todos los presentes. A Nacho incluso le dedicó una sonrisa de medio lado mientras musitaba un contenido «adiós». Cuando su coche se perdió tras la verja de entrada, Fernando le confesó a Nacho: «Admiro la profundidad de los discursos monosilábicos de Catalina la Grande, pero me alegra poder decir que estoy orgulloso de no haber caído rendido a sus pies víctima de su retórica.»

Cristina Oller, antes de subir al coche que había de llevarla a la estación, se volvió de repente, a pesar de que ya se había despedido de todo el mundo, y se echó al cuello de Nacho, rodeándolo en un tierno abrazo.

—Gracias por todo, me ha gustado mucho conocerte. Tenemos que vernos. Ya sabes cómo encontrarme —le dijo, y el meteorólogo, vagamente inquieto, asintió sin dudarlo.

Cecilia Fábregas le había dado un cálido apretón de manos, seguido de un beso. Le recomendó que la llamara, y que no olvidara que tenía abierta su casa de Annecy para cuando quisiera retirarse unos días a escribir, o a descansar.

—Lo digo de verdad, ya lo sabes —sonrió. Se la notaba aliviada por largarse de una buena vez del cigarral, había recuperado algo de color en las mejillas, y se había puesto al cuello un precioso collar de cristal de roca.

Torres Sagarra, bromeando, le lanzó un gancho que no llegó a darle en la quijada, por fortuna, y lo abrazó con nervio, sacudiéndolo de paso como a una estera.

—A ver cuándo leo algo nuevo tuyo. Pronto, ¿eh, chico? Pronto.

Carlos puso en marcha el coche y se llevó a Toledo a las tres mujeres.

Algo más tarde, cuando el chófer volvió de la ciudad y preparó de nuevo el vehículo para el siguiente viaje, Pedro Charrón se despidió cortésmente con algunas expresiones trilladas y subió al coche con la agilidad de un mozalbete.

A Rilke Sánchez le costó algo más marcharse. Habló mucho más con Nacho y con Fernando en un cuarto de hora de lo que había hablado durante los días que habían permanecido juntos en el cigarral. Le aseguró a Nacho que «allí, en mi pequeño y jodido, ah, país andino, en mi patria, siempre habrá un hueco en una programación cultural, ah, para que usted venga y nos dé una charla sobre el cambio climático, o sobre lo que usted quiera. Sobre poesía no, porque para eso ya estoy yo. Con este nombre, ah, que uno tiene, ¿a qué se supone que me podría dedicar si no?».

Miño Castelo y Mauricio Blanc también subieron al coche en el mismo viaje. Ambos le dieron sus tarjetas a Nacho, que ya tenía una buena colección de ellas, y le hicieron promesas (vanas, como suele suceder en estos casos) de seguir en contacto y de «leerlo con atención».

Rocío se fue algo más tarde. Había pedido un taxi que la recogió en la misma puerta de la casa una vez que los demás se hubieron marchado. Nacho y Fernando la ayudaron con la maleta y un par de bolsas con los regalos que había comprado en Toledo.

—Son para mi madre —le costaba trabajo esbozar una media sonrisa—. Voy a visitarla cada dos semanas al sanatorio.

Nacho asintió. Se notaba que la joven estaba desolada. Su cara se había debilitado y enniñecido; parecía una cría de diez años perdida en el aparcamiento de un supermercado.

Le dio un sonoro beso a Fernando, sin que el hombre supiera de dónde había sacado las energías para achucharlo de esa manera.

—Hasta pronto, gruñón —le dijo—. Gracias por hacerme reír.

—Cuídate, cielo —le contestó él.

Ya se había despedido también de doña Agustina, con un cálido abrazo adornado de suspiros y «diosmíos», de modo que fue hacia Nacho y le tendió solemnemente la mano.

—Hasta otra, amigo.

—Ya nos veremos —respondió él.

—No te quepa ninguna duda.

Caminó hacia el taxi y, antes de abrir la portezuela, se volvió.

—Ah, Nacho...

—¿Sí?

—¿Sabes? Es una lástima, pero mis heridas no son tan limpias como las tuyas. Te envidio por eso.

Cuando todos se hubieron marchado, Fernando y Nacho, los únicos que habían decidido aceptar la invitación de doña Agustina para dormir por lo menos esa noche en el cigarral, convinieron en que no estaría mal dar un paseo por los alrededores. Hacía fresco, pero no se veían nubes en el cielo, y el aire tenía un color cristalino.

—Tendré que cambiar mi billete —se quejó Fernando—, porque mi avión no sale hasta dentro de tres días. ¿Qué voy a hacer yo solo en esta casa si tú te vas mañana? Me da escalofríos pensar que tengo que dormir aquí con doña Agustina y su gato como única compañía.

—Vente mañana conmigo. Yo he traído el coche. No es un cochazo como esos que hemos visto, pero... Incluso el taxi era una berlina de lujo. Quizás ha llegado para mí el momento de cambiar de carro.

—Con el cheque que te habrá dado doña Agustina por

estos tres días mal contados de poesía y crimen bien podrías estirarte un poco y comprarte uno nuevo —sugirió Fernando.

—Pues, mira, a lo mejor.

—Pero... Vale, me iría contigo, pero es que no me apetece nada estar en Madrid esperando a que salga mi avión. No. Tendría que llamar a algunos amigos, y en realidad no me tienta mucho. Llevo décadas esquivando a personas a las que, por cierto, estimo y todo. Pero es que... recordar, ¿sabes? No me gusta mucho. Cuando ves a alguna gente no puedes evitar recordar, y yo no soy una maldita casete dispuesta a rebobinar a la primera de cambio. Y si no lo haces tú, eso de recordar, ya se encargan ellos. *Nah.* Joder, que no.

El meteorólogo le dio una patada a una piedra y luego se agachó a recoger otro canto del suelo. Pensó en Jacinta y se le plisó el estómago al evocar el olor de su piel. Se sentía de lo más deprimido.

—Vente conmigo.

—Te he dicho que no me apetece estar en Madrid, que...

—No, si lo que digo es que te vengas conmigo a casa. En realidad, ya lo sabes, es la casa de mi tía Pau, pero a ella no le importará que pases con nosotros un par de noches, o las que quieras. Hay sitio de sobra. Puedo llamarla y preguntarle.

—¿Sí? —Fernando lo miró, por una vez enternecido—. ¿Me invitarías a tu casa, con tu vieja tía y tu centro de conspiraciones mundiales, allí, al descubierto, en el ordenador de tu habitación?

—Mi centro neurálgico está en la biblioteca de mi tía. Es grande. Cada uno tenemos nuestra mesa y no nos molestamos. Apenas coincidimos.

—Oooh.

—¿Qué dices?
—Hecho.

Esa misma noche, Fernando y Nacho decidieron ir a cenar a Toledo y dar una vuelta por la ciudad, siempre misteriosa y acogedora.

Conversaron largamente. Fernando era un charlatán infatigable, pero Nacho estaba aprendiendo a apreciar su humor negro e impertinente y a divertirse con sus accesos de indignación contra el mundo en general, y contra quien tuviera a mano en particular. De los dos, Nacho parecía el hombre maduro. Fernando, el adolescente.

Se tomaron una copa en una discoteca que tenía mucho ambiente a pesar del día de la semana. Estaba situada en los bajos del paseo del Miradero. Aguantaron un rato hasta que a Fernando le empezó a doler la cabeza con la música y decidieron buscar un bar tranquilo en la calle Alfileritos. Allí, una camarera rubia de bote, vestida con muy poca ropa, que no debía de tener más de veinte años y llevaba tanta chatarra colgada en forma de *piercings* por el cuerpo que parecía uno de esos tableros donde se cuelgan las llaves, le lanzó una mirada melancólica a Fernando y le preguntó qué iba a ser.

—¿Que qué va a ser? Pues mira, preciosa. Yo quiero un poco de *uisge beatha*. De agua de vida.

—No tenemos de *eso* —contestó la chica sin inmutarse.

—¿Cómo es posible?

—No lo sé, se nos habrá acabado.

—Entonces ponme un whisky. Un Glenlivet, pero que no tenga menos de quince años —dijo Fernando.

—Esa marca no la trabajamos.

—¿Queeé? ¿De verdad? ¿Lo dices en serio? Oye, te lo advierto, no juegues con mis sentimientos...

—¿Y usted qué tomará? —le preguntó la camarera a Nacho, ignorando a Fernando.

—Un cubata de ron de garrafa con Coca-Cola de grifo y mucho hielo.

—Marchando.

Les dio la espalda y se perdió entre el resto de las mesas del local, contoneando las caderas como una auténtica modelo.

Cuando volvieron al cigarral, en un taxi que tuvieron que pedir por teléfono, Nacho estaba mareado y había vomitado dos veces antes de abandonar el local, aunque amenazaba con volver a intentarlo. Fernando tuvo que sacarlo de allí a rastras, cargándoselo al hombro.

—Nunca te fijes en las mujeres, y no te *enamoresh* ¡jamás! de una mujer —le repetía el meteorólogo a Fernando, empecinado—. Bajo su aspecto y sus *nombresh* de *florecillash*, son *auténticosh cardosh.* Hay *grandesh* diferencias entre ellas y *nosotrosh...* Nosotros nos volvemos *locosh* por ellas, y ellas... ellas están *locash,* simplemente.

TRES MESES DESPUÉS

... si de mis ansias el amor supiste,
tú, que las quejas de mi voz llevaste,
oye, no temas, y a mi ninfa dile,
dile que muero.

ESTEBAN MANUEL DE VILLEGAS

VIAJE AL VALLE DE LA MUERTE

Mediaba julio, y Nacho Arán ya había decidido dónde pasaría sus vacaciones. Al final resolvió que no compraría un coche nuevo. El suyo todavía tiraba bien, lo llevaba a diario al trabajo, y prefería emplear un sustancioso pellizco del dinero que le habían pagado por la conferencia y la estancia en el Cigarral de la Cava, o todo, si era necesario, en darse el lujo de viajar a lo grande por una vez, y no en plan mochilero como era su costumbre (impuesta por su extenuada economía de asalariado).

Tenía pensado ir a Nueva York. Finalmente había aceptado la invitación de Fernando Sierra y lo visitaría en su casa. Después, ambos habían planeado cruzar Estados Unidos hasta la costa Oeste en un coche alquilado. Fernando iba a enseñarle un poco del país. Lo recorrerían desde la Gran Manzana al parque de Yellowstone, en Wyoming. Quería explorar también otros importantes parques de los *States,* como decía Fernando: Yosemite, Gran Canyon, Bryce Canyon... Bordear el río Colorado y atravesar California, entrando en Las Vegas por el Valle de la Muerte pisando el acelerador, y luego seguir hasta San Francisco y Monterrey. Serían unas vacaciones inolvidables. Ése era uno de sus viajes soñados, y estaba convencido de que Fernando se portaría bien y procedería como un notable cicerone.

Fernando y él habían mantenido el contacto, y cada día afianzaban su amistad. En cambio, Nacho no podía decir lo mismo del resto de los participantes en el congreso de poetas auspiciado por doña Agustina Pons. No había vuelto a tener noticias de ninguno de ellos, a pesar de que les había escrito un mail a todos. Sí, era cierto que Cristina y Cecilia le habían respondido unas líneas, pero tan indolentes que él no insistió y ahí acabó todo. Otros cuantos mensajes le llegaron de vuelta, rechazados por los servidores. Mauricio no tenía dirección electrónica, y Nacho siempre pensaba que tendría que escribirle una carta, pero lo iba dejando, y...

Aún no había olvidado su desastrado encuentro romántico con Jacinta, a la que alguna vez había visto en televisión. Si bien se propuso no hacerlo, y enterrar su nombre y su olor en su memoria, la nostalgia y el dolor por el abandono pudieron más que su voluntad, y un par de veces se encontró en el salón de su casa, a las tantas de la madrugada, con el programa que ella presentaba sintonizado en su televisor. Le seguía pareciendo cautivadora. Proterva y maléfica, pero seductora.

Una semana después de su vuelta del cigarral, Nacho se subió a su viejo Opel y tomó la Nacional I con dirección a Burgos, un viernes por la tarde. Cuando quiso darse cuenta, se había plantado en Zaragoza. Podría haber ido en tren, pero conducir le gustaba, le permitía sumirse en sus pensamientos sin que nadie lo molestase, ni revisores, ni pasajeros excitados con un móvil pegado a la oreja y los ojos a punto de saltar al suelo, como pelotitas de golf craqueladas de suciedad, desde sus órbitas.

La madre de Rodrigo le abrió la puerta. La mujer llevaba una media melena teñida de brillantes y juveniles tonos cobrizos, pero sus ojeras de osito panda la delataban. Era farmacéutica y tenía dos hijos adolescentes que la marchitaban cada día un poco más.

—Ah, el poeta —le dijo, dándole un beso. A Nacho le encantaba que lo llamaran poeta. Mucho más que meteorólogo—. Pasa. Está en su cuarto. A ver si consigues sacarlo un rato de ahí. Sólo sale para comer. Siempre está presumiendo de que «tiene una fiesta», pero en el último minuto se arrepiente y no va. Nunca va. Necesita que le dé un poco el aire. Y su cuarto es una cloaca. Ni la mujer de la limpieza quiere entrar ahí.

—Y, además, él tampoco lo permitiría.

La señora asintió de mala gana.

—Me voy a trabajar. Esta noche tengo guardia en la farmacia, la chica tiene que irse dentro de una hora, y mi marido estará ya trinando mientras contempla el reloj. Cuando tardo en llegar mira tantas veces la hora que desgasta las manecillas del aparato. ¿Nos vemos mañana?

—No lo sé. Sólo he venido a traerle una cosa a Rodrigo. Dormiré en un hostal donde he reservado una habitación y creo que volveré tranquilamente mañana por la mañana.

—Como quieras. Dame otro beso, entonces.

Se despidieron y Nacho se encaminó a la habitación de Rodrigo, que efectivamente estaba hecha una tasca de mala nota.

—Jo, tío, ¿a qué debo el honor?

—Toma esto, pequeño hobbit. Y a ver si consigues sacar algo, que nos hemos lucido con este caso —dijo Nacho tendiéndole el ordenador portátil de Fabio Arjona—. Joder, aquí huele que apesta, ¿nunca ventilas?

—Acabo de ventilar ahora mismo. Son prejuicios. Lo tuyo son prejuicios, como los de mi madre. ¡Olor, olor...! Bah. Creéis que oléis, pero no hay nada que oler, nada. Pero como estáis predispuestos...

—Sí, bueno. Vale.

Sin embargo, Rodrigo no logró sacar nada interesante

de los archivos de aquel *chisme*, como lo había llamado el inspector Gámez Osorio. Hizo una concienzuda búsqueda por todas las carpetas, introduciendo palabras clave, que lo guiaron a la carencia más absoluta de pruebas o indicios de los manejos y chantajes de Fabio Arjona, pasados o presentes.

Estuvo un par de semanas trabajando en el asunto, con vanos resultados.

—Tío, tío —se quejó el chico por teléfono a Nacho—, este tipo tenía ordenador desde que inventaron la máquina de vapor en los tiempos de Herón de Alejandría. Era un adelantado, el menda, pero su ordenador está limpio como una patena. Listo para pasar cualquier revisión de la brigada de moral pública.

—¿Escribió e-mails mientras estuvo en el cigarral de Toledo? —quiso saber el meteorólogo.

—Ninguno, tío. Se bajó unos cuantos. Eran *spam* y les dio boleto. Conseguí resucitarlos, pero se trata de la misma mierda del Viagra y la lotería que recibimos todos a diario. Su correspondencia electrónica había dado un serio bajón en el último año. Hasta entonces, ese pájaro escribía y recibía docenas de correos al día. Pero, en un momento dado, plaf, se acabó. Como si hubiesen perdido el interés. Él por los demás, y los demás por él.

—Pero utilizaría el ordenador para algo en esos días en Toledo, ¿no?

—Sí, claro, para leer la prensa electrónica y visitar algunas páginas del Instituto Cervantes Virtual. Nada que a mí me excite, personalmente hablando.

—Empiezo a creer que lo único que hemos hecho es chorizar un ordenador, como unos vulgares cacos.

—Sí, eso me temo. Hasta yo mismo tengo más que ocultar que este tío, que tiene un disco duro digno de la madre Teresa de Calcuta. —Rodrigo se quedó callado y luego preguntó—: ¿Puedo quedarme con el cacharro? Es una maravilla, tío. Puedo limpiarlo, y así tendría un bicho al día, que no me viene mal. De todas maneras, no creo que el propietario nos lo reclame. Y la poli ya se habrá olvidado.

—Pero...

—Haré una copia con toda la morralla de este tío y te la guardaré, por si acaso. Anda, dime que sí... Los estudiantes somos el proletariado del mundo. Si me quedo con el Mac, será como una ayuda para mi clase social desfavorecida.

Ahora, casi tres meses después, Nacho se encontraba leyendo el periódico en la cafetería de los estudios de televisión donde trabajaba. Era su hora del bocadillo. Habitualmente comía acompañado por la gente del programa, pero hoy estaba solo porque los demás habían decidido salir al pueblo y a él no le apetecía acompañarlos. Además, quería aprovechar el tiempo para revisar el maldito papeleo atrasado antes de que se echara encima agosto.

Soñaba con su próximo viaje, y con dejar atrás la rutina mientras mordisqueaba un sándwich de mortadela italiana, mahonesa y pepinillos, regado con una cerveza bien fría.

Solía aprovechar la hora del bocadillo para leer la prensa del día, que permanecía desparramada, desde primera hora de la mañana, sobre una mesa de la entrada al local, a disposición de los clientes. Les daba un repaso superficial, porque intentaba leer cinco periódicos en el tiempo que le hubiese ocupado la lectura de uno solo, pero bueno.

Ojeaba las páginas y trataba de engullir su refrigerio al mismo tiempo, con los dedos manchados de tinta. Estuvo a punto de saltarse una noticia cuando dos palabras lo hicieron retroceder como si se le hubiesen atragantado. *Muerte* y *Arjona.* Hacía tiempo que no se hablaba del caso del cigarral. Todo había quedado «atado y bien atado», como dijo resignadamente el inspector de policía encargado del caso. Los periódicos se cebaron con el tema durante un par de semanas más, en las que a pesar de que la investigación dejó claro lo ocurrido (las pruebas biológicas eran concluyentes y el laboratorio de Zurich se embolsó una buena cantidad de dinero del erario público por su diligencia), las patrañas y las habladurías no dejaron de sucederse, pero al cabo ocurrieron un par de sucesos graves que relegaron el asunto a un segundo plano, hasta que en el plazo de pocos días murió de inanición, pues está claro que las murmuraciones requieren ser alimentadas pródigamente para desarrollarse y crecer sanas y vigorosas. Y, sin embargo, al cabo de tres meses, allí estaba de nuevo. El asunto. La muerte, y Fabio Arjona.

Nacho dejó su comida encima de una servilleta de papel y leyó, esta vez sí, detenidamente.

En verdad, la noticia no se refería a Fabio, aunque lo mencionaba, sino que informaba de la muerte de un tal Alejandro Martínez Ursola, un alto cargo de la cultura y figura «relevante, de primera fila» de las últimas décadas de la historia del país, que a la edad de setenta y tres años acababa de fallecer también «en trágicas circunstancias». Llevaba algún tiempo padeciendo una grave enfermedad, según el periódico, estaba retirado de toda actividad pública y había sido íntimo amigo y protector de Fabio Arjona, que —escribía la redactora—, como todos los lectores recordarían, había perecido víctima de un homicidio, o tal vez asesinato, a manos del cantante y poeta Richard Vico, no hacía ni tres meses, pocos días antes de que se conmemorase el Día del Libro, el 23 de abril, fecha del nacimiento y la muerte de William Shakespeare y del entierro de Miguel de Cervantes. La noticia era escueta y, si bien venía acompañada de una foto del finado, no explicaba cuáles eran las «trágicas circunstancias» de su muerte, de la muerte de Martínez Ursola. Nacho se preguntó si el hombre también habría muerto asesinado.

Arrancó la página del periódico con disimulo, aprovechando que el barman estaba de espaldas, y se la metió en el bolsillo. Terminó su almuerzo, se limpió con una servilleta, que dejó tiznada del color del pelo de rata, se levantó y volvió al trabajo.

Una vez en su casa le enseñó el recorte de prensa a su tía y le preguntó si le sonaba la cara de Martínez Ursola.

La tía Pau se colocó las gafas y examinó el papel con atención.

—Ni idea, querido. No había visto su cara en toda mi vida. Y además, la fotografía es bastante borrosa. Da la sensación de ser una de esas fotos que consiguen los periodistas de un personaje del que no tienen muchas imágenes disponibles. A éste no lo han fotografiado mucho, estoy convencida.

Nacho asintió. Pero no tardaría en saber lo desorientada que andaba su tía.

—¿Entonces no te suena su cara?

La tía Pau negó categóricamente.

—Su cara no me suena de nada, pero sé quién es.

—¡Podrías haber empezado por ahí!

—Tú me has preguntado si me sonaba su cara, y yo te he dicho la verdad. Que no. —La señora dio un respingo, muy ofendida.

—Vaaale. ¿Y quién es? El periódico es muy vago al respecto. Lo llaman señor importante, pero no dan detalles que permitan calibrar su importancia. He buscado en Internet, pero no encuentro nada sobre él, excepto la misma referencia a su muerte que viene impresa en el periódico, copiada en unos cuantos sitios más casi textualmente.

—Voy a la cocina a hacer un té. ¿Quieres?

—¡Espera, tía! ¡Tía...!

Nacho corrió tras ella y le dio alcance en la cocina, cuya puerta era una antigüedad india que la mujer había comprado en una tienda de la calle Ribera de Curtidores de Madrid. Cada vez que la señora la franqueaba, la tocaba como si la acariciase.

—Martínez Ursola se arrastró desde las alcantarillas de la censura franquista hasta lograr encaramarse al poder en la Transición, primero con la UCD, luego con los socialistas, después en el breve período en que gobernó la derecha en el país, y hacía unos años que había desaparecido del mapa político —explicó la tía Pau mientras sorbía su vaporosa taza de té, una pieza de cerámica adornada con un monigote azul que estaba leyendo mientras sostenía una pancarta en la que podía leerse *«Getxo, Liburutegui Zerbitzua»*.

—¿Cómo lo sabes?

—Ay, hijo mío, porque soy muy vieja...

—Deja de hacerte la víctima, es un papel que te queda... pequeño.

—Sí, lo que tú digas, pero mira mi escote —se señaló el pecho, tapado hasta el cuello a pesar del calor que ya comenzaba a arreciar—. No puede decirse que sea el de una miss.

—Bueno, no te desvíes del tema.

—El tema... Ah, sí. La firma de Martínez Ursola, censor, era imprescindible en otras épocas para disponer de según qué títulos en las bibliotecas públicas, en las que yo he trabajado toda mi vida útil, laboralmente hablando. Y fue un censor meticuloso. Nada que ver con aquellos ingenuos que aprobaban obras literarias, o de cine y televisión, porque apenas se enteraban de lo que estaban contando los autores. Se las metían dobladas, como dirías tú. Pero Martínez Ursola no era de ésos. A él no se le escapaba ni una.

—Un tipo listo.

—Sí, y cumplidor. Lo que nunca logré explicarme es cómo alguien es capaz de adaptarse al paso de un régimen político a otro y seguir mandando. Porque ese señor fue parte sustancial del poder de este país desde mediados de los años cincuenta, que se dice pronto.

—Mucho tiempo, sí.

—Y de alguna manera se las había arreglado para que nadie lo conociera. La foto que me has enseñado hace un momento es la primera imagen suya que he visto en mi vida. Y llevo tantos años como Martínez Ursola en esto, sólo que yo los he empleado en leer periódicos.

—¿Qué crees que tenía que ver este hombre con Fabio Arjona?

—No lo sé. La periodista dice que fue su *protector*. Eso puede significar cualquier cosa, pero conociendo el percal de ambos, seguramente fue una relación interesada.

Nacho decidió llamar a Rocío para preguntarle qué tal andaba, y de paso comprobar si sabía algo sobre Martínez Ursola. La relación, puesta por escrito en la prensa, del recientemente fallecido con Arjona no dejaba de ocupar sus pensamientos de una manera molesta y desasosegante. Tenía que hacer algo, preguntar, hablar... No sabía muy bien qué, pero sentía un pálpito extraño rondándole el pecho.

Se dio cuenta de que no sabía el número de teléfono de

Rocío. No habían llegado a intimar lo suficiente, resolvió con pesar, aunque a él le hubiera gustado hacerlo.

Ella no le había dado ninguna tarjeta de presentación, como sí habían hecho la mayoría de los poetas del cigarral; sólo conocía su dirección electrónica, y no creía que ésa fuese una manera rápida de comunicarse con ella. Prefería el teléfono.

Llamaría a doña Agustina y le preguntaría por el número de la chica.

No era demasiado tarde, apenas las ocho de la noche, y ya estaban en verano, aun así, doña Agustina tardó en contestar. Cuando lo hizo su voz sonaba artificialmente alegre, como azuzada por una corriente eléctrica repentina.

—Ignacio Arán, el poeta meteorólogo. ¡Cuánto tiempo, querido joven! Me alegra mucho tener noticias tuyas, ¿te encuentras bien? —preguntó la dama con un ligero deje de inquietud.

Nacho la imaginó rodeada de su fiel secretario, a quien él nunca conoció, y su gato ronroneante y escurridizo, de mirada acusadora.

—Buenas noches, doña Agustina, ¿qué tal se encuentra? ¿Va todo bien por la fundación? —replicó él.

—Bueno, ya sabes, nos costará superar todo esto. Qué mala publicidad, querido, qué mala publicidad... Cuando pude hablar con el ministro, y me costó Dios y ayuda que se pusiera al teléfono para atender mis llamadas, ambos convinimos en que debemos idear alguna otra cosa que borre el mal sabor de boca de este encuentro, que, por otra parte, podría haber sido maravilloso. Tenemos casi listo el libro con las conferencias que tan amablemente preparasteis sobre la figura literaria y humana de mi marido. Hemos conseguido que lo ilustre un artista plástico de primerísima fila, y vamos a incluir fotos de Alberto, desde su infancia hasta los últimos días de su vida, rodeado en la mayoría de las instantáneas de gente ilustre. Está quedando precioso. En cuanto salga de la imprenta os enviaré a casa vuestros ejemplares. Te va a encantar.

—Gracias, doña Agustina, lo estoy esperando con impaciencia —aseguró Nacho. Luego carraspeó y se lanzó—: Mire, estoy tratando de ponerme en contacto con Rocío Conrado. No he vuelto a saber nada de ella y me gustaría estar al tanto de cómo está y todo eso. Me siento fatal porque tendría que haberla llamado antes, pero es que he estado liadísimo con el trabajo y...

—Oh, Rocío, sí. Pobrecilla. Yo la he llamado varias veces. Está mucho mejor, mucho mejor —repitió la mujer con una voz algo menos calurosa.

—Me preguntaba si usted me podría dar su número de teléfono...

—Faltaría más, claro que puedo dártelo. —Se oyeron unos movimientos agitados y un cuchicheo: «Teodorico, búscame el número de la niña Conrado, gracias, querido, muchas gracias»...—. Toma nota, Ignacio, aquí lo tengo.

Le dictó los números con una lentitud exasperante y Nacho los copió en su libreta de notas.

—Es usted muy amable, como siempre, doña Agustina —dijo—. Bueno...

—Oye, Nacho...

—Dígame.

—Aquello de, ya sabes, de lo que hablamos, aquello... ¿Sacasteis algo en claro? Ya sabes... Tú y tu amigo.

—Ah, ya. Se refiere a *aquello.* Pues no. No había nada de interés allí, ya sabe —imitó a la mujer, y se sintió un poco infantil—. Fue una gran decepción. Por eso no la he llamado para discutir sobre el tema. Y, además, pensé que no sería prudente hablar de esto... ya sabe.

—Sí. Me hago cargo. Bueno, he de decir que casi lo

prefiero así. Mucho mejor para todos. A ver si podemos darle carpetazo a esta historia de una vez por todas. —Suspiró con afectación—. Bueno, pues me alegro de haber charlado un ratito contigo. Llámame cuando quieras, Nacho.

—Lo mismo digo, doña Agustina.

—Y dale recuerdos de mi parte a Rocío. —Lo pensó un poco y se le ocurrió algo—. ¿Te enteraste de que, al final, fue ella la que heredó a Fabio Arjona?

—¿Qué me dice?

—Ah, ¿no lo sabías?

—No tenía ni la más remota idea, ya le digo que no hemos estado en contacto.

—¿Recuerdas que estuvimos hablando sobre eso precisamente, sobre la herencia de Fabio Arjona? —preguntó la señora—. Tú decías que quizás tendría parientes, aunque fuesen lejanos.

—Sí, lo recuerdo.

—Pues al parecer no los tenía y, como estuvimos comentando, hacía tiempo que no andaba en pareja. Al parecer, hizo testamento hace algo más de un año, y nombró a Rocío heredera universal de sus bienes, que tampoco es que fueran muchos. —Caviló un instante, como si estuviera contando con los dedos—. Bueno, sí, tenía una casa que debe de valer algún dinero, y una buena biblioteca, pero no mucho más. Con todo, algo es algo.

Nacho llamó a Rocío, pero nadie contestó a su llamada. Insistió un par de veces más, con la misma falta de provecho. Dejó pasar una hora y lo intentó de nuevo. Sin respuesta. Concluyó que quizás ya era demasiado tarde y se dijo que la llamaría al día siguiente.

Así lo hizo, pero Rocío no atendió a ninguna de sus llamadas hasta que, a la hora del bocadillo, la llamó desde el teléfono público del bar donde solía almorzar. Casualidad o no, la chica se puso esta vez al teléfono.

—¿Diga?

—Rocío, soy Nacho Arán, ¿cómo estás?

—Oh, Nacho.

—Llevaba semanas queriendo llamarte, pero me ha costado dar con tu número.

—¿De dónde lo has sacado? —su voz sonaba vacía y acre—. Podrías haberme escrito un correo electrónico.

—Me apetecía oírte, espero que no te moleste.

La chica se relajó y bajó la guardia lo imprescindible para no parecer maleducada.

—No te preocupes, no me importunas. Dime.

Nacho notaba la resistencia de Rocío, y decidió no perder tiempo y jugarse el todo por el todo. Temía perder su atención, y tampoco estaba muy seguro de lo que pretendía conseguir de ella.

—Verás, quería hablar contigo porque ayer leí en el periódico una noticia que me inquietó.

—¿Qué noticia? —ahora su voz crujía como pedernal cayendo por un acantilado.

—La muerte de Alejandro Martínez Ursola. No sé si tú sabes quién es, Rocío.

Se hizo un mutismo sobrenatural en la línea. Transcurridos unos instantes, Nacho insistió:

—Rocío, ¿estás ahí?

Como si hiciera un esfuerzo heroico, la mujer respondió al fin:

—Ahora no puedo hablar, si quieres podemos vernos algún día.

Se pusieron de acuerdo para verse al cabo de tres días, en el centro de Madrid. Rocío aseguró que no faltaría a la cita, y Nacho colgó el auricular del teléfono mientras sentía que la cabeza le daba vueltas.

Con la ayuda de los fieles internautas habituales del Club Baskerville, Nacho consiguió averiguar que Martínez Ursola se había suicidado. Sufría un cáncer de páncreas desde hacía algo más de un año, y aunque los médicos no le habían dado mucha esperanza de vida, él decidió no esperar y se inyectó una sobredosis de morfina. En la prensa no había vuelto a aparecer ninguna noticia más sobre el tema (él estuvo muy atento, pero no encontró nada), y la familia lo había enterrado discretamente.

Mientras se encaminaba a su encuentro con Rocío, no comprendía demasiado bien de qué manera encajaba la muerte de aquel hombre con la de Fabio Arjona, o incluso con la actitud de la joven escritora, que se le antojaba turbadora y confusa. Pero le daba en la nariz que Rocío ocultaba algo, y que fuera lo que fuese lo que estaba escondiendo, no le hacía bien.

Dejó el coche en el parking de los Mostenses, detrás de la Gran Vía madrileña, y salió al sol de julio, que lo azotó como una vaharada recién importada del infierno. La plaza estaba sucia, llena de restos orgánicos del mercado (fruta podrida, cartones, porquería informe en sereno proceso de putrefacción), cerrado a esas horas de la tarde, y de los detritos de los viandantes, convencidos de que las aceras eran un gran basurero al aire libre con funciones adjuntas de urinario público. Olía mal, y arrugó la nariz mientras se encaminaba a la Gran Vía y subía hasta Callao, tratando de superar el disgusto que le producía andar por el centro de una ciudad hermosa como Madrid que parecía deteriorarse a marchas forzadas, carente por completo de unas cuantas normas básicas de orden público.

Llegó al bar donde había quedado con Rocío, en la calle Preciados esquina con Sol, un semisótano que a esa hora estaba relativamente tranquilo, fresco y oscuro, y pidió un Martini seco y unos cacahuetes. Nunca sabía qué pedir a esas horas.

La joven se presentó diez minutos después que él. Vestía de negro, según su costumbre, y llevaba unas enormes gafas que le tapaban media cara. Iba escuchando música en un iPod, y al ver a Nacho se quitó los auriculares como si estuviera arrancándose de la cabeza dos mechones de pelo cano.

—¿Qué tal? —dijo. Se sentó a la mesa que Nacho ocupaba, sin hacer ademán de ir a saludarlo.

Nacho le sonrió con dulzura, o al menos lo intentó; no supo si Rocío apreció el gesto.

—Bien, gracias. ¿Y tú cómo estás?

La chica se encogió de hombros y no dijo nada.

—Te veo muy guapa, como siempre.

—Querías verme...

—Sí, sí. —Nacho sintió un nudo en la garganta. Estaba tan nervioso como si fuese a hacerle una declaración de amor. Y no era el caso.

—Pues ya me has visto —Rocío hizo ademán de ir a levantarse, pero Nacho la detuvo sujetándola suavemente por un brazo.

Ella volvió a sentarse, dócilmente. No se había quitado las gafas, pero el meteorólogo presentía que tras aquellos cristales negros, que rechazaban la luz, los ojos de la joven chispeaban, quizás anegados en un llanto tan tenue como una ligera llovizna del lagrimal.

—Tienes que decírmelo —Nacho habló en un tono tan bajo que apenas se oyó a sí mismo—. Te hará sentirte mejor. En mí puedes confiar, Rocío. —Puso sus cartas de farol sobre la mesa y le buscó los ojos, pero nadie podía traspasar aquella oscuridad tras la que ella había parapetado su mirada.

EL SUEÑO DE NIKITA

—

> Ven y verás al alto fin que aspiro antes
> que el tiempo muera en nuestros brazos.
>
> EPÍSTOLA MORAL A FABIO

Mi hermana no se llamaba Nikita, sino Enriqueta, como mi abuela materna. Lo de Nikita fue idea de su padre. Apenas hizo nada más por ella que eso, ponerle un mote. Luego salió corriendo, como mi propio padre. Nikita y yo éramos hijas de padres diferentes. Mi madre nunca tuvo mucha suerte con los hombres. Decía que a los hombres no les gustan las mujeres fuertes porque les dan miedo, como dando a entender que ella lo era, que era una mujer a prueba de bombas, imponente igual que cualquier tío. No tardó en demostrarme lo engañada que estaba consigo misma. No era una mujer invulnerable y segura, sino tan frágil como una flor de invernadero, porque se secó de un día para otro, después de la muerte de mi hermana.

Nikita se suicidó a los dieciséis años. Ahora tendría treinta y seis. No he dejado de echarla de menos ni un solo día desde entonces.

Se suicidó porque tuvo algún problema de «amores», típico de una adolescente. Eso dijeron todos en aquel momento. Yo no supe muy bien lo que estaba pasando hasta mucho después. Sí, fui dolorosamente consciente de la muerte de Nikita, de que se había evaporado de mi vida como el agua hirviendo, de que nunca volvería a verla, de que no quedaba ni rastro de ella. Sí, estaban sus cosas en nuestro piso de Madrid, que por entonces compartíamos con Fabio. Muñecas, música, libros, vestidos, maquillaje, patines. Todo ese equipaje que una niña va acumulando y que resume tontamente una vida joven, que no ha tenido tiempo de nada.

Nikita se abrió las venas en una bañera —como Séneca, qué broma tan macabra—, las de los brazos y las de las piernas. Estábamos pasando unos días en la playa, en una casa de alquiler. Cuando lo hizo estaba sola allí. Fabio, mi madre y yo estábamos en la playa, pero ella se había quedado alegando que se sentía mal porque le había venido la regla. Siempre que ponía esa excusa, mi madre la dejaba quedarse en la cama el tiempo que quisiera. Estaba muy concienciada con el problema.

Los dueños de aquella residencia de alquiler, lo supe por mi madre, montaron en cólera cuando se enteraron, y nos pidieron que abandonásemos la vivienda junto con el féretro de Nikita. Ni siquiera le dieron el pésame a mi madre.

Cuando encontró su cuerpo ensangrentado en la única bañera de la casa, mi madre enloqueció. Lo digo literalmente, porque desde entonces no se ha recuperado. Recuerdo los días que siguieron a la muerte de Nikita, antes de que volviésemos a Madrid, como una pesadilla en blanco y negro poblada de voces, de llantos y de gritos. Mamá le echaba la culpa a Fabio porque decía que él le había consentido salir por ahí hasta las tantas y hacer lo que le daba la gana. Inmediatamente después de desahogarse chillándole a él, se lamentaba de que la culpa había sido suya, por no haber sido más severa con su hija, por haberle permitido entrar y salir a su antojo sin vigilarla bien de cerca. Sus amistades, sus novietes, sus compañeros de colegio.

Nikita llevaba algún tiempo, un par de meses creo, deprimida. Nos había dado a entender que era por culpa de algún chico del que estaba enamorada y que la había plantado. Fabio, lo recuerdo bien porque lo rememoré miles de veces hablando con mi madre en años sucesivos, no le dio importancia. Creía que le vendría bien endurecer el corazón un poco, que eso la haría madurar, que era un proceso que todos teníamos que vivir a su edad.

Mamá, como notaba que salía menos y que siempre estaba encerrada en el cuarto, no pensó que fuese grave. Le gustaba tenerla en casa, en vez de pasarse las noches angustiada hasta que la veía entrar por la puerta. Tenía miedo de que se drogase, o de que alguien la dejara embarazada.

Yo era muy pequeña, y aunque la notaba triste y hundida, no sabía cómo ayudarla. La adoraba, pero no resulté de ninguna utilidad para mi hermana.

Ninguno de los adultos que la rodeaban supo calibrar la gravedad de lo que le pasaba. Ni mi madre, ni Fabio, ni sus profesores, pues aún no había terminado el curso escolar cuando empezó a sentirse tan abatida. Y en agosto del año 87, mientras veraneábamos en Las Negras, se abrió las venas y se fue sin despedirse de mí.

Mi madre, después de aquello, no volvió a levantar cabeza. Rompió con Fabio, culpándolo a él, como te he dicho, de la relajación de horarios y la falta de disciplina a la que Nikita se había acostumbrado por su culpa. Porque la premisa educativa de Fabio era: «Libertad y que se equivoque y aprenda por sí misma.» A mi madre, que hasta entonces ese principio no le había parecido mal, de repente se le antojó una inmoralidad que había propiciado la muerte de su niña. Siempre con su complicidad culpable e irresponsable, como no se cansaba de repetir, flagelándose sin descanso.

A pesar de todo, a pesar de oír a mi madre acusar a Fabio de la muerte de Nikita, yo nunca lo odié. No, desde luego, antes de que muriera. Para mí fue el último de una serie de padres sustitutos con la que mi madre nos había obsequiado desde que yo recordaba. Y Nikita lo quería. Decía que era el mejor de toda la lista, que del catálogo de padres sustitutos que habíamos probado, sólo él pasaba el examen.

Yo la creía. Creía a pie juntillas todo lo que mi hermana me decía. Era guapísima, y muy inteligente, y mayor. Mi referencia en el mundo. Si ella decía que Fabio era un buen hombre, y un aceptable padre sustituto, yo no me permitía dudarlo ni un segundo.

Mi madre se hundió irremediablemente poco a poco. Yo creía que se repondría alguna vez, que un día despertaría y la vería sonriendo, con el pelo limpio y las uñas pintadas, preocupándose por si yo me había lavado los dientes. Pero ese día nunca llegó.

Estuvo meses enteros de baja por enfermedad. No sé si entonces aceptaban la depresión como motivo oficial para conceder la baja laboral, pero indudablemente mi madre no estaba en condiciones de trabajar. Nunca volvió a hacerlo tras la muerte de Nikita. Ahora vive en un sanatorio. La noto más tranquila, más feliz, y tengo la esperanza de que pueda volver a casa conmigo en un horizonte no muy lejano.

Pero el caso es que yo me crié, después de que Nikita me dejó, un poco como un perrillo callejero, abandonada a mi suerte. Mis abuelos paternos me recogían algunas temporadas, y así lograba estar escolarizada con regularidad unos meses. Pero luego tenía que volver a casa con mi madre, porque ellos también se cansaban, y...

Fuimos saliendo adelante de la mejor manera que pudimos. Yo abandoné los estudios. Sí, tal y como me reprochó Miño Castelo, y con razón, no estoy oficialmente muy cultivada. No terminé el bachillerato, pero cuando cumplí la edad de mi hermana Nikita, la que tenía cuando murió, me sentía capaz de comerme el mundo. Una tía dura, que podía con lo que fuese. Por entonces era mi madre la que se ausentaba algunos períodos para ingresar en el sanatorio. Ahora era yo quien me hacía cargo de ella. Como podía, claro.

Fue por aquella época cuando empecé a escribir, y a frecuentar ambientes *malditos* (qué ingenua era entonces), con artistas, gente mucho mayor que yo, interesante y un poco colocada quizás. Por entonces también conocí a Richard. A Richard Vico, mi cielo.

La pensión de mamá nos daba para comer y pagar el alquiler. Sus hospitalizaciones las pagaba la Seguridad Social. De vez en cuando mis abuelos me enviaban un poco de dinero, junto con sus remordimientos. El precio de sus atriciones, supongo. Bueno, da igual, porque yo ya me había acostumbrado a vivir de aquella manera.

Richard y yo tuvimos una relación extraña. Yo lo amaba, y él me amaba a mí, creo. No: estoy segura. Pero raramente hacíamos el amor. Él estaba enfermo desde hacía años. No se fiaba, decía que podía contagiarme. Cuando cumplí dieciocho años, tuve mi primer contacto sexual. Con él. Fue la cosa más sorprendente y maravillosa del mundo, pero no le devolví el placer que él me había dado. Fue Richard quien me animó a escribir, quien me corregía los textos y me daba consejos, y un buen día, con apenas veinte años, gané un concurso de literatura juvenil. Y al poco llegaron otros triunfos. No me lo podía creer. Empecé a ganar *dinero*. Nunca se me hubiera ocurrido que podría pasarme algo así.

Richard hacía su vida, personal, musical y poética, pero nunca dejó de estar a mi lado desde el día en que me conoció hasta el día de su muerte. Era el ser más precioso que he conocido en mi vida. Todo mi amor se ha ido con él.

Cuando me encontré con Fabio el primer día, en el Cigarral de la Cava, lo saludé con cariño. Al fin y al cabo, como me decía Nikita, era el único que había pasado el examen, y después de él nunca vino otro padre sustituto que lo hiciera mejor. Ya no hubo más padres.

Yo iba dispuesta a pasar unos días agradables al lado de Richard, a pasear por Toledo, a comer bien y reír, y de paso a cotillear sobre otros poetas ausentes; a divertirme un poco. No tenía pensado entablar largas conversaciones con Fabio, ni siquiera cortas. Él estaba en el lugar que le correspondía, en mi pasado, y a mí no me interesaba moverlo de allí. No veía el motivo para hacerlo.

Pero fue Fabio quien se dirigió a mí, el primer día, para decirme lo mucho que le gustaría hablar conmigo sobre el pasado, y sobre Nikita. Dijo que sabía cosas que quizás podrían importarme.

Cuando oí el nombre de mi hermana, di un bote en mi silla (nos habían sentado juntos a la hora de comer). Le respondí que estaba a su disposición. Inmediatamente. Pero no me dijo nada más, ni ese día ni al siguiente. Yo había notado que solía beber más de la cuenta, y que normalmente tenía un aspecto como ido. Entonces se me ocurrió que quizás aquello no serían más que torpezas de borracho, y que ya se le habría olvidado lo que quisiera decirme, si es que de verdad quería decirme algo.

Pero el tercer día, también durante la comida, se acercó a mí con aire intrigante y me citó por la tarde, en el jardín del cigarral, para «contarme una cosa y darme algo». Acepté y quedamos en vernos.

Lo comenté con Richard, que me dijo que no debería fiarme de ese hombre, no le gustaba.

—Fue el amante de mi madre, una especie de marido

—le repliqué yo—. Compartí casa con él cuando era una cría.

Nunca llegué a mi cita con Fabio, porque esa misma tarde, antes de que yo saliera al jardín, oí el revuelo en la casa (yo había estado escribiendo un rato en mi habitación, mientras hacía tiempo para encontrarme con él), y cuando bajé me dieron la noticia de que había muerto asesinado.

Noté a Richard nervioso, como si algo lo estuviera desazonando, pero lo achaqué a la situación trágica que nos envolvió a todos de repente.

No fue hasta dos días después que Richard me lo confesó todo. Pasamos la noche en su habitación, hablando. Yo volví a mi planta después de que hubo amanecido. Pasé al baño, vomité todo lo que tenía en el estómago y lloré hasta que no me quedaron lágrimas. Entonces sí, justo entonces, también yo empecé a odiar a Fabio.

Richard se encontró con Fabio en el jardín. Estaba pelando una manzana, y había bebido, pero eso no le impidió articular correctamente cada una de sus palabras.

—¿Te estás tirando a mi Rocío? —le preguntó Fabio—. Eres muy viejo para ella.

—Eso a ti no te importa, si me permites que te lo diga —le respondió Richard.

Por lo visto, así empezó su conversación. Fabio sacó unas fotos de su cartera y se las enseñó a Richard.

—Lo mío con Rocío no es exactamente lo mismo —le dijo él después de mirarlas, asqueado.

Entonces Fabio se lo contó, le dijo lo que había pasado con Nikita, quién le había hecho aquello a mi hermana. Le dijo que había empezado a verse con un señor mayor, igual que yo hacía ahora con Richard, y que ese señor mayor era malo, muy malo.

Nikita había empezado a verse con Alejandro Martínez Ursola después de que Fabio le presentó a su «nueva familia». El señor Martínez Ursola era un experto cazando ninfas, y no le había costado mucho echarle el lazo a Nikita, porque la niña tenía una más que buena predisposición. No había más que ver cómo se contoneaba, igual que una vieja hurí, con sólo dieciséis años. Alejandro se había estado beneficiando a su hijastra, dijo Fabio, porque eso era lo que le gustaba, la carne en flor. Y la niña, Nikita, había creído encontrar en el viejo al amor de su vida. Dejaba que le hiciese lo que le daba la gana, también fotos. Al señor Martínez Ursola le apasionaba la fotografía. Le había hecho un montón de fotos «artísticas» a la niña, sola y desnuda, pero sobre todo desnuda y en su compañía. Sabía cómo usar el disparador automático, y en su pisito de soltero, un picadero que mantenía bien a resguardo del conocimiento de su familia, tenía montado un pequeño estudio fotográfico, con focos y todo. Nikita, que era tonta como un haba, le dijo Fabio a Richard, fue una disciplinada modelo. La niña —sólo ella sabía si era virgen cuando conoció a Alejandro, y ahora no había manera de averiguarlo— era extraordinariamente fotogénica, y estaba encantada de su *noviazgo* con el hombre mayor, hasta que un día, la pobre, descubrió el pastel. O sea, que descubrió que su novio, tan entregado y ardoroso con ella, guardaba una colección de fotos guarras de él con otras niñas que no eran ella, que incluso eran mucho más jóvenes que ella. Nikita enloqueció de celos, en eso se parecía mucho a la loca de su madre, robó unas cuantas fotografías del archivo de su novio mayor y se fue a casa llorando de rabia.

Cuando llegó, ni mi madre ni yo estábamos en el piso, pero sí encontró a Fabio, que se dio cuenta al momento de que algo pasaba. La siguió hasta el dormitorio que compartía conmigo y le preguntó qué estaba ocurriendo, a qué venían esos portazos y el malhumor. Nikita no quería hablar, pero Fabio sabía cómo ser persuasivo, y se lo sacó todo. Todo.

Mi hermana le enseñó las fotos a Fabio, y él comprendió, nada más verlas, que sus días de suerte en la Tierra habían comenzado. Le confiscó las fotos y le aconsejó que se olvidara del tema. Dejó a Nikita sola en el cuarto y cerró, esta vez él, la puerta de un golpe.

—Y no quiero volver a oír ni una palabra más sobre este asunto —le recomendó a Nikita antes de desaparecer hacia el pasillo.

Richard conocía perfectamente la historia de mi hermana, porque yo se la había contado mil veces. Contuvo las náuseas mientras oía a Fabio contar cómo había chantajeado a Martínez Ursola con aquellas fotografías durante décadas, hasta que hacía un año y medio o poco más, el grifo de Martínez Ursola se secó definitivamente. Hacía años que había perdido influencia política, y que estaba retirado del poder. Sin embargo, había sido capaz de pedir los favores necesarios para contentar la insaciable voracidad de Fabio. Una vez que éste se dio cuenta de que ya no obtendría nada más de él, pensó en hacerle daño, pero no quería mancharse demasiado las manos. El tiempo —le confesó a Richard— lo había vuelto prudente. Ya no estaba para ciertos trotes. Y había pensado que quizás a mí... que tal vez, después de tanto tiempo, me gustaría saber por qué se suicidó mi hermana.

Richard lo acusó de ser cómplice de un pederasta y de haber abandonado a su suerte a Nikita. Y Fabio le dio un puñetazo en el estómago que lo tumbó por tierra. Aún tenía algunas fuerzas guardadas. Richard no era siquiera consciente de que estaban peleando, pero de repente vio el cuchillo, al lado de los restos de la manzana, y pensó que quizás serviría para limpiar la memoria de Nikita, y el dolor de mi madre y el mío. Pensó que podría ofrecerme aquello como un regalo que purificase mi alma. Estaba harto de ver cómo yo volvía llorando cada vez que iba a visitar a mi madre, con el corazón desgarrado. Sabía que la historia de mi infancia precisaba de un trance como ése, que lavara de una vez por todas sus restos de mierda.

Así que lo mató.

Lo hizo por mí, ¿sabes? Porque, como él decía, su papel en esta función ya había concluido y vio la oportunidad de tener una última aparición emocionante y digna en el escenario de la puta vida.

Richard el justiciero. Hay que ver.

Cuando me lo contó, apenas podía creerlo. Yo estaba convencida de que a Fabio lo había asesinado alguien que llegó de fuera. Algún ladrón que se puso nervioso y... Cada día abundan más esos casos. Tengo una amiga que vive en el centro de Madrid; una mañana, a las siete y media, un tipo del este de Europa entró en su piso, encaramándose por el balcón. Rompió a patadas las ventanas. Ella estaba durmiendo, sola. Desvalijó la casa; cuando estaba a punto de irse, mi amiga se levantó y se tropezó con él de frente. Imagínate el resto.

Yo creía que a Fabio le había ocurrido algo semejante, con un desenlace fatal, pero no.

Le dije a Richard que era un idiota, y nos peleamos. Él me dio las fotos, y cuando las miré... ¿Sabes?, cuando las miré todo cambió. En ninguna aparecía mi hermana, pero todas eran niñas más pequeñas que Nikita por aquella época.

Lo demás ya lo sabes.

Richard decidió abandonarme y se metió el último pico. Llevaba años desintoxicándose y volviendo a caer. Era una especie de círculo vicioso. Los que han probado la heroína dicen que no hay nada mejor, ni nada más terrible.

Cuando todo terminó y nos dejaron volver a casa, busqué a Martínez Ursola. No me fue difícil dar con él: venía en la guía de teléfonos. Vivía solo en Madrid, a pesar de su enfermedad; por lo que pude averiguar, su mujer pasaba la mayor parte del tiempo lejos del hogar conyugal, en Valencia. Únicamente volvía a Madrid con su marido cuando recibían la visita de sus hijos y sus nietos, por Navidad y otras fechas señaladas. No creo que fuesen un matrimonio muy bien avenido.

Escaneé las fotos que me había dado Richard en mi casa, hice copias en color con mi propia impresora y, antes de enviárselas por correo certificado con acuse de recibo, lo llamé por teléfono. Su voz apenas era un hilillo, y me aseguró que no recordaba haber conocido jamás a ninguna Nikita.

—Te he mandado un paquete. Mañana lo recibirás —le dije—. A lo mejor sirve para refrescarte la memoria.

Eso es todo.

El otro día, igual que tú, leí en el periódico la noticia de su muerte. Sé que se ha suicidado. Es una decisión que él ha tomado. Era libre. El mal también es una elección. Yo lo sé mejor que nadie.

Mi hermana Nikita, cuando se dejó enredar por ese monstruo, probablemente buscaba a su padre. Me la imagino riendo, encantada al pensar que por fin lo había encontrado. Su sueño. Un hombre mayor que la cuidaría para siempre. El padre que ni ella ni yo tuvimos nunca. Me la imagino sonriendo a la cámara, feliz y desnuda. Con las manos del ogro sobre su piel, recorriéndola igual que insectos repugnantes...

Sí, Fabio me ha dejado su herencia. ¡Qué gracia, eh! Una casa que vale un dinerito, y un fondo de casi dos millones de euros. Cuando me llamaron de la notaría, pensé que estaban delirando, o que alguien me gastaba una broma. Pero me equivocaba. Era cierto: soy la heredera de Fabio.

No, no habría sido capaz de tocar ese dinero ni en un millón de años. Me habría sentado mal, acarreándome alguna desgracia. Seguramente me habría comprado con él un coche y me habría estrellado, o algo así. Y yo ya tengo dinero, mi propio dinero. El que yo gano, de una manera más que complicada, vendiendo libros.

Lo he donado todo, a Unicef, y a Aldeas Infantiles. Espero que lo empleen en cuidar de algunos niños que necesitan que les echen una mano. Ser niño es lo más difícil del mundo. No es fácil sobrevivir a la infancia, aunque uno salga de ella vivo.

UNA CARTA DEL PASADO

Antes de despedirse, Rocío le entregó a Nacho un sobre. El meteorólogo se quedó mirándolo como temiendo quemarse si lo tocaba.

—No, no es lo que piensas —le aseguró Rocío—. No son las dichosas fotos. Ésas están guardadas a buen recaudo, aunque ahora que ha muerto uno de sus figurantes..., creo que me desharé de ellas el día menos pensado. Verlas no puede hacerle bien a nadie.

Nacho cogió el sobre que ella le entregaba.

—¿Qué es?

—Cuando me entregaron las llaves y las escrituras de la casa de Fabio, fui a verla.

Nacho la animó a seguir con un gesto.

—Me armé de valor, y un buen día me planté allí por la mañana, con todo el tiempo del mundo por delante. La registré centímetro a centímetro, lo que, por otra parte, ya había hecho la policía. Pensé que quizás podría encontrar algún recuerdo de mi madre, o de mi hermana, entre las cosas de Fabio.

—¿Y tuviste suerte?

—Pues no. Fabio tenía una vida sucia, pero quizás era muy consciente de ello y por eso se había preocupado de ir desinfectando su casa. No había nada interesante. Supongo que las fotos eran su mejor secreto, y se las había entregado a Richard. —Rocío se puso en pie y apuró su café—. Pero encontré esto.

Nacho volvió a prestar atención al sobre que acababa de recibir. Amarillo y acolchado, nuevo.

—¿Qué es? —quiso saber.

—Una carta. Puedes verla, el sobre..., los dos sobres están abiertos. Dásela a doña Agustina de mi parte, con mis respetuosos saludos. Parece que hablas con ella de vez en cuando.

Nacho también se levantó y le tendió la mano, pero ella se acercó y le dio un beso.

—Nos vemos, ¿vale?

—De acuerdo.

Cuando salió del café, abrió el sobre. Dentro, como le había dicho Rocío, había otro. Una carta con matasellos muy antiguo. Estaba dirigida al conde Ciano, el remitente era don Alberto Pons, poeta laureado, que la había escrito con una letra redondeada, clara e infantil. Estaba encabezada con un «*carissimo amico*».

ZARAGOZA. 1 DE AGOSTO DE 2007

Rodrigo se había levantado tarde y había ido de mal en peor conforme avanzaba el día. Había una fiesta esa misma noche a la que lo habían invitado, pero como no podía ser menos, esta vez tampoco podría ir.

No tenía chica. Ni perspectivas de tenerla en los próximos diez años. Y eso, con un poco de suerte.

Detestaba la idea de ir solo a esos sitios. «En cuanto te ven los colegas, se dan cuenta de que eres un *pringao* que no se come una rosca», pensó. Se sentía de un humor nublado. Podía notar las nubes rozando su frente y escarbando en su nariz de una forma harto impertinente.

Estaba solo en casa. Sus padres andaban trabajando, y su hermano había salido con algunos otros *frikis* como él. Pero al menos ellos eran todavía lo bastante pequeños como para que no les importara lo más mínimo la ausencia de compañía femenina.

No era el caso de Rodrigo. A él le importaba, y mucho.

Llamaron a la puerta. No hizo ni caso. Volvieron a llamar un par de veces más hasta que decidió levantarse de la cama, en vista de que nadie iría a abrir si no lo hacía él mismo.

—¡Ya voy, ya voy! ¿A qué vienen esas prisas? —gritó, enfurecido. Estaba claro que en esa casa era él quien tenía que ocuparse de todo, hasta de abrir la puerta—. ¡Eh, que no soy el portero, vale!

Cuando la abrió se quedó patidifuso. Aquel bellezón. ¡Por todos los bits del universo!

—Se ha equivocado —le dijo a la chica—. No hemos pedido nada.

La joven lucía un ceñidísimo vestido de fiesta, tenía las mejillas arreboladas y un cuerpo de escándalo.

—Esto viene a portes pagados —le dijo a Rodrigo—. Tengo entendido que tú y yo vamos a ir a una fiesta. ¿Por qué no estás vestido todavía? ¿O piensas aparecer con esa pinta?

—¿Una fiesta? Sí, tengo una fiesta, pero no iba a acudir, yo...

—Venga, cámbiate. Ya estás tardando.

Entró en la casa y empujó con dulzura al chico.

—¿Y qué me pongo? ¿Quién eres? ¿De dónde has salido? No iras a raptarme, o a secuestrarme, o algo peor...

—No digas tonterías, chico.

—¿Cómo te llamas?

—Me llamo Estela. Es un diminutivo de María del Carmen. Puedes llamarme Estela todas las veces que quieras.

Rodrigo alargó una mano hacia ella. Quería comprobar que era real.

—¡Eh, eh! ¡Sin tocar!, ¿vale?

—Pero, pero...

—Vengo de Señoritas de Compañía Ejecutivo Express. Somos una empresa seria. No tenemos nada que ver con la prostitución, así que no te hagas una idea equivocada, que ya te veo venir. La verdad es que solemos acudir a otro tipo de... eventos, pero bueno. Tu amigo ha pagado por adelantado.

—¿Mi amigo? ¿Qué amigo? No sé de qué va esto, tía. Oye, soy joven y sensible, y tú me estás confundiendo.

—Tu amigo, un tal... —miró un papelito que sacó de su diminuto bolso de lentejuelas— Ignacio Arán. Sí, eso creo.

Quinientos euros... Pero no me mires así, que ya ha pagado él, como acabo de decirte.

Rodrigo estuvo a punto de desmayarse de la emoción, pero logró reponerse de manera casi milagrosa. Se vistió en dos minutos y salió con la chica a la calle, cogidos de la mano igual que un par de tortolitos.

Mientras tanto, Nacho acababa de aterrizar en el aeropuerto de Newark, Nueva Jersey; se disponía a recoger su equipaje antes de buscar un taxi que lo acercara a Nueva York y pensaba que, con la cantidad de gastos que tenía, no era raro que no lograse ahorrar lo suficiente para independizarse de la tía Pau y dedicarse de una buena vez a vivir su vida.

PERSONAJES

Fabio Arjona Poeta asesinado de una puñalada en el corazón.
Nacho Arán Poeta y meteorólogo. Detective aficionado.
Tía Pau Tía de Nacho. Fundadora, junto con él, del Club Baskerville.
Rodrigo Joven *hacker* informático, amigo de Nacho.
Agustina Pons Viuda de un ilustre poeta. Anfitriona de encuentros poéticos.
Cristina Oller Ex pareja sentimental de Fabio Arjona.
Richard Vico Poeta y mítico cantante de pop.
Pascual Coloma Eterno candidato al Premio Nobel de Literatura.
Jacinta Picón Poeta y presentadora de espacios culturales en televisión.
Mauricio Blanc Erudito apodado *el Verso Cojo*.
Cecilia Fábregas Científica y poeta.
Torres Sagarra Profesora y poeta.
Miño Castelo Ex profesor de instituto y poeta subvencionado.
Pedro Charrón Misántropo y poeta.
Rocío Conrado Joven autora de bestsellers.

Fernando Sierra Poeta en Nueva York.
Rilke Sánchez Egregio poeta latinoamericano.
Alina y Carlos Servicio doméstico.
Inspector Gámez Osorio Policía.

NOTA

Esta novela es una obra de ficción y no está basada en hechos o personas reales (y si a veces lo estuviera, eso la convierte en más imaginaria todavía, si cabe).

Agradezco a las *Memorias* de Pío Baroja algunos adjetivos utilizados durante su redacción.

El personaje de Torres Sagarra afirma haber descubierto que la inspiración de las *Coplas* de Jorge Manrique (una de mis obras favoritas de todos los tiempos) tiene una gran deuda con ciertas composiciones del poeta árabe Abul-Beka. Como el amable lector ya sabrá, fueron en realidad Adolf Friedrich von Schack y Juan Valera quienes así lo insinuaron en su obra *Poesía y arte de los árabes en España y Sicilia* (existe una edición de 1988 de la editorial Hiperión). Fue también Valera quien tradujo a Abul-Beka siguiendo la estructura métrica de las *Coplas* de Jorge Manrique, con lo que el parecido entre ambas obras es más que notable y puede inducir a algunos a pensar que Manrique plagió sutilmente al árabe, algo que ni es cierto ni resta un ápice a su grandeza literaria, que ha escrito versos con «palabras de oro», como diría Lope de Vega, en la historia de nuestra literatura. La afirmación del personaje y todo lo que atañe a este asunto es, sencillamente, un juego y una licencia narrativa que me he tomado, aunque no sin grandes remordimientos.

ÍNDICE

El pasado

Primer día en El Cigarral

Segundo día en El Cigarral

Tercer día en El Cigarral

Tres meses después

NOVELAS GALARDONADAS
CON EL PREMIO PLANETA

1952. *En la noche no hay caminos.* Juan José Mira
1953. *Una casa con goteras.* Santiago Lorén
1954. *Pequeño teatro.* Ana María Matute
1955. *Tres pisadas de hombre.* Antonio Prieto
1956. *El desconocido.* Carmen Kurtz
1957. *La paz empieza nunca.* Emilio Romero
1958. *Pasos sin huellas.* F. Bermúdez de Castro
1959. *La noche.* Andrés Bosch
1960. *El atentado.* Tomás Salvador
1961. *La mujer de otro.* Torcuato Luca de Tena
1962. *Se enciende y se apaga una luz.* Ángel Vázquez
1963. *El cacique.* Luis Romero
1964. *Las hogueras.* Concha Alós
1965. *Equipaje de amor para la tierra.* Rodrigo Rubio
1966. *A tientas y a ciegas.* Marta Portal Nicolás
1967. *Las últimas banderas.* Ángel María de Lera
1968. *Con la noche a cuestas.* Manuel Ferrand
1969. *En la vida de Ignacio Morel.* Ramón J. Sender
1970. *La cruz invertida.* Marcos Aguinis
1971. *Condenados a vivir.* José María Gironella
1972. *La cárcel.* Jesús Zárate
1973. *Azaña.* Carlos Rojas
1974. *Icaria, Icaria...* Xavier Benguerel
1975. *La gangrena.* Mercedes Salisachs
1976. *En el día de hoy.* Jesús Torbado
1977. *Autobiografía de Federico Sánchez.* Jorge Semprún

1978. *La muchacha de las bragas de oro.* Juan Marsé
1979. *Los mares del Sur.* Manuel Vázquez Montalbán
1980. *Volavérunt.* Antonio Larreta
1981. *Y Dios en la última playa.* Cristóbal Zaragoza
1982. *Jaque a la dama.* Jesús Fernández Santos
1983. *La guerra del general Escobar.* José Luis Olaizola
1984. *Crónica sentimental en rojo.* Francisco González Ledesma
1985. *Yo, el Rey.* Juan Antonio Vallejo-Nágera
1986. *No digas que fue un sueño (Marco Antonio y Cleopatra).* Terenci Moix
1987. *En busca del unicornio.* Juan Eslava Galán
1988. *Filomeno, a mi pesar.* Gonzalo Torrente Ballester
1989. *Queda la noche.* Soledad Puértolas
1990. *El manuscrito carmesí.* Antonio Gala
1991. *El jinete polaco.* Antonio Muñoz Molina
1992. *La prueba del laberinto.* Fernando Sánchez Dragó
1993. *Lituma en los Andes.* Mario Vargas Llosa
1994. *La cruz de San Andrés.* Camilo José Cela
1995. *La mirada del otro.* Fernando G. Delgado
1996. *El desencuentro.* Fernando Schwartz
1997. *La tempestad.* Juan Manuel de Prada
1998. *Pequeñas infamias.* Carmen Posadas
1999. *Melocotones helados.* Espido Freire
2000. *Mientras vivimos.* Maruja Torres
2001. *La canción de Dorotea.* Rosa Regàs
2002. *El huerto de mi amada.* Alfredo Bryce Echenique
2003. *El baile de la Victoria.* Antonio Skármeta
2004. *Un milagro en equilibrio.* Lucía Etxebarria
2005. *Pasiones romanas.* Maria de la Pau Janer
2006. *La fortuna de Matilda Turpin.* Álvaro Pombo
2007. *El mundo.* Juan José Millás
2008. *La Hermandad de la Buena Suerte.* Fernando Savater